DANIEL PENNAC
DER FALL MALAUSSÈNE
SIE HABEN MICH BELOGEN

DANIEL PENNAC

DER FALL MALAUSSÈNE
SIE HABEN MICH BELOGEN

ROMAN

Aus dem Französischen
von Eveline Passet

Kiepenheuer
& Witsch

Verlag Kiepenheuer & Witsch, FSC® N001512

1. Auflage 2019
Die Originalausgabe erschien 2017 unter dem Titel
»Le cas Malaussène – Ils m'ont menti« bei Éditions Gallimard, Paris
© 2017 Éditions Gallimard, Paris
All rights reserved
Aus dem Französischen von Eveline Passet
© 2019, Verlag Kiepenheuer & Witsch, Köln
Alle Rechte vorbehalten. Kein Teil des Werkes darf in irgendeiner Form
(durch Fotografie, Mikrofilm oder ein anderes Verfahren) ohne schriftliche
Genehmigung des Verlages reproduziert oder unter Verwendung
elektronischer Systeme verarbeitet, vervielfältigt oder verbreitet werden.
Umschlaggestaltung Barbara Thoben, Köln
Umschlagmotiv © iStock.com / Leontura
Lektorat Bärbel Flad
Gesetzt aus der FreightText Pro und der DIN
Satz Buch-Werkstatt GmbH, Bad Aibling
Druck und Bindung CPI books GmbH, Leck
ISBN 978-3-462-05125-4

Auf den ewigen Bengel
Für Alice

und in Erinnerung an
meinen Bruder Bernard,
Pierre Arènes
und Jean Guerrin

»Ich schreibe wie jemand,
der untergeht – also äußerst selten.«
CHRISTIAN MOUNIER

I DIE NEUSTE NACHRICHT

»Hast du schon
das Neuste gehört?«
CÉSAR

Zu den wichtigsten Namen und
weiteren Begriffen siehe das Register

1

Lapietà? Georges? Du kennst ihn, er ist einer von diesen Typen, die sich in Vertrauensseligkeiten betten wie ein Hofhund in die Jauchegrube. (Mit dieser schraubigen Bewegung, mit der sie sich von der Schnauze bis zum Schwanz vollsudeln!) Genau so einer ist der. Eine Dreckschleuder. Deshalb kann man auch gleich mit dem anfangen, was er sich ausgedacht hatte. Was ohnehin kein Geheimnisverrat ist, er hat es den Kids damals selber erzählt. Angefangen bei der Akribie, mit der er sich auf die Entgegennahme des Schecks vorbereitet hat. Und seinen guten Gründen, verspätet zu erscheinen: Ich halte alle Karten in der Hand, ich komme zu der Stunde, die ich festsetze, ich kassiere die Kohle, und ab in die Ferien – das hat er der werten Runde zu verstehen geben wollen, den Herren Ménestrier, Ritzman, Vercel und Gonzalès. Wochen, die er auf die sorgfältige Auswahl seiner Verkleidung verwendet hat. Ariana, Bermudas? Bermudas und Flip-Flops? Was meinst du, wie die dann aus der Wäsche gucken? Und dazu Angelrute? Tuc, sieh zu, dass du mir eine Angelrute auftreibst! Möglichst altmodisch, aus Bambus, so ein chaplinmäßiges Ding. Ha, das Bild, wie sie auf glühenden Kohlen dasitzen mit dem Scheck, der ihnen ans Eingemachte ging, wie sie in der holzgetäfelten Stille des Konferenzraums von einer Backe auf die andere rutschen und pausenlos ihre Meinung über ihn, Georges Lapietà, durchkauen, aber lautlos, vier zusammengekniffene Münder, weil ein und dasselbe Scheckheft alle vier am Wickel hatte. Hör auf, dich aufzuplustern, Georges, du kommst noch zu spät. Eben, Ariana, das ist ja gerade der Clou. Ha, die Stille, während sie warten! Das Klirren der Löffelchen in den Tassen, wo der Zucker sich nicht auflösen will. Ihre zwischen den Armbanduhren und der Tür des Konferenzraums hin und her gehenden Blicke. Ihre abgewürgten Gespräche, und er, der nicht kommt. Ariana, lass Liouchka uns doch noch ein Käffchen machen, ja? Er hatte verlangt, dass alle vier anwesend wären, unabdingbare Voraussetzung. Alle vier oder Pressekonferenz, sie hatten die Wahl. Und warum keine Pressekonferenz? Ja, warum eigentlich nicht? Na, weil er dann öffentlich erläutert hätte, woraus der Scheck sich zusammensetzt! Weil er den Journalisten das Rezept für gutes Einvernehmen gesteckt hätte. Lieber nicht? Dann nicht. Auch er strebte nach stillerem Genuss. Bei dieser Scheckübergabe wollte er ihre vier Visagen für sich allein haben. Er wollte ihren vierfachen Handschlag. Und zwar fest! Viermal fester Händedruck. Er war imstande, einem einen zweiten abzunötigen. Für so was war er bekannt. Und wenn er auch den zweiten für ungenügend hielt, konnte er einem öffentlich und klangvoll einen Wangenkuss aufschmatzen, dass ein fotoempfindlicher Fleck zurückblieb wie eine silbrige Schneckenspur. Diskretion bei der Scheckübergabe, aber Offenheit im Blick. Keine Hintergedanken zwischen uns. Fünf gute Kerle, die die Spielregeln genau kennen. Und die sicherlich irgendwann erneut zusammenarbeiten. Doch, doch, Sie werden sehen. Ha, und noch etwas! Ihnen eine Geruchserinnerung mitgeben. Damit sie in der Wolke seines Aftershaves wieder an ihre Geschäfte gehen! Also doch kein Händedruck! Lieber eine kräftige Umarmung! Ein Abraço brasileiro, Brust an Brust den Rücken wuchtig beklopfen. Anschließend wären ihre vier Anzüge reif für die Flammen. Tuc, beschaff mir das ... das unvergesslichste Aftershave, so ein ... sirupartiges ... zuckriges ... das aller... aller-, allervulgärste ... das sich einnistet in seiner Vulgarität ... Aber ich hab dich ja erzogen, du weißt, was die darunter verstehen ... du kennst ihre Vorstellung von Vulgarität ... Ja! Und füll mir damit die Badewanne.

Wochen der Vorbereitung. Und jetzt noch ein letztes Käffchen. Georges, hör mit dem Kaffeetrinken auf, fahr jetzt besser, wirklich! Und verschwinde noch mal, ehe du losfährst, das ist vernünftiger. Ariana, ich schwör dir, es brennt nicht, sie haben Zeit ... Und das Pinkeln hebe ich mir auf, bis ich zurück bin, dann ist es schöner.

Was den Wagen betraf, war die Sache seit Langem geregelt. Nein, nicht der Aston Martin, und kein Chauffeur! Bermudas, Angelrute ... Tuc, leihst du mir deine Karre? Nett von dir. Ich geb dir eine Woche, um sie ordentlich einzusauen. Auftritt im Wagen des Sohnes. Ein Sohn, der dem Vater nichts zu verdanken haben will, besitzt zwangsläufig ein eher pittoreskes Gefährt. Zumindest aus Sicht dessen, der durch die Vorhänge eines Renaissance-Fensters beobachtet, wie Sie auf einem Ehrenhof vorfahren.

Und damit wären wir schon mittendrin. Georges Lapietà in dem asthmatischen Clio, eine doch einigermaßen lächerliche Erscheinung mit seinen Bermudas, seiner altmodischen Angelrute und seinem Aftershave, mit diesem Spielzeugauto, dessen Scheiben nicht mehr aufgehen, und dieser Lust zu schockieren, die ihn nie loslassen wird ... Der Spott ... Ein echter Bandwurm, erworben in frühester Kindheit ... Und doch ein verdammt seriöser Mann. Immerhin eine der fünfzehn dicksten Brieftaschen Europas!

»Du und deine Schelmenstücke«, sagte Tuc, »du bist ein Oxymoron, Papa, ja, ein Oxymoron.«

Erziehen Sie Ihre Kinder, und Sie werden von ihnen fein säuberlich etikettiert. Obwohl, was das angeht ... Tuc ... Diesen Spitznamen hatte sein Sohn von ihm verpasst bekommen, als er sah, wie sein Junge dem Personal half, kaum dass er stehen konnte, wie er aus heiterem Himmel sein Bett machte, den Tisch abräumte, ohne dass man ihn dazu aufforderte, wie er Kleinigkeiten reparierte oder wieder auffand, was andere im Haus verlegt hatten, kurz, wie er sich gemeinnütziger Arbeit hingab, TUC, Travaux d'Utilité Collective. Das Akronym blieb an ihm haften. Ariana fand es süß. Sie zog Tuc all diesen der Rührseligkeit entsprungenen doppelsilbigen Mimi, Chouchou, Titi oder Zozo vor. Travaux d'Utilité Collective ... So Georges Lapietàs Gedanken an diesem Montagmorgen in der Rue des Archers, als ein Umzugslastwagen ihm die Weiterfahrt versperrt, dessen Fahrer ihm per Handzeichen zu verstehen gibt, dass es noch zwei Minuten dauert. Wodurch sich Lapietàs Verspätung weiter vergrößert, aber Unterstützung hat er nie gebraucht. Und weil er es plötzlich eilig hat, will er aussteigen, doch da taucht die Kleine auf.

Den Schaber in der einen, das Putzmittel in der anderen Hand, beugt sie sich über ihn, um Tucs Windschutzscheibe zu reinigen. Normalerweise hätte er das nicht geduldet, aber sie war mit ihren Brüsten gekommen. Mit Brüsten! Mit Brüsten, heilige Jungfrau Maria! Eins ist klar, dass er nie erschütterndere gesehen hatte, als diese heute hier. Fürwahr, nie! Zwei Erscheinungen, sogleich wieder verschwunden, da der Schaum jetzt die ganze Windschutzscheibe bedeckt. Er wartet auf die erste Schaberspur, hofft auf die Wiederauferstehung dieses Busens, wie man der eigenen Haut entgegenwartet, wenn der Rasierer über sie hinwegfährt. Aber kein Schaber. Nur Weiß. Weiß auch im Rückspiegel – kein Heckfenster mehr –, und Weiß auf den Seitenscheiben. Man könnte meinen, Schlagsahne. Unter Schnee begraben, wie in einem Wintermärchen. Dann dieser Ruck. Und die Wagenschnauze, die höhersteigt. Herr im Himmel, werde ich abgeschleppt? Sein Fuß, der vergeblich die Bremse durchtritt. Seine linke Hand, die am Türgriff reißt. Verriegelt. Die Beifahrertür auch. Der Clio, der unterm Knirschen einer gut geölten Winde eine Rampe hinaufkriecht, während die Gelenke seiner ums Lenkrad gekrallten Finger weiß werden und ein Bedürfnis zu schreien in ihm aufsteigt. Das aber von einer plötzlichen Lähmung besiegt wird ... schlafen, sagt er sich ... schlafen ... das ist jetzt nicht der richtige ...

2

Ich, Benjamin Malaussène, wette, dass Sie, egal wer Sie sind, wo Sie sich verkrochen haben und wie gleichgültig Sie den Dingen dieser Welt gegenüberstehen, es, so wie die Zeiten heute sind, nicht schaffen, die jüngste, eben veröffentlichte, wirklich neuste Nachricht zu ignorieren, die ganz Frankreich die Zunge lösen und die sozialen Netzwerke summen lassen wird. Wählen Sie den tiefsten Hochsommer, bringen Sie Ihren Nachwuchs auf allen Erdteilen unter, lassen Sie Ihre Gefährtin (Julie, die Journalistin mit der Löwinnenmähne und den märchenhaften Brüsten) den Recherchen nachgehen, die ihr wichtig sind, überlassen Sie Ihr Handy einem Liebhaber des Tontaubenschießens, ziehen Sie sich tausend Meilen von jeder Stadt zurück, hierherauf, auf das Dach des Vercors', nach Font d'Urle, zweitausend Meter über allem, nehmen Sie sich einen wortkargen Freund – Robert zum Beispiel, ein Meister der Verschwiegenheit –, gehen Sie, wie alljährlich, mit ihm in die Heidelbeeren, suchen Sie in Ruhe und Stille die Sträucher ab, füllen Sie, möglichst ohne zu denken, ja ohne zu träumen, Ihre Eimer, kurz, arbeiten Sie mit größter Sorgfalt an den Voraussetzungen für Ihre innere Ausgeglichenheit, tja, selbst da, im tiefsten Nirgendwo, während Sie ganz in sich selbst aufgelöst sind, werden Sie die neuste Nachricht nicht daran hindern, Ihnen ins Ohr zu krachen wie ein Böller am 14. Juli!

Dafür genügt es, dass ein noch einigermaßen junger Schlittenhund sein Gehöft verlässt, dass er Sie erblickt, die hundert Meter, die Sie beide trennen, zurücklegt, den Bauch flach am Boden, dass er, angetrieben von dem atavistischen Bedürfnis nach Zärtlichkeit, welches dieser zu Hundeeinsamkeit unfähigen Rasse eigen ist, Sie mit weit heraushängender Zunge anspringt, dabei Ihren Eimer mit Heidelbeeren umstößt, in einem irren Gehopse dessen Inhalt zerwirbelt und, so der Marmeladenherstellung vorgreifend, unter seinen Pfoten fünf Stunden Pflückarbeit püriert, dass in diesem Augenblick ein verlorenes Schaf zu blöken beginnt und besagter Husky erstarrt und unvermittelt der Wolf in ihm die Ohren aufstellt, dass Sie sich sagen, ich muss das Schaf beschützen, damit sich Hirte und Hundebesitzer nicht gegenseitig umbringen, weshalb Sie Ihren Gürtel aus den Schlaufen ziehen und daraus eine Leine improvisieren, mit der Sie den Hund zu seinem Gehöft zurückbringen, wo Sie auf seinen (im Übrigen weder sonderlich beunruhigten noch sonderlich dankbaren) Herrn stoßen, eine Kaskade aus grünspanfarbenen Dreadlocks, und dass dieser Hundeherr, der vor fünfzehn Jahren den Kram hingeschmissen hat, um sich hier oben zu verlieren, der so unkommunikativ ist wie kein Zweiter unter sämtlichen Binnenflüchtlingen und der allem, was außerhalb seines Blickfelds liegt, ferner steht denn jeder Zweite, dass dieser unscheinbare Hundebesitzer Ihnen, ohne Sie richtig anzusehen, weil damit befasst, die Tüte mit gutem Gras, welches ihm den Tabak ersetzt, vor der aufkommenden Tramontana zu schützen, mit kaum hörbarer Stimme sagt:

»Hast du schon das Neuste gehört?«

Und dass er, ehe Sie Zeit haben, ihm zu entgegnen, das Neuste deprimiere Sie, es Ihnen serviert, während er das Streichholz an seinen Joint hält:

»Georges Lapietà ist entführt worden.«

Neuste Nachrichten zeichnen sich dadurch aus, dass man sie, kaum gehört, schon weitergibt. Immer. Sogar ich. Im vorliegenden Fall an Robert, der mit der Bergung der Heidelbeeren befasst ist.

»Hat dich wirklich gemocht, der Hund.«

Mehr fällt ihm dazu nicht ein.

Eine ganze Weile später, unmittelbar bevor er mich zu Hause absetzt, noch dies:

»Stell dir doch mal Lapietà bei dir im Keller vor! Die werden schon noch ganz schön genervt sein, die Ärmsten.«

»Robert, wie viel Uhr ist es?«

Er sagt es mir. Es ist die Zeit für mein Date mit Maracuja.

»Ich muss Sumatra anrufen.«

»Gib Sumatra einen Kuss von mir.«

Maracuja auf Sumatra, C'Est Un Ange in Mali und Monsieur Malaussène im Nordosten Brasiliens. Mara, Mosma und Sept, jeder in einer anderen Ecke der Welt. Früher hat man die Kinder für die Ferien bei der Oma abgeliefert oder in einer Ferienkolonie oder, wenn sie nicht genug gepaukt hatten, hinter den Kerkermauern einer Abiturientenschmiede. Seit rund fünfzehn Jahren ist für die großen Ferien die Wohltätigkeit zuständig. Diverse NGOs. Bis zur anderen Seite des Globus. Mara, Mosma und Sept lindern ehrenamtlich das Los von Mensch und Tier. Unentgeltlich. Und sie machen das gern. Und kennen keine Angst. Keine Sorge, Ben, wir skypen (haben tatsächlich zusammengelegt, die drei, und mir einen skypefähigen Rechner gekauft), dann kannst du uns sehen! Aber denk an die Zeitzonen, du musst die Uhrzeiten einhalten. Frag Julie, wenn du nicht zurechtkommst. Und wenn du kein Netz kriegst, geh zu Robert. Komm, hab keine Angst, was soll uns schon passieren? Wir sind keine Kinder mehr! Hast du vergessen, dass du uns hast aufwachsen sehen? So lauten ihre Argumente. Unterfüttert mit tausenderlei unerschütterlichen Prinzipien. Mara, auf der Schwelle zu ihrem siebzehnten Lebensjahr und mit diesem Grundton der Gewissheit in der Stimme, den sie von Thérèse hat: Tonton, nach allem was wir geraubt haben, müssen wir ein bisschen was zurückgeben. Da hat Mama recht. Außerdem muss man sich der Welt öffnen.

Sie halten mich für ein klein wenig sesshaft und gänzlich neugierlos. Auch für ein bisschen ängstlich und nicht besonders großherzig. Für jemanden, der die Welt hinter sich gelassen hat, ohne irgendwo gewesen zu sein.

C'EST UN ANGE: Tonton, nur weil du in deiner Jugend all den Schlamassel erlebt hast, kannst du uns nicht unter Hausarrest stellen!

ICH: Sept, du bist zu engelhaft, um dich in afrikanischen Gefilden herumzutreiben, die Kämpfer für den wahren Glauben werden dir die Kehle durchschneiden!

C'EST UN ANGE: Sehr unwahrscheinlich, Tonton, diese Gegenden werden wesentlich weniger aufgesucht als ein *Le-Monde*-Artikel. Man läuft sich kaum über den Weg.

Und Monsieur Malaussène, mein eigener Sohn, im tiefsten Brasilien.

MONSIEUR MALAUSSÈNE: Hör auf, den Papa zu spielen, alter Schwede, ich bin flügge. Komm mich besuchen, wenn du magst! Wir bohren hier Brunnen für die Durstigen.

ICH: Mosma, seit wie Langem bist du mich nicht mehr im Vercors besuchen gekommen?

MONSIEUR MALAUSSÈNE: Seit ich mich dort langweile, eine lange Weile schon. Ich verrat dir was: Als wir nicht mehr klein waren, haben Sept, Mara, Verdun und ich geknobelt, wer sich zu euch in die Berge aufmacht.

ICH: Gekommen sind immer Verdun und Sept.

MONSIEUR MALAUSSÈNE: Weil wir getrickst haben! Verdun war es gleich, ob der Vercors oder ein anderer Ort, du kennst sie ... Und C'Est Un Ange ist ihr überallhin gefolgt. Sie war seine Lieblingstante!

Das sind die Dinge, über die wir skypen. Wobei ich meine Antworten sorgfältig abwäge. Mara nicht sagen, dass es selbstverständlich gut ist, doch, die Orang-Utans in ihren bedrohten Dschungeln zu schützen, aber dass nichts die Abholzungsmaschine stoppt. Und keinem sagen, dass es sich heutzutage bei jemandem, der in eine unserer Elitehochschulen aufgenommen werden will (oder in Oxford, Berkeley, Harvard, Cambridge, Stanford), gut macht, wenn in seinem Curriculum Vitae ein loskaufendes NGO-Engagement steht, dass sogar die Queen ihre Enkel losschickt, sich in diesem Bad zu verjüngen. Nichts dergleichen sagen. Zuhören, die Jugend nicht entmutigen. Schließlich ist jetzt sie an der Reihe. Ihnen den vollen Genuss ihrer Illusionen lassen, ohne ihnen zu sagen, dass diese nichts als Gewürzkräuter auf dem großen Finanzhack sind.

Klingeling.

Monsieur Malaussène.

In dem Brunnen, den er mit seiner Crew in einem entlegenen Winkel des Sertão bohrt, ist er auf zu harten Grund gestoßen.

MONSIEUR MALAUSSÈNE: Eine Basaltschicht, alter Schwede. Wir werden sprengen müssen! Morgen geh ich runter und bring das Dynamit an. Jetzt kannst du Angst um deinen einzigsten Sohn haben!

(In meiner Erinnerung hat Mosma mich von jeher mit *alter Schwede* bedacht. »Du weißt genau, dass du nie altern wirst, alter Schwede!«)

ICH: Mein einziger Sohn bist du, Mosma, und einzigste kenne ich viele.

Monsieur Malaussène nicht sagen, dass er die Brunnen im Sertão gewiss mit dem heimlichen Segen irgendeines Latifundienbesitzers bohrt, der sich später damit brüsten wird, weil er Gouverneur werden will, und hat er erst seine Sinecure, wird der gute Mann die aufmüpfigen Bauern in genau diesen Brunnen jagen. Und einen soliden Deckel draufsetzen.

Das sind die Dinge, die die Kinder erzählen und zu denen ich schweige, wenn ich nachts zu der Stunde, da bei ihnen die Bildschirme angehen, aufstehe. Es erinnert mich an die Zeit ihrer Kindheit, als Maman, Clara, Thérèse, Julie und Gervaise, wenn sie Dringlicheres zu tun hatten, mir die Kids anvertrauten, damit ich sie in den Schlaf erzähle. Und sie mich daraus aufwecken: Fläschchen, Durchfall zur Unzeit, unaufschiebbare Geständnisse, atemberaubende Träume und luftabschnürende Albträume ...

Im Grunde ändert sich nichts.

Und das ermüdet.

Gehen wir zu Bett und schlafen wir.

Schlafen ...

Kein ehrgeizigeres Projekt hier, wenn des Nachts der Wind tobt. Nächtlicher Angriff sämtlicher vertacomicorischer Wildschweine, die Böen werden zu Hauerstößen, die Fensterscheiben klirren hinter den geschlossenen Läden, alles knarrt, quietscht, klappert, pfeift, Les Rochas ächzt und jammert ...

Wie lange schon hält dieses Haus stand?

Antwort von Julie, die zwischen unsere Laken gleitet:

»Seit anderthalb Jahrhunderten, Benjamin. Seit 1882, um genau zu sein.«

Worauf sie mich, während sie sich an mich schmiegt, fragt:

»Hast du schon das Neuste gehört?«

Nicht alles, und das Radio hätte sich am folgenden Tag unter dem Druck der neusten Nachricht selbst eingeschaltet. Ein einziges Thema auf allen Kanälen: die Entführung von Georges Lapietà. Wer? Wie? Weshalb? Wo und wohin? In der Tat braucht man, um sich im Dickicht der Mutmaßungen zu verlieren, bloß eine Liste derer zu erstellen, mit denen Georges Lapietà es sich durch die Ausübung seiner zahllosen Ämter verscherzt hat. Angefangen bei den achttausenddreihundertundzwei von ihm vor die Tür gesetzten Beschäftigten der LAVA-Gruppe, deren Filialen jüngst von ihm dichtgemacht wurden, nachdem er sie mit dem hochheiligen Versprechen, die Arbeitsplätze nicht anzutasten, zum symbolischen Euro gekauft hatte.

»Sehe ich wie ein Blutsauger aus?«

(Der *Canard Enchaîné* hatte diesen Satz mit einer Karikatur verewigt, auf der ein zeckenhaft aufgeblähter Lapietà mit Strohhalm kleine Menschlein aufsaugt.)

Und dieser andere Ausspruch von Lapietà, nachdem er die Filialen dichtgemacht hatte:

»Ja und? Ich bin auch freigesetzt! Wir sind in dieser Sache alle dasselbe Risiko eingegangen: das Risiko, das Leben heißt!«

Nur, dass auf Georges Lapietà am Ende des von ihm eingegangenen Risikos einer dieser Rettungsschirme wartete, die die Landung ein wenig abfedern: 22 807 204 Euro. So die Höhe des

Schecks, wie gerade verlautbart wurde. Bis dato hatte der Verwaltungsrat »nicht geglaubt, in dieser Sache kommunizieren zu müssen«. Zweiundzwanzig Millionen achthundertundsiebentausend zweihundertundvier Euro! Warum auf den Euro genau? Damit alles einwandfrei aussieht, nehme ich an. Lapietà war gerade auf dem Weg, seinen Scheck entgegenzunehmen, als er von der Bildfläche verschwand. Es trifft allerdings auch zu, dass er an jenem Tag drei Stunden später vor dem Untersuchungsrichter hätte erscheinen sollen, genauer: vor der Richterin Talvern (meine Schwester, nebenbei gesagt, niemand anders als Verdun Malaussène, inzwischen verheiratete Talvern und Untersuchungsrichterin. Ja, die Zeit vergeht ...). Kann Lapietàs Verschwinden hiermit in Verbindung stehen? War Lapietà versucht, sich den Ermittlungen der stummen Richterin zu entziehen? Nein, das wäre zu sehr »auf Frontalkurs«. Debattiert wird zurzeit all dies: Lapietà und das Heer der von ihm Verschaukelten, Lapietà und die Finanzwelt, Lapietà und die Politik, Lapietà und der Fußball, Lapietà und sein Charisma, Lapietà und sein Duell mit der Richterin Talvern ... Denn es ist die Stunde der Analysen und Kommentare, alles, was sich Experte nennt, tritt aus dem Schatten ins Talkrunden-Licht.

Knack.

Kein Radio mehr.

Schweigen im Äther.

Schweigen in unserem Zimmer.

Der Wind hat sich gelegt.

Diese vollkommene Stille des Vercors', wenn der Wind die Waffen streckt ... Diese Reglosigkeit der Luft, von den Menschen hier »das Wachen« genannt, *la veille*.

Wohin sind in diesem Jahr die Vögel verschwunden?

Ab in die Küche.

Kaffee, aber nicht au lait.

Einen türkischen.

Den Schaum dreimal aufsteigen lassen. Und dreimal ihn sich setzen lassen. Als Teenager stürzte Thérèse, wenn der Mokka getrunken war, die Tasse um und las in der Lava des Satzes unsere Zukunft.

Frage von Julie, die in der Küche erscheint:

»Was machst du heute?«

»Wo sind die Vögel hin, Julie?«

»Fort in den Süden, schätze ich. Gibts noch Kaffee?«

»Nicht alle Vögel sind Zugvögel!«

»Melancholisch, Benjamin?«

»Ratlos.«

»...«

»Ratlos und auf dem Quivive.«

»Und was machst du heute?«

»Alceste Essen bringen.«

»Aha ...«

»Zum letzten Mal. Ich glaube, er ist fast fertig.«

3

Alceste Essen zu bringen bedeutet für mich, tief in den Wald des Süd-Vercors' hineinzuwandern mit einem 15-Kilo-Sack auf dem Rücken, während vor mir Julius der Hund einhertrottet.

Natürlich ist es nicht der Julius von damals, ja nicht einmal mehr sein Nachfolger, sondern schon der übernächste. Dritte Generation.

Der Tod von Julius (dem ersten) brachte den Malaussène-Stamm an den Rand des kollektiven Suizids. Julius der Hund war so vielen Gefahren entronnen und hatte so viele epileptische Anfälle überlebt, dass wir ihn schließlich für unsterblich hielten. Aber eines Tages fanden Julie und ich unseren Hund morgens vor der Fensterscheibe hockend, als wäre er dort vor ewigen Zeiten hingestellt worden. Nachtsüber versteinert. Er fühlte sich hart an, klang hohl. Nicht das kleinste Zucken. Mehr als tot. Eine ausgestopfte Reliquie, ohne Flöhe, ohne Sabber, ohne Geruch und ohne Ziel. Julius der Hund lebte nicht mehr. Mit dem Sensenmann waren wir, weiß Gott, vertraut, und bestens! Wir hatten eine Menge Leute sterben sehen! Uns nahestehende! Tränentreibende Verluste! Aber Julius, der an jenem Morgen für immer über Paris hockte, das war – wie soll ich sagen? – unser absoluter Tod.

Wir beerdigten Julius den Hund auf dem Friedhof Père-Lachaise (heimlich, versteht sich), im selben Gräberfeld wie Auguste Comte, zu Füßen jenes *L'Humanité* genannten Denkmals, denn, so Jérémy, »als Weltbürger gehört Julius dort einfach hin!«.

Amen.

Danach haben wir ihn sofort ersetzt.

Durch seine Kopie.

Nach Meinung von Le Petit (diesem mich inzwischen um mehr als einen Kopf überragenden »Kleinen«) hatte Julius sich ausreichend stark über ganz Belleville verbreitet, dass wir eine Replik fänden. Sein genetischer Pfotenabdruck würde Zweifel erst gar nicht aufkommen lassen. Tatsächlich hatten Jérémy und Le Petit binnen Kurzem drei unverkennbare Nachfolger ausgewählt, drei Juliusse, die ihnen bereitwillig bis zu unserem Domizil folgten, um die Aufnahmeprüfung abzulegen. Als Sieger ging der Julius hervor, der sich von uns allen beschnüffeln ließ, ohne zu knurren, ohne die Ohren anzulegen, ohne sich zu ducken, ohne den Schwanz einzuziehen, und der das Ende der Prüfung abwartete wie unsereins die Zollkontrolle, wenn wir nichts zu verbergen haben. Unsere Wahl fiel auf ihn, weil auch Julius den Ersten nichts erstaunt hatte. Unserer Liebe entrissen wurde er acht Jahre später durch einen LKW, der ihn nicht überraschte. Den nächsten Julius, jenen, der im Moment auf dem Weg zu Alcestes Versteck vor mir einhertrottet, heuerte Maracuja an. Wäre ich nur ansatzweise gläubig, würde ich an eine Wiederauferstehung glauben. Denn der Julius, der mich da heute Morgen mit diesem uns die Bahn freifegenden Geruch und einem Hüftschwung, als folgte der letzte Waggon dem ersten nicht ganz freiwillig, zum südvertacomicorischen Wald geleitet – dieser Julius ist, daran kann kein Zweifel bestehen, schon immer mein Julius, von Anbeginn an.

Jedes Mal, wenn ich die Grenze zwischen Feld und Wald des Südvercors' erreiche, schaue ich ein letztes Mal zurück auf den Norden.

»Setzen wir uns ein Weilchen, Julius?«

Die unermesslich weite und stille Aussicht auf das gesamte Bergmassiv hat aus mir, einem Menschen des Asphalts und der Dezibel, einen Liebhaber der Stille, des Himmels und des Gesteins gemacht. Julie und ich haben den Kleinen, während sie heranwuchsen, Jahr für Jahr diese Landschaft geboten. Unbegrenzte Weite ist der Kindheit, der noch die Ewigkeit innewohnt, angemessen. Ferien in über tausend Metern Höhe und mehr als achtzig Kilometer von jeder Stadt entfernt bedeuten, dass man dem Träumen auf die Sprünge hilft und den Märchen Tür und Tor öffnet, du redest mit dem Wind, lauschst der Nacht, kommst mit den Tieren ins Gespräch, gibst den Wolken, Sternen, Blumen, Kräutern, Insekten, Bäumen Namen. Es bedeutet, der Langeweile ihre Existenz und ihre Dauer zuzugestehen.

»Wir langweilen uns gut zusammen«, sagte Mara, die Stürmischste von allen. »Morgen gehn wir noch mal zur Tierhütte, Tonton, einverstanden?«

Die Tierhütte war ein sich zwischen zwei Buchen versteckender Hochsitz an einer Lichtung, auf dem Maracuja, C'Est Un Ange, Verdun und Monsieur Malaussène ihre Tage und die Vollmondnächte damit verbrachten, das Leben der Tiere zu beobachten.

MOSMA: Mann, heut Nacht war da ein Hirsch, alter Schwede, der hat drei rangenommen! Ein Ding hatte der ... Ist Mara nicht ein bisschen zu klein für ...

Waren es die Weichteile des Hirsches? Mara erklärte schon nach den ersten Nächten in der Hütte: »Wenn ich groß bin, werde ich Wildtierveterinärin.« Weshalb sie jetzt in dieser »Tier-NGO« aktiv ist.

SEPT: Die Walnüsse, die wir den Wildschweinen gegeben haben, weißt du was, Ben?! Die brechen die beiden Schalenhälften auf und knabbern sie leer, ohne sie kaputt zu machen!

MARA: Tonton, Verdun hat einen verletzten Bussard gefunden. Kuck ma!

Einen Bussard, dem Verdun den Flügel schiente und durch Mund-zu-Schnabel-Fütterung so päppelte, dass das Tier sie nach seiner Wiederherstellung nicht verlassen wollte. Jahrelang waren Verdun und ihr Bussard so unzertrennlich, wie sie als Baby und der selige Inspektor Van Thian es gewesen waren. Wie einst Van Thian sie, trug Verdun den Bussard im Lederkoppel herum. Die junge Frau und der Vogel blickten der Welt ins Gesicht. Mit identischem Blick. Einem Blick, der die Welt einschüchterte. Die Mitglieder sämtlicher Prüfungs- und Auswahlkommissionen inbegriffen.

Dann kam der Sommer, in dem Verdun und ihr Bussard allein in den Vercors hinauffuhren. C'Est Un Ange hatte seine junge Tante seiner ersten Liebe geopfert – nichts, was Verdun erschüttert hätte: Eine neue Phase in Septs Leben, daran war nichts Tragisches. Sie selbst war, als C'Est Un Ange in die Welt flutschte, mit einem Satz Thians Armen entsprungen, um ihren seraphischen Neffen in Empfang zu nehmen. Siebzehn Jahre lang war Verdun seine unerschütterliche Beschützerin. Dann hatte der Engel seine eigenen Flügel gebraucht.

Von da an streiften Verdun, Julius, der Bussard und ich allein durch die Wälder des Südens. (Julie war natürlich irgendwo

anders.) Verdun bat mich, ihr die Gesetzesparagrafen abzu-
hören.

Dann starb der Bussard. (Eine Bande von Krähen ...)

Dann begegnete Verdun selbst der Liebe.

Und so findet unsereins sich allein wieder auf weiter Flur.

»Na, Malaussène, erliegt Er dem Ruf der Wüste?«

Ich kenne diese Stimme.

»Die Welt wäre schön, wäre sie leer, das ist es doch, was Sie sich
gerade sagen?«

Eine dieser Predigerstimmen, die davon träumen, kathedrali-
sche Räume zu füllen.

»Wahrer Mut, Malaussène, besteht darin, ins Tal hinabzusteigen. Sich die Menschen anzutun, das ist das absolute Opfer!«

Überflüssig, mich umzuwenden:

»Keine Predigten, Alceste, wir sind allein. Gehen wir lieber, im
Leben wartet noch anderes auf mich außer Ihnen.«

Ich erhebe mich, setze den Rucksack wieder auf und mache die
ersten Schritte auf den Wald zu.

»Ohne den Hund«, sagt Alceste.

Er zeigt auf Julius.

»Ich will ihn nicht bei mir sehen. Nach jedem seiner Besuche
muss ich die Lichtung lüften. Sagen Sie ihm, dass er hier auf uns
warten soll.«

Julius, der verstanden hat, nimmt Platz, um zu warten.

»Ohne die verdammten Krücken würde ich den Rucksack selber tragen. Sie haben nichts vergessen?«

»Schauen Sie nachher alles durch.«

»Schlecht gelaunt, Malaussène?«

»Nein, ich war ganz guter Stimmung.«

Ich bahne mir einen Weg durchs Unterholz zu der Lichtung von Alceste, ohne darauf zu achten, ob er hinterherkommt. Seine Kopfstimme folgt mir in nicht allzu großem Abstand.

»Malaussène, ich weiß, dass ich Ihnen auf den Keks gehe, aber vergessen Sie nicht, dass ich *auch* Ihr Einkommen bin. An dem Tag, an dem Sie den Éditions du Talion so viel einbringen wie ich, können Sie Ihre Genervtheitstantiemen einfordern. Bis dahin aber bitte ich Sie nur um eins: verstecken Sie mich, damit meine bezaubernden Brüder und Schwestern mich nicht noch übler zurichten; verhätscheln Sie mich, und liefern Sie am Ende mein Manuskript ab. Mehr verlange ich nicht. Im Übrigen sind Sie bald erlöst, ich bin fast fertig. Ich muss nur noch einen Anfang finden, den richtigen Auftakt. Und das kann nicht mehr lange dauern, weil mir Ihr Wald zum Hals heraushängt. Der Wunsch nach Stille, den mir Ihre Chefin aufzwingt, setzt mir allmählich zu.«

Im Gehen lasse ich die Äste zurückpeitschen. Alceste weicht ihnen aus, so gut er kann. Und ich denke an die Reine Zabo, meine heilige Patronin in den Éditions du Talion. Die Anweisungen, die sie mir bei unserem letzten Briefing in Bezug auf Alceste gegeben hatte, waren überklar:

»Verstecken Sie Alceste, Benjamin, spendieren Sie ihm einen Sommer in den Wäldern des Vercors', bringen Sie ihm zu essen, und sorgen Sie für seine Sicherheit, ohne ihn bei der Arbeit zu stören, dann steht uns eine goldene Zukunft bevor, mein Ehrenwort. Er soll seine Klappe halten und schreiben. Haben Sie gehört?«

»Besser noch, Majestät, ich höre auf Sie.«

»Sie wissen, dass der Junge einen Stich ins Predigerhafte hat ...«

»Einen leichten Hang zum Proselytischen, ja, das ist mir nicht entgangen.«

»Aber wenn er schreibt, sieht er nichts mehr um sich herum.

Er und ich haben uns geeinigt: Kein Wort zu den Einheimischen. Außerdem habe ich ihm bis zur Ablieferung des Buches sein Handy weggenommen. Mit seinem Einverständnis natürlich, alles vertraglich geregelt. Theoretisch kann er mit niemandem kommunizieren. Und bitte keinen Besuch außer von Ihnen, haben Sie gehört! Niemand in Ihrer Umgebung muss wissen, wer dieser Mann ist und was er macht. Es geht um seine Sicherheit. Er muss bewacht werden und soll schreiben, sonst nichts.«

Berechtigte Sorgen der Königin. Alceste sieht noch immer ziemlich ramponiert aus infolge der Reaktion seiner Familie auf das Erscheinen seines letzten Buchs. Der Titel: *Sie haben mich belogen.* Das Sujet: Niedermachung seiner ganzen Familie – Vater, Mutter, Brüder, Schwestern – im Namen der wahren Wahrheit. Das Ergebnis: grün und blau geschlagenes Gesicht, angeknackste Wirbel, gebrochenes Bein ... Unklar, was aus ihm geworden wäre, hätten wir nicht Bo und Ju losgeschickt, ihn da rauszuhauen.

»Solange seine Finger intakt sind«, war der Königin einfühlsamer Kommentar gewesen ...

Und so leere ich heute in Dédés Waldhütte den Inhalt meines Rucksacks auf einen Tisch aus roher Tanne. Computerbatterien, Bücher, Konserven, Medikamente ...

»Entschuldigen Sie meine Bemerkung von vorhin über Ihren Hund, Malaussène, aber Sie gehören zu diesen guten Seelen, die einem die eigenen Anhänglichkeiten aufnötigen wollen, eigentlich unerträglich, ehrlich. Ihre Umgebung muss Hunde nicht automatisch lieben!«

»Sie gehören nicht zu meiner Umgebung, Alceste. Überprüfen Sie, ob nichts fehlt.«

»Sie haben ans Codein gedacht?«

»An das Codein, die Antidepressiva, die Schlafmittel, das Magenpflaster, das Asthmamittel, das Klopapier, Ihre Hausapotheke ist für die nächsten drei Monate aufgefüllt.«

»Ohne Rezept?«

»Ich habe mir zu helfen gewusst.«

Ich rechne mit einer Predigt über Rezeptbetrug, aber er hat meinen Blick gesehen, und weil ich zum Aufbruch rüste, schneidet er ein ganz anderes Thema an:

»Haben Sie schon das Neuste gehört?«

»Ja, Georges Lapietà ist entführt worden, weiß ich.«

»Nein, das ist Schnee von gestern. Aber wissen Sie, was die Entführer fordern?«

»Muss ich nicht wissen.«

»Die Pilzsucher um uns herum reden von nichts anderem!«

Alceste gleicht einer Shakespeare-Figur, er glaubt, die Wälder sprächen. Was er für Pilzsucher hält, sind seine Bodyguards, mit deren Einstellung ich Robert betraut habe. Alceste kennt die Reine Zabo nicht wirklich. »Benjamin, ich will, dass er Tag und Nacht bewacht wird, tun Sie alles dafür, das Budget ist da. Dort oben tragen Sie die Verantwortung, bei seiner Rückkehr vertrauen wir ihn Bo und Ju an. Sie haben mich doch verstanden?«

Wer nicht alles erwartet, dass man ihn versteht ...

Ich bin schon auf der Türschwelle, als Alceste mich nochmals zu locken versucht:

»Wollen Sie es wirklich nicht wissen, Malaussène?«

»Was denn?«

»Was Lapietàs Entführer fordern!«

»Nein, kein Bedarf.«

»Kommen Sie, dann haben Sie Unterhaltung auf dem Rückweg ...«

»Wenn ich Ihnen doch sage, dass mir das am Arsch vorbeigeht!«

4

»Geht Ihnen am Arsch vorbei, am Arsch vorbei ... Nur weil Sie den Nachrichten widerstehen, sind Sie noch lange kein Widerstandskämpfer, Malaussène!«

Dieser Blödmann von Malaussène! Ich konnte mich nicht beherrschen und habe ihn beschimpft, bis er von der Lichtung verschwunden war. Es tat mir gut. Ich machte mir Luft, bis ich keine Puste mehr hatte.

»Allen ist alles egal, Malaussène! Ob einer die Nachrichten liest oder sie ihm ›am Arsch vorbeigehen‹, wie Sie sagen! Voyeure und Gleichgültige, vereint in ein und demselben Kampf! Glauben Sie, Sie bilden eine Ausnahme?«

Er hat mir nicht geantwortet. Er nahm seinen Hund, der reglos wie ein pilzüberwucherter Baumstamm am Rande der Lichtung wartete, und beide tauchten ins Gehölz.

Ich auf meiner Türschwelle schrie immer lauter:

»Für wen halten Sie sich? Kein Fernsehen, keine Zeitung, keine Nachrichten, kein Lapietà, keine Mitmenschen! Sie fliehen nicht vor mir, sondern vor der Wirklichkeit! Aber die wird Sie einholen, vertrauen Sie ihr! Die hat noch was vor mit Ihnen!«

Malaussène war längst verschwunden, aber ich brüllte noch immer, damit wenigstens seine Wachposten wussten, was ich von ihm hielt. All diese Wachhunde, die er auf Isabelles Verlangen um mein Versteck herum postiert hat mit der Ansage, nicht mit mir zu reden, und von denen er glaubt, ich hielte sie für Pilzsucher, dieser Oberdepp!

Benjamin Malaussène ...

Unter seinem leeren Rucksack sieht er aus wie eine Hutzelfeige. Und dieser Hund ... Dieser stinkende Horror, den er, besäße er auch nur einen Funken Humanität, gleich bei der Geburt hätte einschläfern lassen ...

Wenn ich mir vorstelle, dass so ein Typ die Vorlage für eine Romanfigur war! Und dass während meiner ganzen Jugend diese Figur das gesamte Lesevölkchen der unterhaltenden Literatur hinter sich vereint hat! Der Schwarm jener Jahre! Malaussène hier, Malaussène da, man entging dem nicht. Kein Geburtstagsgabentisch ohne einen neuen Band. Trendige Eltern schlugen die Saga als Unterrichtslektüre vor. Wenn Tobias und Mélimé mir keine Lügengeschichten über unsere Familie erzählten, nervten mich meine Freunde mit Malaussène, dem sagenhaften Sündenbock. Meine Schwestern liebten das. Unglaublich, wie sie davon schwärmten! Faustine war natürlich in Benjamin verliebt, Marguerite in Inspektor Pastor. Ihrem jeweiligen Temperament entsprechend erklärte die eine Clara, die Fotografin, zu ihrer besten Freundin, die andere Louna, die Krankenschwester. Geneviève mit ihrer Tendenz zur Magersucht bevorzugte natürlich Thérèse, die Wahrsagerin! Auch meine Brüder liebten die Malaussène-Romane! Es gab viele gewaltsame Tode darin, und Mathieu war, wie er auf Tobias' Beerdigung bewies, noch nie gegen den gewaltsamen Tod. Leben ist tödlich, Kumpel! (Einer seiner virilen Sprüche, die er

uns Kleinen auftischte, gewöhnlich begleitet von einem Rippen-
stoß, der dich zusammenklappen ließ, oder einem Schlag auf
den Rücken, dass dir die Luft wegblieb.) Mathieu, Pascal, Adrien
und Baptiste, alle vier malausseniert bis ins Mark. Und ich? Habe
nicht auch ich, wie alle, auf meine tägliche Ration Malaussenerien
gewartet? Meine damalige Freundin las sie mir laut vor. Ich ließ sie
machen, bis ich eines Tages türmte, weil mir aufging, dass sie mich
mit Malaussène identifizierte, selbst im Orgasmus.

Was habe ich eigentlich mehr gehasst, dass diese Idiotin von
einer Bénédicte mir das x-te Abenteuer des Malaussène-Stammes
vorlas oder dass Tobias und Mélimé uns nach Strich und Faden
über unsere Familiengeschichten belogen? Das ist die wahre
Frage. Was hat mich letzten Endes zum Schreiben gebracht, die
Lüge der Fiktion oder die Fiktion der Lüge? Was hat mir diese
unbändige Lust an der Wahrheit eingegeben? Unsere ganze Kindheit hindurch haben Tobias und Mélimé uns belogen. Und ich
liebte das. Und liebte es, von Bénédicte über die Malaussènes vor-
gelesen zu bekommen. Doch, doch, hin oder her, ich teilte den
schlechten Geschmack des Augenblicks. Im Übrigen räume ich
das in *Sie haben mich belogen* ein, ich gebe es zu! Ich schone mich
nicht. Ich stelle mich nicht als den am wenigsten Dummen unter
meinen Geschwistern dar, im Gegenteil! Ich liebte die Malaus-
sène-Geschichten wie die Lügen von Tobias und Mélimé so sehr,
wie ich heute jede Art von Fabuliererei hasse. Schreiben heißt, das,
was ist, aufzuschreiben. Egal, um welchen Preis! Der Mann, der
da gerade im Unterholz verschwunden ist, hat nichts von dem
Romanhelden, an den wir in unserer Jugend glaubten. Oder vielleicht ist er die von einem Vierjährigen zu Papier gebrachte Krit-
zelmännchenfassung davon. Etwas ohne Form und Fassung.

Bei meiner ersten Begegnung mit Malaussène in den Éditions du Talion war die Diskrepanz zwischen der Romanfigur, wie ich sie in Erinnerung hatte, und diesem Typen, der ihren Namen trug und da vor mir saß, so groß, dass ich die beiden nicht zusammenbrachte.

Hier die Szene: Isabelle, meine Verlegerin (von Malaussène gern als »Majestät« tituliert und Reine beziehungsweise Königin Zabo genannt), bringt mich in sein Büro:

»Das ist Benjamin Malaussène, er wird sich um Ihre Sicherheit kümmern.«

Ich taxiere den ausgepowerten Angestellten, der uns begrüßt ohne aufzustehen, und frage:

»Meine Sicherheit?«

Isabelle bequemt sich zu einer Erklärung:

»Lieber Freund, die Erfahrung lehrt uns, dass das Aufdecken der Wahrheit mehr Reaktionen hervorruft als die Verbreitung der Lüge. Wobei besagte Reaktionen oft die Form ...«

Malaussène schnitt ihr das Wort ab:

»... einer Retourkutsche annehmen, einer Revanche, Vergeltung, Strafaktion, kurz jedwede Form von Rache.«

Gesagt in jenem Ton von Lehrern, die einem Trottel etwas zum hundertsten Mal erklären.

»Ich sehe, Sie werden sich verstehen«, schloss Isabelle und ließ uns allein.

Da erst fiel bei mir der Groschen. Ich konnte mich nicht bremsen und fragte:

»Benjamin Malaussène? Irgendein Zusammenhang mit der Figur von ...«

Ich bereute meine Frage sofort; dass ich sie stellte, musste bei dem Typen den Eindruck erwecken, ich wolle mich bei ihm einschleimen. Aber er antwortete nicht. In einem Beamtenton, als sei ich gekommen, um meinen Ausweis zu verlängern, sagte er:

»Wenn ich Sie richtig gelesen habe, dann haben Sie Familie.«

Ich darauf im selben Ton:

»Wenn Sie mich richtig gelesen haben, wozu stellen Sie dann die Frage?«

»Das war keine Frage, Monsieur. Ihre Familie wird auf die Publikation Ihres Romans reagieren. Daher die Notwendigkeit, Sie zu schützen: juristisch, physisch, psychologisch, ja emotional ... Dafür soll in diesem Hause ich sorgen.«

Kurz davor loszuprusten, sah ich ihn mir genau an, und fragte mich, welche Art von Schutz oder Rückenstärkung ich von einem Typen erwarten konnte, der dermaßen in seinem Überdruss dümpelte. Doch statt ihm das zu sagen, verteidigte ich mich:

»*Sie haben mich belogen* ist kein gegen meine Familie gerichteter Roman! Im Gegenteil sogar, es ist der Befreiungsschlag für jedes ihrer Mitglieder! Die Anprangerung der Lügen, mit denen meine Brüder, meine Schwestern und ich aufgewachsen sind.«

Wieder ärgerte ich mich über mich selber, dass ich ihm diese Erklärungen gab, ich hatte den Eindruck, mich zu rechtfertigen.

Malaussène winkte müde ab:

»Monsieur, ein Roman ist, was jeder Einzelne darin sieht. Warten Sie ab. Sie werden es merken, sobald Ihre Familie den Ihren gelesen hat. Danach sollten Sie Ihr Türschloss auswechseln und mich anrufen, sobald Gefahr droht.«

Ich wollte ihn gerade zum Teufel schicken, als sich unter seinem Schreibtisch etwas regte. Ein saurer Geruch schnürte mir die Kehle zu, und ich spürte ein feuchtes Gewicht auf meinem linken Oberschenkel. Im Aufspringen stieß ich den Stuhl um. Sein Hund sah mich sabbernd an. Er wedelte nicht mit dem Schwanz.

Danach wollte ich natürlich die Wahrheit wissen. War es, ja oder nein, jener Malaussène aus meiner Jugend? Erstaunlicherweise musste ich keine Recherchen anstellen. Loussa de Casamence, Isabelles rechte Hand, ein altersloser Senegalese und offenbar Spezialist für chinesische Literatur, erzählte mir alles gleich bei unserem ersten Kaffee.

»Malaussène? Benjamin? Die Romanfigur? Ja, das ist sozusagen unser Malaussène, jeder hier wird es Ihnen bestätigen, er ist es und ist es nicht.«

Loussa erklärte mir, dass der erste Roman, *Paradies der Ungeheuer*, nach Notizen verfasst wurde, die Malaussènes Schwester Thérèse gemacht hatte, als Benjamin seinen jüngeren Brüdern und Schwestern zum Einschlafen Geschichten erzählte.

»Thérèse tippte ihre Notizen ab, um sich als Schreibkraft zu üben, und Clara, eine andere Schwester von Benjamin, brachte uns das Ergebnis vorbei, so einfach war das. Und Isabelle als gute Verlegerin hat vor einer Veröffentlichung abgewartet, ob es eine Fortsetzung gibt, angesichts seiner romanreifen Lebensturbulenzen spürte sie in diesem Malaussène Zukunftspotenzial. Und sie hat sich nicht getäuscht, wie Sie wissen. Die folgenden Romane stammen aus unterschiedlichen Quellen. Da waren die Geschichten dieses alten Polizeiinspektors, von diesem ... wie hieß er noch? Diesem Inspektor, der sich dann hat abknallen lassen. Er hatte sich als Vietnamesin verkleidet, um in Belleville wegen Drogengeschäften zu ermitteln. Daraus hervorgegangen ist *Wenn alte Damen schießen*. Ich glaube, dieser Inspektor war selber zur Hälfte Vietnamese. Ach verdammt, wie hieß er bloß?!«

»Inspektor Van Thian«, sagte ich, selber überrascht, dass ich mich daran erinnerte.

Loussa lächelte:

»Womit bewiesen wäre, dass das Gedächtnis der Leser besser ist als das der Zeugen.«

Ich hütete mich, ihm zu sagen, was ich von dieser Art Literatur hielt. Einem unirritierbaren Historiker gleich fuhr er fort:

»*Sündenbock im Bücherdschungel* (ich selber spiele darin eine bescheidene Rolle), *Monsieur Malaussène* und *Adel vernichtet* basieren auf Skizzen von Jérémy, dem Jüngsten der Familie. Er wollte eine Theatersaga schreiben, aber Isabelle hat ihn davon abgebracht. Romane, mein Junge, Romane! Ein fulminanter Tumult, diese Zusammenarbeit zwischen Isabelle und Jérémy. Ein störrisches Pferd, der Junge! Ich kann Ihnen sagen, da knallten einige Türen! Aber gut, Isabelle hatte recht, die Romane haben uns damals hübsch die Kassen gefüllt. Noch einen Kaffee?«

Da ich ablehnte und aufbrechen wollte, begleitete er mich noch bis zur Tür des Verlags:

»Andere Zeiten, andere Texte, junger Mann. Die Literatur heute – das sind Sie.«

Ich muss wohl eine höflich zweiflerische Miene aufgesetzt haben, denn er schloss:

»Doch, doch, Sie werden sehen, Isabelle ist überzeugt davon. Sie erwartet viel von Ihnen.«

Und deshalb also stehe ich auf einer Waldlichtung im Vercors und beschimpfe diesen falschen Fuffziger von einem Malaussène, statt mich wieder an die Arbeit zu machen.

»Zweiundzwanzig Millionen achthundertundsiebentausend zweihundertundvier Euro, Malaussène! Das, *das* fordern die Entführer! Zweiundzwanzig Millionen achthundertundsiebentausend zweihundertundvier Euro!«

II ICH MAG DIESEN FALL LAPIETÀ NICHT

»Ich mag dieses Medien-
gespann nicht, das meine
kleine Schwester Verdun und
Georges Lapietà bilden.«
BENJAMIN

5

Zweiundzwanzig Millionen achthundertundsiebentausend zweihundertundvier Euro. Die Richterin Talvern wusste es als Erste,
wurde sie doch von dieser Zahl geweckt. Die Forderungen der Entführer prangten auf den Bildschirmen ihrer beiden Rechner, ihres
Handys, ihres Tablets und sogar auf ihrer Uhr. 22 807 204 Euro.
Die Zahl umblinkte sie.

Jeden Morgen tauchte die Richterin Talvern in das wimmelnde
Plankton der Mails, SMS, Tweets, Blogs und sämtlicher Nachrichten, die in diesem Nichtraum, in dem die Wörter das Abenteuer
der Inkarnation versuchen, ausgetauscht werden ... Sie schwebte
in dieser geistigen Brühe mit der ruhigen Geduld eines Rochens.
Die Richterin besaß einen Instinkt für die richtige Information,
häufig genügte ihr ein winziger Hinweis.

Die Richterin Talvern hatte ihr Leben lange Zeit mit einem Bussard geteilt. Einem Madeleine-Bussard. Auf dem Plateau des Vercors'. Der Vogel operierte per Rundumschau, ehe er zuletzt ein
verzehrbares Einzelobjekt in den Fokus nahm, meist einen Maul-
wurf, der sich bis zu diesem fatalen Augenblick nicht für bemer-
kenswert hielt. Dank dieses Bussards war die Richterin mit dem

zarten Schnurrbart, den fettigen Haaren, der dicken Brille, den Jesuitensandalen und dem Plisseerock ihrer Zeit immer einen, zwei Schritte voraus.

Sehr früh an diesem Morgen fing also der Raum um sie herum zu blinken an. Davon wurde sie wach. Vier Tweets hatten es sich in riesigen Lettern auf ihren Bildschirmen breitgemacht. Alle vier sagten dasselbe: Die Entführer von Georges Lapietà forderten ein Lösegeld von zweiundzwanzig Millionen achthundertundsiebentausend zweihundertundvier Euro (22 807 204), also den exakten Betrag jenes goldenen Handschlags, der ihrem Gefangenen angeboten worden war, nachdem er die Filialen der LAVA-Gruppe dichtgemacht hatte.

Die Anweisungen zur Übergabe des Lösegelds würden folgen.

Gut.

Gut, gut.

Vier Mal derselbe Tweet also, bis hin zum einzelnen Buchstaben, aber von vier verschiedenen Absendern: Paul Ménestrier, Valentin Ritzman, André Vercel und William J. Gonzalès. Drei der Namen waren der Richterin vertraut. Zeugen, die sie im Zusammenhang mit einem der Lapietà-Dossiers einvernommen hatte. Verwaltungsratsmitglieder der LAVA-Gruppe.

Die Richterin folgerte:

1) Besagte Ménestrier, Ritzman, Vercel und Gonzalès mussten für den goldenen Handschlag, der Lapietà angeboten worden war, höchstpersönlich etwas in die Hand genommen haben.

2) Wenn die vier sich zwingen ließen, die Lösegeldforderung zu twittern, war das ein Indiz dafür, dass der oder die Entführer einige Kleinigkeiten über diese Herren wussten.

3) Der höchst symbolische Betrag legte nahe, dass die Entführrer keine Profis waren.

Nach dieser Bestandsaufnahme tippte die Richterin zwei SMS.

Die erste war für Capitaine Adrien Titus von der Brigade für Organisierte Kriminalität: *Mein lieber Titus, gehen Sie in Sachen Lapietà Ihrem Bauchgefühl nach. Und erstatten Sie mir Bericht, wenn es anschlägt.*

Die zweite ging an den Commissaire divisionnaire Joseph Silistri: *So frisch, wie Sie aus dem Urlaub zurück sind, Joseph, sind auch Ihre Ohren unverbraucht. Könnten Sie sie in der Hauptversammlung aufsperren? Als wären es meine eigenen, versteht sich?*

Worauf die Richterin den Moment für gekommen hielt, ihrem Gatten Ludovic Talvern guten Morgen zu sagen. Die Richterin, die noch nicht ihre Brille aufgesetzt, noch nicht ihr Haar straffgekämmt und eingefettet, noch nicht ihre Oberlippe mit einem zarten Flaum beschattet und noch nicht den sie unnahbar machenden Kilt um ihre Taille festgezurrt hatte, öffnete die Arme auf die sich ihr nähernde kantenlose Masse. Ludovic Talvern hob den nackten Körper seiner Frau hoch, den das Bettzeug mit einem seidigen Davongleiten freigab, und die Richterin mit dem rosigen Teint, der leidenschaftlichen Haut, den vollen Lippen, der nächtlichen Mähne und dem jasagenden Blick, die Richterin, die von der flaumweichen Nacht noch ganz warm war, ließ sich, die Beine um den Leib, die Hände um den Hals ihres Mannes geschlungen, auf den Pfahl nehmen, und Auge in Auge bemühten sie sich, mit keiner Wimper zu zucken. Die Sache verlief so langsam, als kopuliere ein Faultier den ganzen Sommer über mit seinem Baum.

Während ebendieser Ewigkeit nahm sich ein gewisser Jacques Balestro, seines Zeichens Spielervermittler, Zeit für ein letztes Briefing unter Freunden, ehe er der Vorladung durch die Richterin Talvern Folge leistete.

»Ich sag euch, Leute, zu ihren besten Zeiten sind mir Vene-
zuela, Tansania und Burkina Faso auf die Pelle gerückt wegen
den Spielertransfers, und wegen den Wetten ham mich die
Schlitzaugen in die Mangel genommen, und die Russen ham
mir die Fußsohlen versengt, weil, wie ihr vielleicht noch wisst,
ich an den brasilianischen Brüdern dran war, aber nie hab ich
klein beigegeben! Nie! Jetzt werd ich doch nicht vor einer gal-
lischen Richterin singen, die noch Eierschalen hinter den Ohrn
hat! Nelson Netto, das war ich, nur zur Erinnerung. Sechzig Prozent hab ich rausgeschlagen! Olvido, auch ich, vierzig Prozent!
Paracolès, wieder ich! Wieder vierzig Prozent! Bin schließlich
kein Frischling!«

»Pass trotzdem auf, Jacky.«

»Pass trotzdem auf, was solln das? Der Boss tanzt dreimal die
Woche bei dieser Zwergin an und lebt auch noch!«

»Der Boss ist der Boss, willst du dich mit ihm vergleichen?«

»Darum gehts nich, das ist doch bloß ne Tussi, Scheiße. Die
checkt doch nix.«

»Margaret Thatcher war auch ne Tussi. Frag mal die Argenti-
nier, was die gecheckt hat.«

»Jacky, vergiss nicht, das ist ein Mädel, das den Journalisten
noch nie was gesteckt hat.«

»Na und?«

»Verdammt, erklärs du ihm, der ist zu …«

»Ich bin zu was?«

»Jacky, mein Jacquot, was wir dir sagen wollen: Egal, wie viel
Druck sie von oben kriegt, vom Chef, den Lobbyisten oder von
Politikern, und egal wie verlockend die Angebote sind, die ihr
gemacht werden, diese Richterin lässt nichts durchsickern. Nicht
ein Wörtchen. Gegenüber niemandem. Nie. Sie ist das Unter-

suchungsgeheimnis in Person. Ein Panzerschrank. Und niemand hat je den Code geknackt. Sie wird nicht zufällig die stumme Richterin genannt! Obwohl derlei Infos ja käuflich sind, wie du selber aus Erfahrung weißt! Als Beamtin mit drei Mille so nen Angeboten zu widerstehen in der heutigen Welt, glaub mir, das ist schon was andres, als die Klappe zu halten, wenn eim deine Iwans die Fußsohlen versengen.«

»Ja, findest du? Hätt dich mal sehen wolln, Blödmann.«

»Nenn mich nicht Blödmann.«

»Was wir dir sagen wollen, Jacky: Das bringt nichts, mit deinen üblichen Tricks dort aufzukreuzen, von wegen Bakschisch, garantierte Turbobeförderung, Haute-Couture-Klamotten, Privatjet, Abstecher zur Oper in Manaus, die machen alle, was ich will, ich hab XY an den Eiern, und Z leckt sie mir, die Art von Killekille verfängt bei der stummen Richterin nicht.«

»Irrtum, Leute, alles eine Frage des Preises. Fehlt uns nicht an Schlampen, bloß am nötigen Schotter.«

»...«

»...«

»Was is los? Hm? Stimmt das nicht?«

»...«

»Hast du einen Anwalt? Ist dein Anwalt noch Soares?«

»Brauch kein Anwalt. Ich bin schließlich als einfacher Zeuge vorgeladen, nicht als verdächtiger.«

»Geh nicht allein hin, Jacky.«

»Verdammt, überlegt doch mal. Da mit nem Anwalt anzumarschieren heißt, ich hätt mir was vorzuwerfen. Guckt mich doch an, Leute, hab ich mir was vorzuwerfen?«

»...«

»Jacques, je weniger du sagst, desto besser geht es uns. Sollte

sich unsere Lage verschlimmern, bist du ein toter Mann. Das
schwör ich dir!«

Dann ist es so weit. Jacques Balestro an Ort und Stelle. Ohne
Anwalt. Gehn eim auf die Nerven damit. Pünktlich. Zur Richterin
Talvern wird er auf die Sekunde genau zu dem Zeitpunkt vorgelas-
sen, zu dem er vorgeladen war. Mit einer Geste fordert die Richterin, die sitzen bleibt, ihn auf, Platz zu nehmen. Was er macht.
Wortlos wie sie. Er betrachtet sie. Er sieht sie zum ersten Mal in
echt. Noch eins hässlicher und du krepierst. Im Nu hat er sich die
Geschichte ihrer Profession zurechtgelegt: Eine Frustrierte. Die
alle nervt, um ihr Pferdegesicht zu vergessen. Die Richterin dreht
Balestro einen noch bleichen Computerbildschirm zu. Er wartet. Der Bildschirm wird zum Spiegel. Darin sieht er sich. Was ihn
ein wenig überrascht. Sein Kommunionskindscheitel über dem
hübschen Kämpengesicht, sein Dreitagebart, sein Armani-Anzug.
Dahinter die beschnurrbartete Rübe der Richterin, speckige Haut,
straffes, fettiges Haar. Dann hört Balestro Tastaturengeklacker.
Der Spiegel wird wieder Monitor. Es erscheint die erste Frage der
Richterin.

Name, Vorname, Geburtsdatum, Beruf?

Da bricht er in Lachen aus.

»Also das ist die Spielregel? Sie schreiben, und ich rede? Sie
sind wirklich stumm? Ist das beim Staat erlaubt?«

Aber sein Lachen erstirbt. Auf dem Monitor erscheint seine
Äußerung. Genau in seinem Wortlaut.

*Also das ist die Spielregel? Sie schreiben, und ich rede? Sie sind wirk-
lich stumm? Ist das beim Staat erlaubt?*

Diese Doppelung lässt ihn hochschrecken:

»Was is das?«

Was is das?

Auch die Antwort der Untersuchungsrichterin erscheint auf dem Monitor:

Es ist das, was Sie gerade gesagt haben.

Da hat sie ihm eins verpasst. Sich jetzt schnell wieder einkriegen. Sein Blick wird hart.

»Kapiere: Alles, was Sie sagen, kann gegen Sie verwendet werden. Wie im Kino halt. Kaum gesagt, schon geschrieben.«

Kapiere. Alles, was Sie sagen, kann gegen Sie verwendet werden. Wie im Kino halt. Kaum gesagt, schon geschrieben.

Dieser zweite Schlag trifft ihn fast genauso heftig wie der erste. Balestro schweigt. Die Frage erscheint wieder.

Name, Vorname, Geburtsdatum, Beruf?

Er setzt sich aufrecht hin. Er sagt, dass er Jacques Balestro heißt, am 21. Januar 1977 in Nizza geboren wurde und von Beruf Spielervermittler ist. Was der Monitor sogleich bestätigt:

Jacques Balestro, geboren am 21. Januar 1977 in Nizza, Beruf: Spielervermittler.

Was heißt das?

»Wie, was heißt das?«

Er kann sich nicht daran gewöhnen. Er kann sich nicht an dieses bildförmige Echo gewöhnen.

»Können wir diesen Zirkus nicht lassen? Können wir vielleicht miteinander reden? Wir sind doch Menschen!«

Können wir diesen Zirkus nicht lassen? Können wir vielleicht miteinander reden? Wir sind doch Menschen!

Die Antwort ersteht wie von selbst auf dem Bildschirm.

Monsieur Balestro, erklären Sie mir einfach ruhig, worin der Beruf eines Spielervermittlers besteht. Ich kenne mich da nicht aus.

Das glaubt er nicht. Er glaubt nicht, dass sie sich da nicht auskennt. Im Gegenteil sogar. Sonst hätte sie ihn nicht vorgeladen. Am Ende ist sie vielleicht doch nicht so clever. Sie hält ihn für dämlich. Bildschirm hin oder her, wird schon gut gehn.

Während er sich das sagt, lösen sich auf dem Monitor riesige schwarze Zahlen ab: 1, 2, 3, 4, 5, im Sekundenrhythmus. Er zieht die Brauen hoch. Er kann sich die Frage zum zweiten Mal nicht verkneifen:

»Was is das?«

Was is das?

Tastaturgeklacker.

Das ist die Erfassung der Zeit, die Sie für Ihre Antwort benötigen. Ihre Nachdenkzeit. Brauchen Sie so lange, um über die Natur Ihrer Arbeit nachzudenken?

Er steht auf.

»Verdammt, ich hau ab. Reicht mit dem Quatsch!«

Er steuert Richtung Tür.

Und zum ersten Mal hört er die Stimme der Richterin.

»Möchten Sie lieber als verdächtiger Zeuge vorgeladen werden?«

Das bremst ihn abrupt aus. Ihre Stimme ist sanft, tief, ein wenig melancholisch. Keinerlei Drohton. Er dreht sich um. Sie sieht ihn an. Zwei riesige Augen hinter lupengleichen Brillengläsern. Man könnte meinen, eine Eule oder so was. Die Stimme passt nicht zu diesem Raubvogelbild. Er hätte eine kreischende erwartet.

»Ist Monsieur Soares noch Ihr Anwalt? Für wann können wir einen Termin vereinbaren? Welcher Tag würde Ihnen für eine Einvernahme passen, Monsieur Balestro?«

Das, diese Zuvorkommenheit, verunsichert ihn. Außerdem kennt die Richterin den Namen seines Anwalts ... Statt einen Tag zu nennen, zeigt er auf den Monitor:

»Und ist das dann auch ...«

Sie nickt. Sie erklärt:

»Budgetbeschränkung. Das spart Personal.«

Mein Gott, mehr nicht? Wie blöd von ihm. Also nichts Hinterfotziges dabei. Bloß eine Verschlankung der Justiz. Wie überall. Warum ist ihm wegen dem Ding der Arsch so auf Grundeis gegangen?

Er sagt:

»Nein, wir können weitermachen, wir ...«

Mit einer Geste fordert die Richterin ihn auf, Platz zu nehmen. Er setzt sich wieder.

Und plötzlich ist sie es, die Richterin, die eine Vision hat: Ein Madeleine-Bussard, der im Vercors am Himmel kreist. Der Vogel steigt höher und höher, dann presst er sich zu einer Faust zusammen, stürzt herab auf ein Huhn, bricht dem Huhn das Rückgrat, hackt ihm den Bauch auf und fliegt mit einer langen Gedärmkette im Schnabel auf und davon. Am Boden das Huhn lebt noch.

TALVERN: *Worin besteht Ihr Beruf als Spielervermittler, Monsieur Balestro?*

Balestro erklärt, dass er zuerst Scout war. Der Monitor schreibt das mit einem Fragezeichen: *Scout?* Er lacht. Nicht Boyscout – Fußballscout, Nachwuchssucher. *Das heißt?* Also das heißt, wir klappern die Städte, Viertel, Stadien, Straßen, alle Orte ab, wo Kids Fußball spielen, um die talentiertesten zu entdecken.

TALVERN: *Und?*

1, 2, 3,

BALESTRO: *Und wir kontaktieren die Familie des Jungen.*

TALVERN: *Wozu?*

1, 2, 3, 4,

BALESTRO: *Um zu sehen, ob die Eltern ihn uns anvertrauen wollen.*

TALVERN: *Ihnen anvertrauen? Was verstehen Sie darunter? Wer ist uns?*

1, 2,

BALESTRO: *Ich mein, dem Club halt, zur Ausbildung, Fußball und Schule, verstehn Sie, diese Art von ...*

TALVERN: *Wer bezahlt Sie für diese Arbeit?*

BALESTRO: *Wenn man Scout ist?*

TALVERN: *Ja.*

BALESTRO: *Der Club. Der Club bezahlt uns. Der Club, wo man ist ... ich mein, wo man halt angestellt ist. Wir sind angestellt.*

TALVERN: *Werden Sie nach der Anzahl der vermittelten jungen Spieler bezahlt?*

BALESTRO: *Absolut nicht, nein. Der Scout bekommt einen Festlohn. Ein Gehalt. Wir dürfen gar nicht bezahlt werden für die Vermittlung von eim Minderjährigen, das wär ja strafbar.*

TALVERN: *Danke für diesen Hinweis, Monsieur Balestro. Und der Vermittler?*

1, 2, 3, 4, 5, 6, 7,

BALESTRO: *Könnten wir das mit den Zahlen nicht lassen? Das geht einem auf den Keks.*

TALVERN: *Schauen Sie nicht auf den Bildschirm, wenn Sie mir antworten, Monsieur Balestro, schauen Sie mich an. Und der Vermittler? Wie wird der Vermittler bezahlt? Sie sind doch inzwischen Vermittler?*

BALESTRO: *Ja, ja.*

TALVERN: *Seit wann?*

BALESTRO: *Ich glaub, seit acht Jahren.*

TALVERN: *Bezahlt Sie noch immer Ihr Club?*

BALESTRO: *Nein, jetzt arbeite ich freelance.*

TALVERN: *Das heißt?*

BALESTRO: *Mich bezahlt der Meistbietende. Ich entdecke einen Spieler und biete ihn ein paar Clubs an. Und dann kriegt man Anteile.*

TALVERN: *Anteile?*

1, 2, 3, 4, 5, 6,

BALESTRO: *Wissen Sie wirklich nicht, wie das funktioniert?*

TALVERN: *Nein, wirklich nicht. Aber wenn Sie es mir bitte erklären wollen ...*

BALESTRO: *Also ... (1, 2, 3, 4,) Ein Spieler, das ist sozusagen ein Marktanteil. Eine Investition, wenn Sie so wollen. Ein guter Spieler bringt was ein. Die Familie kriegt Anteile, der Vermittler kriegt Anteile, der Club kriegt welche, der Sponsor ...*

TALVERN: *Der Sponsor? Welche Art von Sponsor?*

BALESTRO: *Unternehmen, Marken ... Die, die Werbung auf den Trikots machen ... Die besitzen Anteile an den größten Spielern ...*

1, 2, 3, 4, 5, 6, 7,

TALVERN: *Würden Sie sagen, dass Olvido ein guter Spieler ist?*

1, 2, 3, 4, 5, 6,

BALESTRO: *Olvido? Ja, der fängt an, was abzuwerfen.*

TALVERN: *Wir haben ihn spielen sehen, mein Mann und ich, letzte Woche, gegen Uruguay. Mein Mann findet ihn genial. Kennen Sie ihn?*

BALESTRO: *Olvido? (1, 2, 3, 4,) Ja (1, 2, 3,), den habe ich entdeckt ...*

TALVERN: *In Nizza, ja, das stimmt, im sozialen Brennpunkt des Paillon-Tals, in den Hochhausriegeln von L'Ariane. Besitzen Sie Anteile an Olvido?*

BALESTRO: 1, 2, 3, 4, 5, 6, 7, 8, 9,

TALVERN: *Monsieur Balestro, besitzen Sie Anteile an Nessim Olvido?*

BALESTRO: *Ja.*

TALVERN: *Wie viel Prozent?*

BALESTRO: *(1, 2, 3, 4, 5,) Vierzig.*

TALVERN: *Wer sind die anderen Aktionäre?*

BALESTRO: *Die Familie ein klein wenig. Die andern ... weiß nicht. Bei Olvido sind viele mit drin. Außerdem werden die Anteile weitergegeben. Hab ja schon gesagt, der fängt an, was einzubringen.*

TALVERN: *Wie alt war Olvido, als Sie ihn eingekauft haben?*

BALESTRO: *Ich weiß nicht. Er war jung. Er war talentiert.*

TALVERN: *Und als Sie ihn an die Polen weiterverkauft haben?*

1, 2, 3, 4, 5, 6, 7, 8, 9, 10, 11, 12, 13, 14,

TALVERN: *Da war er sechzehn Jahre, drei Monate und zwei Wochen alt, Monsieur Balestro, er war minderjährig. Sie erhielten dreihundertsiebenundfünfzigtausend Dollar für den Transfer, wie Ihr Konto CD 38 507 Q belegt, und die Papiere des Jungen wurden von Paul Andrieux-Mercier gefälscht, der zurzeit eine Haftstrafe von fünf Jahren im Gefängnis von Clervaux verbüßt wegen Urkundenfälschung, Besitzes gefälschter Dokumente, Hehlerei, Körperverletzung und anderem mehr.*

BALESTRO: 1, 2,

TALVERN: *Wollen Sie Rechtsanwalt Soares anrufen, Monsieur Balestro? Ich sehe mich gezwungen, Sie in Gewahrsam zu nehmen.*

6

»Nur weil Sie den Nachrichten widerstehen, sind Sie noch lange kein Widerstandskämpfer, Malaussène!«

Alcestes Stimme verfolgte uns, Julius und mich, noch eine ganze Weile. Im Grunde tun ihm meine Besuche wahnsinnig gut. Jedes Mal, wenn ich gehe, male ich mir aus, wie er sich auf seinen Rechner stürzt und mit allen Zehen und Griffeln auf die Tastatur einhämmert, um im Namen der wahren Wahrheit die menschliche Gleichgültigkeit anzuprangern. Das ist sein Ding, die Wahrheit, das ist sein Treibstoff.

»Sein Treibstoff und unsere Prosperität, Malaussène!«

Diese Heroen der wahren Wahrheit waren der geniale Fund der Reine Zabo; heute schwemmen sie das Geld in die Kassen von Talion. In den zehn Jahren nach dem Fall der Mauer erlebten die Geschäfte meiner heiligen Patronin ihren eigenen Fall: den freien. Die Umsätze der Essayreihen schmolzen dahin wie die Polkappen. Die kritische Auseinandersetzung mit der Gesellschaft machte sich nicht mehr bezahlt. Schluss mit dem kollektiven Traum! Genug der Hirngespinste! Genug der Leichen! Wenn es eine Wahrheit gibt, so im innersten Kern des einzelnen Lebens! *Das* hing fortan in der neuen Luft. Jedem Romanautor lag seine persönliche Wahrheit am Herzen. Hier schlummerte jetzt die Goldader, so die Schlussfolgerung der Königin, hier, in dieser neuen Illusion, mussten wir scouten.

»Was denken Sie dazu, Malaussène?«

Der Zufall wollte, dass ich an jenem denkwürdigen Morgen zugegen war, als die Königin Zabo beschloss, alle Autoren der wahren Wahrheit, die nicht in ihrem Verlag publizierten, einzukaufen. (Unsere »WeWes« schrieb sie in ihren Hausmitteilungen.)

»Ich denke, das bedeutet, eine Menge WeWes einzukaufen, Majestät.«

»Das wird uns eine Stange Geld kosten!«, schob Loussa nach.

»Eine lukrative Investition«, prophezeite Leclercq, unser Finanzchef.

»Ich verkaufe mein Haus am Cap Ferrat an russische Gauner, kürze eure Gehälter um ein Viertel, für den Rest nehmen wir einen Kredit auf, kaufen alle WeWes und holen uns nachher das Verauslagte aus den Gewinnen zurück. Ein todsicheres Geschäft!«

Weshalb Loussa und ich die nächsten Monate damit zubrachten, die WeWes von sämtlichen Verlagen abzuwerben, die glaubten, sich ein Stück vom Kuchen der wahren Wahrheit abgeschnitten zu haben. Kommt zu uns, kommt herbei, liebe Schreibende, die Reine Zabo liebt euch wirklich und wahrhaftig, ihr werdet der Königin einziger Einundalles sein! Sie glaubten es. Sie nahmen ihre Schecks und tanzten an, alle, ein jeder sich für sich selber haltend. Augenblicklich ist Alceste der Champion. *Sie haben mich belogen* ist seit acht Monaten der absolute Renner. Seine Familie würde ihn gerne daran hindern, die Fortsetzung zu schreiben.

So die Erinnerungen, die mich auf meinem Weg zurück ins Dorf begleiten, während vor mir Julius der Hund einhertrottet.

Bei jedem Hasen, den er aufstört, setzt sich Julius.

Bei jeder Hirschkuh, die durchs Unterholz bricht, setzt sich Julius.

Bei jedem Bussard, der schwerfällig von einem Zaunpfosten auf- und davonfliegt, setzt sich Julius.

Er setzt sich, sieht dem Tier hinterher, bis es verschwunden ist, dann ein kurzer Blick auf mich, und weiter gehts. Der Antijagdhund schlechthin? Ist er ein Fan von Tier-Sammelbildern? Oder ein Verhaltensforscher, der mich die Fauna genießen lassen will? Begeisterung verrät er allerdings nicht die geringste: Das Tier stürmt los, Julius setzt sich, das Tier entschwindet, Julius schaut ihm hinterher, das Tier ist verschwunden, Julius macht sich wieder auf. Ausdruckslos auch der Blick, den er kurz auf mich heftet, ehe er weitertrottet.

Warum auch immer lässt mich das an Talvern denken, Verduns verstörenden Koloss. An die sanfte Leidenschaft Ludovic Talverns für meine kleine Schwester Verdun, seine Gattin vor dem Gesetz ... Darin steckt etwas Juliushaftes, etwas Unerklärbar-Unmissverständliches. In einem Sommer trug Ludovic Verdun auf seinen Schultern bis zum Gipfel des Grand Veymont hinauf. Er bewältigte einen Höhenunterschied von 1200 Metern mit seiner Frau huckepack! Weit vor uns lief er bergan. Manchmal sahen wir Verdun, wie sie sich auf die Füße stellte und auf der ganzen Schrankbreite ihres Kerls hopste, um sich die Beine zu vertreten. Die restliche Zeit über paukte sie, auf seiner linken Schulter sitzend, den Arm um seinen Hals, Verfassungsrecht. Damals studierte sie noch.

Von Verdun komme ich wie selbstverständlich auf die Untersuchungsrichterin, die sie geworden ist, und von der Richterin auf den Fall Lapietà. Der Fall Lapietà, der mir an den Fersen klebt, als das Dorf auftaucht, wo Julie auf mich wartet, im Café de la Bascule, vor einem kleinen Hellen, das kurz davor ist, die Talsohle zu erreichen.

Es ist just der Fall Lapietà, den sie bei meinem Eintreten auf dem Tablett haben. Und La Bascule tafelt wie stets aus einem Topf.

»Der hat es noch nicht gehört, der Malo, das Neuste?«

Kollektive Begrüßung.

Julies niedergeschlagener Blick verkündet mir, dass ich das Thema nicht abbiegen werde. Ich lasse meinen Rucksack fallen, bestelle ein kleines Helles für mich und einen Napf Wasser für Julius, der draußen geblieben ist. Der gesamte männliche Teil des Dorfes ist da. Und alles muss sich die Seiten halten und desgleichen den Bauch, weil, Donnerlittchen, Lapietà zu entführen ist ja schon nicht ohne, aber genau den Betrag seiner Abfindung zu fordern, nicht einen Cent mehr oder weniger, das, ja das stimmt doch gesprächig!

(Ah, das also wollte Alceste mir mitteilen ... die Höhe des Lösegelds ...)

Um mich dem fröhlichen Reigen anzuschließen, frage ich:

»Wie hoch war noch mal der Handschlag in Gold?«

Chorale Antwort.

»Oh! Nicht schlecht!«

Zücken sämtlicher Taschenrechner, gefolgt von einer Kaskade von Vergleichen:

»Zwanzigtausendmal der Nettomindestlohn, mein lieber Scholli!«

»Achtundzwanzigtausendfünfhundertmal meine Rente, Sapperlot!«

»Und du, César, wievielmal deine Stütze?«

Der Besitzer des heidelbeerpürierenden Huskys brabbelt den Betrag des ihm zustehenden RSA:

»Verflucht, vierundvierzigtausendundachthundertsiebenmal die Mindestsicherung vom César!«, grölt dessen Sitznachbar und hebt das Glas, als wolle er auf den Sieger anstoßen.

»Findest du nicht auch, dass das gesprächig stimmt, Le Malo?«

Le Malo, das bin ich, Julies Kerl. Julie ist ihre Juliette, die Tochter des seligen Kolonialgouverneurs Corrençon, der Legende des Vercors', ein Dorf auf der anderen Seite des Bergmassivs trägt seinen Namen. Ihre Juliette ... Gleichzeitig geboren und zusammen aufgewachsen. Sie verteidigte sich im Streitfall wie drei Typen. Kein Kerl in der Region hätte sich was erlaubt mit ihr. Wäre keinem eingefallen. Eine, für die alle einstehen und die folglich keinem zusteht.

Le Malo, das bin also ich, der Kerl, den die Juliette angeschleppt hat und der auf dem Plateau auftaucht, sobald der Pariser Angestelltenkäfig aufgeht. Ein Hauptstädter. Arbeitet offenbar in einem Verlag, der Talion heißen soll. Schriftsteller? Nein, irgendwas anderes.

Als ich aufkreuzte, gefiel Malaussène ihnen gleich als Name, weil: reduzier- und durchdeklinierbar. Entweder kurz Malo, auch Mal oh oder Mal hoch zehn, Mal hoch die Zehn, mal hoch die Zähn, Malozän, je nach Situation. Überdies regionalisierbar: der Malo, und abstrahierbar: »Le Malo«. Die lokale Kunst der Spitznamensgebung würde eine vertiefte Studie lohnen. »César« zum Beispiel, diese unterm Gewicht seiner Dreadlocks ausgepowerte Gestalt. Ich habe mich lange gefragt, wer auf den genialen Einfall kam, dem eroberungsunlustigsten Typen der Gegend diesen imperialen Namen zu geben. Robert lieferte mir die Antwort:

»Du bist immer gewillt, uns Fähigkeiten anzudichten, die wir nicht haben, Benjamin. Soll ich dir wirklich sagen, warum wir ihn César nennen? Du wirst enttäuscht sein. Als er hier auftauchte mit diesen Zotteln, als hätte er sein ganzes Leben unterm Bett verbracht, da hat einer von uns (Dédé, Yves, Mick, René, Roger oder ich) ihn automatisch O-Cedar genannt, nach diesem Mopp, du weißt schon, dieser Besen mit den Fransen. Und ein anderer, vom Pastis schon in andere Umdrehungen gebracht, verstand Oh César. Am Ende blieb César, geht leichter am Tresen, so knapp. Das ist alles, wir haben einen Sinn fürs Praktische, wir von hier, mehr steckt nicht dahinter.«

Und jetzt wollen sie wissen, was ich über den Fall Lapietà denke.

»Und du, was sagst du dazu?«

Wie oft, wenn ich etwas sagen soll, verschlägt es mir die Sprache. Malaussène oder der Nullpunkt der Spontaneität. Auf Verlangen zu äußern, was ich über dieses oder jenes denke, weist mich in der Regel darauf hin, dass ich dazu nichts denke. Lapietà? Was könnte ich über den Fall Lapietà so denken? Dass im Augenblick wahrscheinlich sechsundsechzig Millionen Franzosen über ihn reden. Kein Zweifel, die Bande, die auf den Clou gekommen ist, als Lösegeld auf Heller und Cent genau den Ablösebetrag zu verlangen, hat ins symbolische Schwarze getroffen. Aber das wissen in der Bascule alle, denn Frankreich, das sind sie. Das sind wir.

Aus dem Nichts frage ich, wie viele Einwohner wir in unserem Gemeindeverband sind.

Google springt uns sofort in die Hände:

»675 in La Chapelle.«

»226 in Saint-Julien.«

»396 in Saint-Martin.«

»344 in Vassieux.«

»378 in Saint-Agnan.«

Macht zweitausendundneunzehn Seelen.

»Zensus von 2012«, präzisiert Mick.

»Also gut, Leute«, sage ich, »ich habe eine schlechte Nachricht für uns alle.«

Die Gläser erstarren in der Luft.

»Wisst ihr, was Lapietà mit der Abfindung gemacht hätte, wäre er nicht von diesen verantwortungslosen Burschen gekidnappt worden?«

Beunruhigtes Schweigen.

»Mick, kannst du mir mal deinen Taschenrechner leihen?«

Und auf dem teile ich mit lauter Stimme 22 807 204 durch 2,40, was 9 503 000 ergibt, dies wiederum geteilt durch 2019 macht 4706, geteilt noch einmal durch 365.

»Dreizehn Jahre lang den abendlichen Apéro! Den wollte uns Lapietà nämlich spendieren! Das hat er mir gesagt! Ich kenne ihn persönlich, Paris ist klein. Dreizehn Jahre lang den Apéro oder den Espresso sechsundzwanzig Jahre lang. Sechsundzwanzig Jahre einen kleinen Schwarzen! Allen Einwohnern des südlichen Vercors'! Und das haben uns die Gangster geklaut! ... Und ihr lacht?«

Denn sie lachen.

»Er hat wirklich ein Rad ab, dein Malo, Juliette!«

Auf unserem Rückweg zu Les Rochas frage ich Julie:

»Haben sie über Alceste geredet?«

»Kein Sterbenswörtchen. Sie nennen ihn ›die eiserne Maske‹.«

»Gut. Wer hat heute Abend Wache?«

»René und noch drei. Für den Ernstfall hat Mick als Ausweichort die kleine Grotte von Les Bruyères vorbereitet. Roger kümmert sich um die Lebensmittel. Sein Wirtschaftsgarten ist nicht weit.«

Gut. Sich verdrücken oder unerfreulichen Besuch bekommen wird Alceste heute Nacht noch nicht.

Woher dann aber die Unruhe, die mich plagt?

Genau das fragt mich schließlich Julie:

»Was quält dich seit heute Morgen, Benjamin?«

Julius, der auf der Rückbank steht, sabbert mir in den Nacken.

»Hat jemand Julius Bier zu trinken gegeben?«

»Ich glaube, der Kirchendiener. Die beiden verstehn sich. Komm, was setzt dir zu?«

Ich weiß nicht. Ich weiß es nicht … Es bleibt mir schleierhaft. Alceste ist es nicht, meine Gesundheit ist es nicht, es sind nicht einmal Sept, Mosma oder Mara, all die Gefahren der Welt, denen sie ausgesetzt sind …

Wir fahren durch die inzwischen tiefdunkle Nacht. Unsere Scheinwerfer schielen in die Finsternis. Unser sechster Sinn ist auf dem Quivive, jener Sinn, der einem zur Unzeit querenden Wild auflauert und die Rechnung der Werkstatt überschlägt.

»Ich mag diesen Fall Lapietà nicht.«

Das stimmt.

Die Richterin Talvern und Lapietà …

Ich mag dieses Mediengespann nicht, das meine kleine Schwester Verdun und Georges Lapietà bilden. Jedes Zusammentreffen der beiden gleicht einer neuen Folge eines nicht endenden Zeitungsromans.

Im letzten Jahr weckte uns, Julie und mich, eines Morgens das Radio … Zu hören die spöttische Stimme von Georges Lapietà, der gerade aus einer Vernehmung durch Verdun kam. Elf Stunden hatten die beiden zusammen verbracht. Lapietà trällerte »Aux marches du palais«, während er über die Stufen des Justizpalasts auf die Wand aus Journalisten zuschritt, die ihm entgegenkam. Dann brüllte er in die gezückten Mikrofone:

»War traulich, unser kleines Tête-à-Tête. Zwar lässt sich nicht sagen, dass sie sonderlich gesprächig ist, die Kleine, aber wortgewandt schon. Ein feines Mädel! Und ein schöner Blick hinter den Butzenscheiben!«

7

»Gut, liebe Kollegen, ein bisschen Aufmerksamkeit bitte. Sind Sie so weit?«

Nachdem er auf seinem Laptop den Flugzeugmodus aktiviert und einen Blick auf die zerknautschte Birne seines obersten Chefs Legendre geworfen hat, ist der Commissaire divisionnaire Joseph Silistri so weit.

»Ich rate Ihnen dringend, genau zuzuhören.«

Der Fall Lapietà also. Nach sechsunddreißigstündigem Totstellreflex berappelt sich das Faultier. Legendre nimmt das Heft in die Hand. Der Divisionnaire Silistri und seine Lieutenants haben sich in der illusionslosen Geduld von Flics eingerichtet, denen das Faultier das auftischen wird, was sie ihm vorgelegt haben. Derselbe Schmu bei der Finanzbrigade: Der Chef aller Chefs der Police Nationale wird euren Buchhalterohren eure Dossiers servieren.

»Als Auftakt, liebe Kollegen, zu Georges Lapietà. Ich kenne die Gerüchte, die im Umlauf sind, auch in Ihren Abteilungen, und ich kann Sie nicht nachdrücklich genug auffordern, sich an die Tatsachen zu halten.«

Im Klartext: Vermintes Gelände, Lapietà. Haltet die Schnauze, wir werden von höchster Seite observiert.

Silistris Blick verweilt bei dem für präsidiale Briefings bestimmten kleinen Podest, Legendres rednerisches Krähennest. Kurz denkt Silistri an den alten Coudrier, seinen längst pensionierten einstigen Chef, bei dem er gerade ein paar Urlaubstage verbracht hat. Damals, sagt sich Joseph Silistri, arbeiteten wir im Schatten eines Adlers, heute weichen wir den Kotflatschen einer fliegenden Ratte aus.

Legendre spinnt seinen Faden fort:

»So schwammige Begriffe wie das *Ansehen* des Opfers (übrigens ehemaliger Minister der Republik, wie ich Sie erinnern möchte) dürfen Ihre Ermittlungen nicht beeinflussen. Sie sind, meines Wissens, keine Journalisten.«

Ein Dummtäuberich, denkt Silistri, taubdumm. Aufgestiegen, da aufgeplustert. Weil, wenn er sich auf was versteht, dann darauf, sich fremde Federn anzustecken! Titus hatte recht, wegzubleiben.

»Ich geh nicht hin, Joseph«, hatte der Capitaine Adrien Titus erklärt, »hab anderes vor. Die kleine Talvern will, dass mein Bauchgefühl anschlägt. Da brauche ich andere Nahrung. Sollte das Faultier nach mir fragen, denk dir was aus.«

Das Faultier würde den Divisionnaire Silistri auf jeden Fall fragen, wo der Capitaine Adrien Titus steckt. Zahnarzt, würde Silistri antworten, letzte Nacht ist er die Wände hochgegangen, heute Morgen also Zahnarzt.

Silistri hat seinen Ex-Schwager instruiert:

»Armand, morgen früh zwischen neun und zehn empfängst du einen Flic und drei kariöse Zähne. Und das steht in deinem Praxiskalender!«

Der Ex-Schwager leistete Widerstand:

»Nach dem, was du meiner Schwester angetan hast? Bohr dich selber, Joseph!«

Silistri trat in Verhandlungen ein:

»Zweiundzwanzig Ehejahre, Armand. Was dich betrifft, heißt das: Bußzettel, die zweiundzwanzig Jahre lang in die Schublade gewandert sind. Welche Größenordnung, schätzt du, haben zweiundzwanzig Jahre Bußzettel, wenn die Schublade plötzlich aufgeht? Sag einfach eine Zahl.«

Legendre gibt sich jetzt pädagogisch:

»Wie Sie wissen, wurde Georges Lapietà von seinen Aufgaben in der LAVA-Gruppe entbunden, welche wiederum im Besitz eines ausländischen Pensionsfonds ist.«

Eines ausländischen, merkt sich Silistri. Der Anfang der Vernebelung. Silistri fragt sich, ob Legendre bereits einen Teil seiner künftigen Rente in den magischen Sparstrumpf eines ausländischen Pensionsfonds gesteckt hat. Seine verbleibende Zukunft mit dem Errechnen der Dividenden zu verbringen, würde dem Dummtäuberich ziemlich ähnlich sehen.

»Für diejenigen unter Ihnen, die geneigt sein sollten, über den ›goldenen Handschlag‹ zu frotzeln, der Lapietà gewährt wurde (übrigens ein rein journalistischer Begriff, dieses ›goldener Handschlag‹), möchte ich dessen Zusammensetzung in Erinnerung bringen: eine – im Übrigen recht bescheidene – legale Abfindung infolge der Vertragsauflösung, eine Kompensation für den Verlust der Betriebsrente, des Weiteren ein Abschlag für die Aktien, die er in der Gruppe hält, sowie eine Entschädigung für die verschiedenen Verwaltungsratsmandate und ein Abschiedsbonus für Lapietàs wahrlich nicht geringe Leistungen innerhalb der LAVA-Gruppe. Dies alles ist vollkommen legal, zwischen den Parteien auf den Euro genau ausgehandelt, vom Finanzministerium kontrolliert, und es unterliegt der Besteuerung. Der Divisionnaire Klein wird Ihnen die Beträge in seinem Vortrag aufschlüsseln.«

Silistri lässt seinen Blick zu dem Divisionnaire Benoît Klein wandern, der ihm mit einem verstohlenen Lächeln antwortet: Was habe ich dir gesagt?

Wer spricht von innerpolizeilichem Krieg? Diese beiden hatten am Abend zuvor ihre eigene Sitzung abgehalten, unter vier Augen und drei Flaschen Wein, deren ruhiger Pegelabfall der sorgfältigen Einverleibung des Lapietà-Dossiers entsprach. Kripo und Finanzbrigade agierten in diesem Fall Hand in Hand.

»Sag mir genau, was du wissen willst, Joseph.«

»Ich bin grade aus dem Urlaub zurück und will alles wissen.«

»Womit fangen wir an?«

»Mit Ménestrier, Vercel, Ritzman, Gonzalès zum Beispiel.«

»Alle vier im Verwaltungsrat der LAVA-Gruppe, Abwasserklärung und Trinkwasserversorgung; Filialen in der ganzen Welt, wie du weißt.«

»Und wie ich nicht weiß?«

»Überall ein bisschen die Finger drin, alle vier. Schwer möglich, alles aufzulisten. Die Jungs sind sehr aktiv.«

»Lapietà hat sie wie am Wickel?«

»Hauptsächlich wegen Betrugs bei der Vergabe öffentlicher Aufträge: Kläranlagen- und Kanalisationsbau, Aberkilometer von EU-Rohrleitungen, ein Staudamm in der Tschechischen Republik, und so weiter und so weiter. Die Richterin Talvern weiß darüber eine Menge.«

Schweigen.

Synchroner Schluck Wein.

Frage von Benoît Klein:

»Was meinst du, könnten die vier Lapietà beseitigt haben?«

Antwort von Joseph Silistri:

»Kaum. Sein Ableben würde auf der Stelle ihre Akten aufleben lassen.«

Schluck Wein des einen.

»Lapietà und seine Netzwerke ...«

Schluck Wein des anderen.

»Eben dazu dient ein längerer Aufenthalt im Ministerium, mein kleiner Joseph.«

Silistri erinnerte sich an die Langlebigkeit von Lapietà in diesem Amt. Niemand hatte damit gerechnet, dass dieser Hitzkopf sich halten würde. Drei Wochen, und irgendeine Flause Lapietàs würde zum Eklat führen, so die Prognose. Tja, aber dann, das Gegenteil ... Fest im Sattel, Lapietà. Ein ganz und gar vorbildlicher Minister, schlagzeilenverbürgt: »*Unermüdlicher Sondierer ausländischer Märkte*«, »*Speerspitze unserer Industrie*«, »*Der reisefreudige Minister*«, »*Polyglott und immer auf Achse*«. Dazu die entsprechenden Fotos: Lapietà in der Präsidentenmaschine, Lapietà auf der Chinesischen Mauer, Lapietà in Irland, Lapietà in Vietnam, Lapietà und der Ring des Papstes ...

»Warum dann von LAVA gefeuert, mein kleiner Benoît?«

»Nicht wirklich gefeuert. Er hat einfach erledigt, was er erledigen sollte.«

»Konkret?«

»Konkret gesagt, wenn mein Glas leer bleibt, guckst du in die Luft.«

Joseph Silistri entkorkte die zweite Flasche, und der aus höchsten Hochschulen hervorgegangene Divisionnaire Benoît Klein erklärte dem aus niedersten Gassen und Winkeln emporgestiege-

nen Divisionnaire Silistri, dass Lapietà, vom LAVA-Verwaltungs-
rat beauftragt, die Aktivitäten der Gruppe durch Investitionen in
den Immobilienbereich zu diversifizieren, sich auf den Aufkauf
von »strukturell defizitären« Bauträgern spezialisiert hatte.

»Sprich, von bankrotten Firmen. Kannst du mir folgen?«

»Bis jetzt ja, aber brems dich. Werd nicht zum Wirtschaftsko-
lumnisten.«

»Du kriegst das schon gebacken, Joseph, es sind einfach Gau-
ner. Lapietà steckt mit gewissen Liquidatoren unter einer Decke.
Die empfehlen den Gerichten als besten Käufer die LAVA-Gruppe.
Auf der Basis von astreinen Dossiers natürlich.«

»Die Gegenleistung?«

»Das fragst du am besten die Richterin Talvern.«

Silistri lief es kalt den Rücken hinunter. Er konnte sich nicht
vorstellen, der Richterin Talvern gegenüberzusitzen und sie zu
fragen: Meine kleine Verdun, wie tief hängen deine Kollegen mit
drin? Obwohl sie es wusste. Sie wusste alles. Verdammt, dachte
Silistri, ich bin bei Gott nicht abergläubisch, aber diese Kleine
weiß alles über alles, von jeher, und ich weiß das aus sicherer
Quelle, denn, wenn sie etwas nicht weiß, fragt sie mich. *Seien
Sie meine Ohren, Joseph.* Er hatte die SMS der Richterin Talvern
gelesen und sofort Klein angerufen.

Klein, der nun seinerseits ihm nachschenkte.

»Apropos Richterin Talvern, Joseph, eine Sache lässt mich
nicht los.«

»Rück raus.«

»Wie kann eine junge Frau nur so hässlich sein?«

Der Ausdruck »junge Frau« überraschte Silistri. Klein hatte
nicht Mädel und schon gar nicht Tussi oder Ische gesagt, ja nicht
einmal Frau ...

»Junge Frau« ... Eine nachgerade väterliche Regung.

»Scheiße, Joseph, der Schnurrbart, die fettigen Haare, die Cola-flaschengläser, der verdammte Kilt, der Buckel, die aufgerollten Söckchen, die Jesuitensandalen und dann der Geruch, dieses puderbedeckte, beinah giftige Neutrum, mein Gott ...«

Eine *großväterliche* Regung, korrigierte sich Silistri.

»Hat sie denn niemanden? Einen Vater, einen Bruder, eine Familie, was weiß ich ... Jemanden, der sie ein klein wenig *sieht* ...«

Er kommt nicht einmal auf die Idee, dass sie verheiratet sein könnte, sagte sich Silistri. Kurz stellte sich ihm der Bäcker vor Augen, Ludovic Talvern, wie er sich mit all seiner Körpermasse auf den Divisionnaire Benoît Klein setzt.

»Wie alt ist sie?«, fragte Klein. »Sie ist doch noch ganz jung, oder?«

Neunundzwanzig, rechnete Silistri nach. Herr im Himmel, wie die Zeit vergeht! Er beschloss, den Qualen seines Kollegen ein Ende zu machen. Schließlich empfand auch er gegenüber der Richterin Talvern etwas Ähnliches. Schon lange.

»Benoît, erinnerst du dich an Thian?«

Klein brauchte keine drei Sekunden, um sich Inspektor Van Thian umrisshaft ins Gedächtnis zu rufen.

»Thian? Der Ballermann? Der Vietnamese? Der Kumpel von Pastor, der sich im Krankenhaus hat abknallen lassen? Klar doch.«

»Gut. Und erinnerst du dich, dass er gegen Ende seines Lebens mit einem Baby vor dem Bauch rumlief, in einem Ledergeschirr? Einem Baby, das uns in die Augen sah?«

»Ich habe das Kleine nie gesehen, aber davon gehört.«

»Nun ja, das Kleine, das war sie. Die Richterin Talvern. Von Thians Kühler aus hat sie die Welt gesehen, wie sie ist, ganz einfach. Sie hat die Kugeln pfeifen gehört.«

Klein öffnete erneut den Mund, aber Silistri goss ihm Wein nach.

»Zurück zum Thema. Lapietà hat also bankrotte Baufirmen aufgekauft, richtig?«

Ein kräftiger Schluck spülte das Bild der Richterin Talvern hinunter.

»Richtig, ja. Lapietà kaufte tatkräftig, entließ hemmungslos, baute neue Strukturen auf, die er ihrerseits verschlankte und veräußerte, und immer so weiter, bis die Finanzen der LAVA-Gruppe durch die Decke gingen. Job erledigt, also Abgang, Schluss und aus. Auf zu etwas Neuem. Konkret: zum Fußball, der auch nicht wenig abwirft.«

»Mehr steckt nicht dahinter?«

»Nein, mehr nicht. Und morgen wirst du Legendre hören, wie er den Pseudorauswurf rechtfertigt, indem er von einem ›Abschiedsbonus für Lapietàs wahrlich nicht geringe Leistungen innerhalb der LAVA-Gruppe‹ spricht. Und es wird salbungsvoll klingen, denn, wahrlich, seinen Schmus schrieb ich, Benoît, der Gesegnete, ihm höchstselbst.«

Wortwörtlich das, was Legendre gerade von sich gegeben hat.

Jetzt ist der Dummtäuberich beim Schlusswort:

»Folglich sehen wir uns, liebe Kollegen, schlicht einem Einschüchterungsversuch gegenüber. Georges Lapietà wurde entführt von verantwortungslosen Elementen, die glauben, man habe ihnen etwas weggenommen. Der symbolische Betrag der Lösegeldforderung bestärkt mich in meiner Ausgangsvermutung: Wir haben es nicht ernstlich mit einer Entführung zu tun. Das Ganze soll, um es im heutigen Jargon zu sagen, Sinn machen! Dass diese Bande genau den Betrag des goldenen Handschlags fordert, besagt weiterhin, dass es sich um Beschäftigte der LAVA-Gruppe handelt! Hätten Sie diesen Personenkreis in Betracht gezogen und wären Ihre Abteilungen reaktionsschneller gewesen, hätten wir uns die Lächerlichkeit erspart, die Lösegeldsumme heute Morgen auf den Titelblättern sämtlicher Zeitungen zu sehen!«

Jetzt sind wir beim eigentlichen Punkt, denkt Silistri, die Lächerlichkeit ...

Schon hagelt es Weisungen: Alle LAVA-Gewerkschafter einbuchten, jeden einzelnen in die Mangel nehmen, die Filialen stürmen, ein paar Hundert Lagerhallen durchforsten ... Kurz, Lapietà finden, aber dalli, es geht um ...

Ja, um was geht es eigentlich?

Um was geht es?

Während Legendre mit Weisungen und Drohungen um sich schleudert, lässt Silistri seinen Blick über die Versammlung schweifen, über die hohen Tiere, über seine Kollegen Foucart, Allier, Goujon, Berthelet, Klein, Menotier, Carrega und über den Taubdummen selbst: alle kurz vor der Rente. Wie ich selber ja auch, schloss Silistri. Nicht ein Junger. Die Jungen sind alle bei der Antiterrorbrigade. Herrscht schließlich der Ausnahmezustand. Paris fliegt in die Luft. Die Terroristen ballern tatkräftig um sich. Deren Bekämpfung – eine Sache der Jungen. Die einzige Weisung für uns Alte: Lapietà finden und einen glatten Abgang in die Rente hinlegen. Das große Ding. Abgehen wie die fabelhaften Gauner nach dem letzten großen Coup, die Bühne erhobenen Hauptes und mit aufgestellten Schwanzfedern verlassen. Eine Castingtruppe à la Sam Peckinpah, das sind wir: *Bringt mir den Kopf von Lapietà!* Aber auf seinen Schultern, bitte! Denkt an meine Rente!

8

Auch der Capitaine Adrien Titus war gerade mit Kinoreminiszenzen beschäftigt. Ariana Lapietà, Georges Lapietàs Frau, war die Claudia Cardinale von Sergio Leone. Mit zwei, drei harmonisch verteilten Jahrzehnten mehr. Wie konnte eine Frau derart einem Bild ähneln? Titus sah sie zum zweiten Mal. Am Tag zuvor hatte er sie mit Menotier aufgesucht. Legendre hatte ihm den Divisionnaire Menotier an die Hacken geheftet. Das Faultier ließ ihn nicht mehr alleine arbeiten. Titus hatte seinem Aufpasser die Befragung überlassen. Menotier hatte sich verheddert zwischen Madame Lapietà, Madame le Ministre, Madame la Ministre, chère Madame ... Aufgetaucht war die Frage im Auto:

»Titus, wie redet man die Frau eines Ex-Ministers an?«

»Man lässt sein Herz sprechen, Menotier.«

Kurz, Menotier hatte, von der Kopie Claudia Cardinales vollkommen aus dem Gleis gebracht, seine Fragen gestellt. Und Titus hatte beschlossen, am nächsten Tag noch einmal hinzugehen.

Nun war er da, vor Lapietàs Tür, die Ariana eben öffnete.

Allerdings bescherte Ariana ihm eine Überraschung. Ehe er »Guten Tag, Madame« sagen konnte, rief sie leise:

»Tituuuus! Na sag mal, du bist bei der Polizei? Ich hab mich ja gestern soooo gefreut, dich zu sehen.«

»Ich *bin* die Polizei«, antwortete er. »Kennen wir uns?«

Mit einer leichten Geste aus dem Handgelenk entließ Ariana Liouchka, das Dienstmädchen mit weißer Schürze und kleinem Spitzenkragen, das auf das Klingeln zu spät reagiert hatte.

»Du hast mir die Hausaufgaben gemacht, als ich klein war. Komm doch rein.«

Der Capitaine Adrien Titus konnte sich nicht entsinnen, Claudia Cardinale bei den Hausaufgaben geholfen zu haben.

»Sie müssen damals ziemlich anders ausgesehen haben, sonst würde ich mich erinnern.«

Vorraum, rechtwinklig abknickender Flur, Salon. Sie forderte ihn auf, Platz zu nehmen.

»Ich war sehr hässlich. Aber du, du hast dich nicht verändert. Du hattest schon damals dieses Tatarengesicht.«

Sie sprach einfach, stockend, in kurzen Aussagesätzen. Sie hatte Titus erkannt, gestern, während der andere Flic seine Fragen stellte. An seinem immer noch glatten Gesicht hatte sie ihn erkannt, an dem sprühenden Witz in seinen Mandelaugen, am metallischen Klang seiner Stimme und seinem besonderen Lächeln, das die Zähne ein Stück freigibt. Auch daran, wie seine Miene verriet, dass er sich sein Teil denkt; die Fragen seines Kollegen haben ihn offenbar amüsiert.

»Du warst nett zu mir gestern, Titus. Machst du heute so weiter?«

»Je nachdem, wie Sie mir auf meine Fragen antworten.«

Auch er blieb einfach.

Liouchka erschien im Rücken des Capitaine. Besuchern bietet man Kaffee an, auch wenn sie von der Polizei sind. Ariana schüttelte unmerklich den Kopf. Sie wollte einen Auftakt ohne Requisiten.

»Matassa«, sagte sie zu Titus. »Ich bin Ariana Matassa. Die Schwester vom Gecko.«

Oje, der Gecko! Eine lang zurückliegende Erinnerung! Pierre-Arènes-Schule in Montrouge. Sitznachbar während der letzten drei Jahre bis zum Abitur. Titus sah ihn wieder vor sich, den Gecko, seine massiven Handgelenke und den schmalen Körper. Der Gecko kletterte. Er klebte von jeher an den Wänden. Ein Schröpfglas. In seinen letzten Schulferien war Titus an zwei, drei Felswänden mit ihm geklettert. Schon bei der Erinnerung daran spürte er, wie der Schwindel ihm die Eier zusammenzog. Was macht dir daran Spaß? Die Welt von Nahem zu sehen, hatte der Gecko geantwortet. Mit der Nase an der Wand! So nah, dass er am Ende in die Welt eingedrungen war. Einbrecher. Er hatte sich aufs Gebäudeklettern verlegt, auf Haussmann-Fassaden. Bis ihn eines Tages ein anonymer Sniper runterschoss. Der Typ ballerte von Weitem aus einem Gewehr mit Zielfernrohr auf ihn. Erst auf die eine Hand. Da hatte der Gecko sich noch ein wenig halten können, doch eine zweite Kugel zertrümmerte ihm die andere Hand. Die Jungs von der Ballistik hatten die Entfernung errechnet. Vierhundert Meter, aus leicht erhöhter Position, ein für eine Nacht unter falschem Namen gemietetes möbliertes Zimmer. Von dort aus war auf ihn geschossen worden. Mit derselben Waffe, mit der tags darauf Rufus Argoussian, spezialisiert aufs ganz Große, ermordet worden war, nicht am selben Ort, aber in etwa zur selben Stunde. Kein Zusammenhang zwischen den beiden Fällen. Der Gecko hatte sich von einem sein Instrument checkenden Techniker abknallen lassen. Keine Beziehungstat. Reine Gewissenhaftigkeit.

Claudia Cardinale, die kleine Schwester des Gecko also.

»Du hast mich Lady Long-Legs genannt.«

Richtig, Titus erinnerte sich jetzt. Lady Long-Legs oder auch Lady Langbein. Weil dieses Kind von vierzehn, fünfzehn Jahren nur aus einem fädchendünnen Torso und Armen und Beinen bestand, eben wie die fadenförmigen, riesigen Weberknechte. Titus hatte ihr zwei-, dreimal bei den Hausaufgaben geholfen, als er den Gecko besucht hatte, das stimmte.

»Ohne irgendeine Gegenleistung zu verlangen.«

Eine Anspielung Arianas auf ein gewisses Tauschgeschäft, das die Pickligen aus ihrer Klasse ihr abverlangten. Arianas offenherziger Mund brachte ihren Bruder zur Verzweiflung. Das Schlimmste daran ist, sagte der Gecko, dass sie sich nichts dabei denkt. (»Das ist normaaaal, er hat mir meine Matheaufgaben gemacht, Maaaann!«)

Das ist nicht möglich, dachte Titus. Das Leben mag ja über die Körper hinweggehen, aber so verwandelt es einen nicht. Er fragte sie freiheraus:

»Wenn du in den Spiegel guckst, meine kleine Lady Langbein, erkennst du dich da wieder? Ich meine, begegnest du dem Mädchen wieder, das du warst?«

»Ich betrachte mich selten.«

»Ganz unmöglich. Wer derart einem Bild gleichen will, der muss zwangsläufig den Spiegel befragen.«

»Titus, siehst du hier irgendwo einen Spiegel? Oder wenigstens eine verspiegelte Fläche? Eine Konsole? Eine Schranktür? Irgendwas, meinetwegen an der Decke?«

Nein. Tapeten, Vorhänge, Nippes, pseudoasiatischer Antikkram, vorgetäuschte Unordnung. Spärliches Licht. Goldgefunkel, Seidenreflexe, Lackpurpur, weniger Leuchtendes als Warmes, Umhüllendes, zurückgenommener Prunk. Kein Spiegel.

»Ich bin mir sicher, du mit deinem Christopher-Walken-Gesicht und dem Kaschmirblouson, du betrachtest dich öfter im Spiegel als ich. Gibs zu.«

Er musste zugeben, dass er sich vor seinem Aufbruch ein wenig zurechtgemacht hatte.

»Siehst du! Was mich betrifft, so geht die Sache morgens im Schminkzimmer vonstatten. Seit Georges und ich uns kennen, verleiht er mir allmorgendlich dieses Gesicht. In dem Alter, als sich um meine Knochen allmählich eine Form herausbildete, ähnelte ich tatsächlich ein bisschen der Claudia Cardinale aus *Spiel mir das Lied vom Tod*. Georges hat für den Rest gesorgt. Heute dauert das mindestens drei Stunden. Jedes Jahr ein wenig mehr. Aber Georges behauptet, dass er es bis zuletzt schafft.«

Maskenbildnerinnen, Frisörinnen, Kosmetikerinnen und Masseurinnen tauchten allmorgendlich auf, um für Georges Lapietà das unverrückbare Bild wiederherzustellen, das er sich von Ariana Matassa, als sie siebzehn war, gemacht hatte und das sie nur ihm, oder fast nur ihm, zeigte.

»Wie viele Fotos hast du von mir in der Promi-Presse gesehen?«

Keines, wenn er genau überlegte. Auf den Hochglanzseiten tauchte Georges Lapietà so gut wie immer allein auf. In jüngster Zeit neben Fußballstars.

»Siehst du! Dieses Kunstwerk ist für Georges. Wenn er zu Hause ist, schaut er zu. Zwei der Maskenbildnerinnen kommen von der Comédie-Française, die dritte arbeitet bei Ariane Mnouchkine. Falls du dich eines Tages über meinen offenen Sarg beugst, wirst du die Cardinale von Sergio Leone sehen. Möchtest du einen Kaffee?«

Sie fand, es reichte mit der Vorstellung ihrer Person, stand auf, huschte in den Flur. Titus hörte: »Liouchka, machst du uns bitte zwei Kaffee?« Als sie sich wieder setzte, fragte sie:

»Warum bist du noch einmal gekommen? Ich dachte, weil du mich wiedererkannt hättest. Du musst also einen anderen Grund haben.«

»Ja.«

»Hat dich die erste Vernehmung nicht zufriedengestellt?«

»Nein.«

»Obwohl ich nicht gelogen habe.«

»Du hast nicht alles gesagt.«

»Ich dachte, schon.«

Ménestrier, Ritzman, Vercel und Gonzalès. Menotier und sie hatten über die vier gesprochen. Ob sie sie kenne? Ein wenig, Geschäftskontakte, Verwaltungsratsmitglieder bei der LAVA-Gruppe, sind zwei-, dreimal zum Essen hergekommen, mit ihren Gattinnen. Nein, in der letzten Zeit hat sie die vier nicht gesehen, nein, Georges hat sich überworfen mit ihnen, die Sache mit der Vertragsauflösung, er wollte nämlich gar nicht so gerne entlassen werden, Georges, er fand, dass sich LAVA noch optimieren lässt. Er ist ein guter Berater! Deshalb wollte er sie auch foppen, er hat die Entgegennahme des Schecks absichtlich hinausgezögert. Er ist in Bermudas und Flip-Flops und mit Angelrute hin. Mit einer Angelrute? Ja, er hat Tuc gebeten, ihm eine Angelrute zu besorgen und ein Aftershave, das ... Tuc? Unser Sohn. Den Namen hat Georges ihm gegeben: Travaux d'Utilité Collective. Ist ein begabter Junge, Tuc. Warum mit Angelrute? Weils so gaaaar nicht passt! Georges macht das gerne, er verunsichert gern. Mit Tuc reden? Aber ja. Liouchka, würdest du Tuc bitte wecken?

Und der Junge war aufgetaucht und hatte mit seinen Antworten die der Mutter ergänzt, in genauso schleppendem Ton wie sie. Sein Vater hatte sich für die Entgegennahme des Schecks sein abgefucktes Auto geliehen, einen Clio. Das gehörte zu dem Jux. Und was machte er so? Er? Tuc? So machen? Nichts, Monsieur le Commissaire! Werde von meinem Vater unterhalten, bis dafür meine Kinder die Mittel haben. Kichern von Ariana. Bedröppeltes Gesicht von Menotier. Richtigstellung von Tuc: Aber nein, das war ein Scheeeerz. Was macht man wohl, bei so einem Vater wie meinem? Handelsstudium natürlich. Und gefällt es Ihnen? Wenns später mal was abwirft, wirds mir gefallen, im Moment bin ich noch ein bisschen abhängig.

»Hören Sie nicht auf ihn, Monsieur le Commissaire, Tuc legt großen Wert auf seine Unabhängigkeit«, stellte Ariana klar. »Er ist in dem Alter, wo man kleine Jobs macht. Er kocht sehr gut und beliefert neben dem Studium eine Kundschaft erlesener Gourmets. Das reicht ihm als Barbetrag zur eigenen Verfügung.«

(»Barbetrag zur eigenen Verfügung«, der Capitaine Adrien Titus merkte sich diesen Ausdruck ...)

»Apropos, haben Sie mein Auto gefunden? Ich brauch es für meinen Lieferservice.«

Menotier reagierte mit Antwortmustern.

»Unsere Dienste kümmern sich darum.«

Trotzdem hatte er sich eine persönliche Note erlaubt und angedeutet, dass ihm Mutter und Sohn nicht sonderlich besorgt vorkamen:

»Machen Sie sich keine Sorgen?«

Wer mit Georges Lapietà lebte, hatte die Mutter erklärt, sollte besser nicht ängstlich veranlagt sein. Und der Sohn hatte einen Scherz hinzugefügt, den Menotier nicht recht begriff:

»Sonst hätte ich mir einen andern Vater ausgesucht, ist doch klar.«

Und die Mutter hatte abschließend gesagt:

»Georges pflegt aus jedem Schlamassel herauszukommen. Ich mache mir Sorgen, aber in Grenzen.«

Auf der Rückfahrt war Menotier sofort in den Befehlsmodus verfallen: Titus, dass die Karre gefunden wird, aber fix, klaro? Und dass die uns ein paar Infos liefert, ich will morgen auf der Sitzung nicht mit nichts dastehen. Der Capitaine Adrien Titus hatte seinen Tabak, seine Blättchen und ein Stück schwarzen Nepalesen hervorgeholt. Trotz holpriger Fahrt zerkrümelte er das Piece sauber über dem Türkisch Blend. Er wusste, dass er der Sitzung tags darauf fernbleiben würde. Sagen wir, Zahnarzt. Silistri würde ihn decken. Er würde derweil Claudia Cardinale auf den Zahn fühlen. Inzwischen war Menotier etwas aufgefallen: Findest du nicht, dass sie ein bisschen wie diese Schauspielerin aussieht, die Mutter, wie diese Italienerin, diese Schauspielerin von ... na, früher halt, du weißt schon, die so sagenhaft gut aussieht, aus *Spiel mir das Lied vom Tod*. Menotier war zu sehr damit befasst, seine Erkenntnisse vom Stapel zu lassen, um eine Antwort auf seine eigenen Fragen abzuwarten. Er spulte herunter, was für ihn auf der Hand lag: Nicht die Bohne besorgt, die Alte ... soll ich dir was sagen, Titus, würd mich nicht wundern, wenn sich Lapietà selber von der Bildfläche hätte verschwinden lassen! Und wenn seine hübsche Frau sich in drei, vier Monaten auch verdünnisiert und man die beiden eines Tages in einem dieser Länder findet, du weißt schon, da unten ... wie sie da eine ruhige Kugel schieben. Titus ließ Monetier auf Touren kommen. Ich verwette meinen Kopf, dass das ein Fake ist, Titus! Wie damals der

Mordanschlag auf Mitterrand! Oder dieses Selbstkidnapping von dem Typen, der von sich reden machen wollte, dieser einäugige Bretone, der Schriftsteller, wie hieß er noch? Jean-Edern Hallier, dachte Titus. Das Observatoire-Attentat und Jean-Edern Hallier ... Himmel noch eins, Geschichten aus Omas Klamottenkiste. Titus beleckte die Klebekante seines Joints. Was Menotiers Redefluss stoppte.

»Was machst du da, verdammt?«

»Ich rauch eine kleine Tüte.«

»Bist du völlig übergeschnappt?«

Das Klacken des Zippos antwortete nein. Titus nahm seinen ersten Zug und hielt dem Vorgesetzten den Joint hin.

Der lehnte ab.

»Glaubst du, du kannst uns noch lange damit nerven?«

»Ich nehme an, so lange, wie der Nepalese im Straßenverkauf zu haben ist.«

Im Rückspiegel lachten die Augen des Fahrers.

»Dir biete ich keinen an, du fährst.«

Der Fahrer hatte noch die rosigen Ohren der Jugend. Titus fragte ihn:

»Claudia Cardinale, sagt dir das was, der Name Claudia Cardinale?«

Nein, gab der Kopf des Fahrers zu verstehen.

»Und Visconti?«

»Wer ist das?«

»Lass die Fenster runter!«, befahl Menotier.

»Und Sergio Leone? Was sagt dir Sergio Leone?«

Nichts, er hatte keine Idee, der Fahrer. Die Augen sagten, dass er gern geholfen hätte, aber leider – nein.

»Lass die Fenster runter, Scheiße!«, brüllte Menotier.

»Und Mitterrand?«, fragte Titus den Fahrer.

Diesmal zeigte der Fahrer ein wissenbezeugendes Lächeln:

»Der war mal Präsident der Republik!«

Dann schob er nach:

»Gleich nach dem Krieg, nach der Befreiung von den Nazis und all dem ...«

»Verdammt, lässt du jetzt endlich die Fenster runter, ja?«

»Keine Panik, Menotier«, schloss Titus und zeigte auf den Fahrer. »Wir sind tot. Du siehst doch, dass wir nicht mehr existieren. Der Einzige, der hier in der Kiste noch lebendig ist, ist er!«

Den Fahrer fragte er:

»Wie heißt du?«

»Manin.«

»Bist du schon lange bei uns?«

»Die erste Woche«, antwortete Manin.

Rote Ampel.

»Lass die Fenster runter, mein kleiner Manin.«

Angesichts der Wolke, die aus dem Polizeiauto stieg, meinte auf dem Trottoir ein Junge, er träume.

»Ariana, ich glaube, du hast Angst.«

Ariana Lapietà bestritt das.

»Titus, mit Georges geht es immer bunt her, glaub mir. Wir sind gepanzert, Tuc und ich.«

»Grün und blau?«

Sie lächelte.

»Ach, nicht, was du glaubst, nein! Weniger als ich kann keine Frau geschlagen werden. Und wenn es dich etwas anginge, würde ich sogar sagen, keine Frau wird mehr ...«

»Ariana, du hast vor etwas Angst und sagst es nicht.«

Er beobachtete, dass sie einen Blick in Richtung von Liouchkas Küche warf.

Er fragte:

»Glaubst du, dass dein Mann sich selbst gekidnappt hat? Das ist die These von meinem Kollegen.«

»Nein.«

»Warum? Wegen seinem Verkleidungsspiel? Man verkleidet sich nicht als Faschingsangler, wenn man verschwinden will, ist es das?«

»Nein. Ja natürlich, aber nein.«

»Weshalb also sonst?«

Dieses Gefühl, Perlen aufzufädeln ... in jedem Verhör. Eine nach der anderen.

»Musst keine Angst vor mir haben, meine kleine Lady Langbein. Ich bin Flic, ich kann die Klappe halten, wenn ich drum gebeten werde. Ich weiß sehr viel mehr Dinge, als ich sage.«

Ein kurzes freudiges Auflodern:

»Georges, der sagt immer alles munter drauflos!«

Die Sache wird länger als geplant, schätzte Titus.

»Könntest du uns noch zwei Kaffee ordern?«

Sie tat es.

»Er ist gut, der Kaffee von Liouchka«, sagte sie, als sie aus der Küche zurückkam. »Georges hat vier Tässchen getrunken, am Donnerstag, bevor er los ist.«

Sie hatte ein Bedürfnis, von Georges zu reden.

»War er nervös?«

»Nein, er wollte bloß die Verwaltungsratsmitglieder schmoren lassen. Er malte sich aus, wie sie auf ihn warten. Es hat ihm Spaß gemacht, und er hat es mir zum Spaß gemacht. Es macht ihm Spaß, Späße für mich zu machen.«

»Und? Ist es spaßig für dich?«

Die Antwort ein einziges Strahlen:

»Und wiiiie! Ja! Irrsinnig!«

Titus schenkte dem unglaublichen Lächeln ausreichend Zeit, sich zurückzuziehen. Dann fädelte er die nächste Perle auf:

»Du hast sie gezählt?«

»Was?«

»Die Tassen Kaffee, die er getrunken hat, bevor er los ist.«

»Wieso gezählt?«

»Du hast gesagt, er hätte vier Tässchen getrunken. Du hast nicht drei, vier gesagt, sondern vier.«

Sie runzelte die Stirn, sie begriff nicht. Er ließ nicht locker.

»Wie viele Tassen haben wir gestern getrunken, während der Vernehmung, mein Kollege und ich?«

Sie versuchte im Kopf nachzuzählen. Er wartete, als helfe er ihr noch immer bei den Hausaufgaben. Aber sie schaffte es nicht.

»Ariana, eine Frau, die zählt, wie viele Tassen Kaffee ihr Mann getrunken hat, bevor er aufbricht, ist eine Frau, die mit etwas rechnet.«

Er verkniff es sich, »oder mit jemandem« anzufügen.

»Warst du ungeduldig und wolltest, dass er aufbricht?«

»Nein, das ist es nicht!«

Dieser Ausruf war ihr entschlüpft.

»Was ist es dann?«

Hilfloser Blick:

»Er sollte gleich wieder heimkommen!«

»Hattet ihr etwas vor? Etwas Dringliches?«

»...«

»Hab keine Angst, mein Gott ...«

»Er ging davon aus, schnell zurück zu sein, er *musste* schnell heimkommen, er ...«

Aber nein, es kam nicht über ihre Lippen.

»Das geht die Polizei nichts an«, sagte sie unvermittelt, »das geht niemanden etwas an, das hat nichts mit der Entführung zu tun, das ist nichts Neues und geht nur Georges etwas an, es hat nichts mit seinem Berufsleben zu tun, und er will absolut nicht, dass es bekannt wird.«

»Und du?«

Eine Frage, die er stellte, damit sie sich wieder fassen konnte.

»Was, und ich?«

»Willst du auch nicht, dass es bekannt wird?«

»Das *darf* nicht bekannt werden, Titus! Für Georges wäre das ...«

»Besteht ein Zusammenhang zwischen den vier Tassen Kaffee, die er getrunken hat, und der Notwendigkeit, dass er hätte schnell zurückkommen müssen?«

Die Frage ließ Ariana nach Luft schnappen:

»Was?«

»Nichts, ist ganz nebensächlich. Ich wollte wissen, ob ...«

»Ich weiß, was du wissen willst! Ich hab die Frage gehört! Ich bin nicht ...«

Sie war aufgestanden. Sie hätte sich einen leeren Salon gewünscht, um herumlaufen zu können, auf und ab gehen zu können.

Aber unmöglich.

Überfüllung.

Sie stellte sich ans Fenster. Sie schaute hinaus. Draußen lag der Parc Monceau.

Er sagte bloß:

»Ariana, du verschweigst mir etwas Unwichtiges.«

Sie knurrte:

»Ich hab bloß Angst, dass er tot ist. Davon abgesehen ist es unwichtig!«

Er entdramatisierte:

»Man tötet kein Huhn, das goldene Eier legt, meine kleine Lady Langbein.«

Sie drehte sich abrupt um:

»Titus, Georges kann nicht pinkeln. Er braucht einen Katheter. Und die Katheter sind hier. Er hat keinen mitgenommen. Er wollte sofort zurückkommen. Und jetzt haben sie ihn entführt. Georges stirbt lieber, als dieser Drecksbande zu sagen, dass er nicht pinkeln kann. Ich kenne ihn. Seine Blase wird platzen, und er wird sterben. Ich sage dir, er wird daran sterben! Vielleicht ist er schon tot. Und weißt du, der Schmerz ... Dieser Schmerz, der ist ... Ach, Titus, ich hatte ihm gesagt, er soll vorher noch mal pinkeln gehen, aber er hat ... er hat geulkt, dieser Dummkopf, er hat ...«

Jetzt war es also raus. Sie hatte gesagt, was sie nicht hatte sagen wollen. Eine Undenkbarkeit. Sie weinte. Die Tränen flossen in Strömen, und das war auf diesem Gesicht jene Flut, welche all die liebevoll eingedämmten Jahrzehnte hervorbrechen ließ, das Zerbröckeln einer Statue unter dem reißenden Strom eines unsäglichen Schmerzes.

»Er braucht einen Katheeeeter. Verstehst du? Er hätte einen Katheeeeter gebraucht ...«

Titus hielt sie jetzt in den Armen. Er fragte flüsternd an ihrem Ohr:

»Welche Marke?«

Sie zuckte überrascht kurz zurück. Und während er sie auf Augennähe hielt, wiederholte er:

»Der Katheter. Welche Marke? Speedy Bird? Péristime? Pioralem?«

III DIE WAHRE WAHRHEIT

»In der Familie gibt es nichts Heiliges außer der Lüge.«

ALCESTE

9

Ich bin fertig! Welche Erleichterung vom letzten Punkt ausgeht! Eine Käseglocke, die sich hebt, der wiedergewonnene Himmel! Licht! Luft! Ich habe sogar schon den Titel: *Ihr sehr großer Fehler.* Das Buch wird *Ihr sehr großer Fehler* heißen. Jetzt noch das Manuskript Malaussène übergeben, dann raus aus diesem Wald. Fort aus dieser Stille. Wie viel Zeit ja aber doch draufgegangen ist, bis ich den verdammten Einstieg hatte! Womit anfangen? Damit steht und fällt alles. Von welchem Ende her die Realität packen? Ein alter Disput. Die Möglichkeiten sind unzählbar! Unkalkulierbar, um genau zu sein. Das unterscheidet die Wirklichkeit von der Fiktion. Eine Geschichte zu erzählen heißt, sich *einem* Anfang zu unterwerfen. Die Wahrheit zu berichten heißt, *alle* möglichen Anfänge in Erwägung zu ziehen.

Zuletzt habe ich mich für den Mordversuch auf Tobias' Beerdigung entschieden. Nicht ohne Bedenken. So einzusteigen hielt ich lange für zu reißerisch. Obwohl die Szene stattgefunden hat! Nach dem Erscheinen von *Sie haben mich belogen* versuchten meine lieben Brüder und Schwestern tatsächlich, mich umzubringen! Und das soll ich verschweigen? Im Namen wovon? Der Familie? Zum Schutz der Geschwister? Aus Clan-Solidarität? Aus Angst vor einem Prozess? Unfasslich, dass ich so lange gezögert habe. Malaussène hatte recht, *Sie haben mich belogen* hat sie durchdrehen lassen. Die schlichte Schilderung einer letzten Endes ziemlich banalen Familienwahrheit hat in meinen Geschwistern eine gewaltige Mordenergie freigesetzt. Aber so weit zu gehen, mich lebendig begraben zu wollen! Denn schließlich hat Mathieu mich ja in die Grube geworfen! Während Pascal, Baptiste und die Cousins die Bestatter außer Gefecht gesetzt haben. Damit musste ich anfangen. Wie Mathieu mich an den Aufschlägen meines Trenchcoats packt, seine Kopfhiebe, das Wissen, dass meine Brüder und Schwestern mich umbringen werden. Genauer: mich *exekutieren*. Wenn er aufkreuzt, exekutieren wir ihn. Sein Buch hat Papa Tobias umgebracht, wir bringen den Verfasser um. (Auf die Lüge folgt der Mord!) Wir werfen ihn ins Grab und schaufeln zu. Während Mathieu mich zwingt, Richtung Grube zurückzuweichen, in die der Sarg von Tobias bereits hinabgelassen wurde, greifen die anderen nicht nur nicht ein, sondern umzingeln die von den Geschehnissen überrumpelten Bestatter. Oder vielleicht hielten die sich anfangs raus, weil sie alles für einen gewöhnlichen Familienstreit ansahen. Sie haben schon ganz anderes erlebt, als Totengräber. Der Tod bringt nichts ins Lot. Der Tod macht nicht umgänglicher. Der Tod nähert die Lebenden einander nicht an. Der Tod stachelt den Groll auf. Nichts ist weniger mitfühlend als die Trauer. Die Trauer bewaffnet die Leutchen. Das wissen sie, die Mitarbeiter des Bestattungsunternehmens. Als Mathieu mich mit einem geknurrten »Du hast Tobias umgebracht und kommst auf seine Beerdigung?« packt, denken die Bestatter an einen Streit. Lass man, das legt sich. Vielleicht will der Leiter der Feier eben sagen: Meine Herren, ich bitte Sie, ein wenig Würde, aus Rücksicht auf

den Verstorbenen. Leichenredner drücken sich so aus, feier-
lich-zeremoniös, ein wenig pompös. Sie setzen sehr aufs Zeremo-
niell, um familiäre Hassanfälle im Zaum zu halten. Aber der Zere-
monienmeister hat keine Zeit, etwas zu sagen, denn die restliche
Familie umzingelt ihn mitsamt den vier Sargträgern. Die Überraschung verschlägt ihm die Sprache. Einen Bestatter greift keiner
je tätlich an, er ist der Helfershelfer der Phantome, so etwas rührt
man nicht an. Aber diesmal, tja, da werden sie am Arm gepackt
und von der Grube fortgeschoben, aber auch am Gehen gehindert,
damit sie nicht Alarm schlagen. Die Jungs aus der Familie Fontana, meine Brüder, die Cousins: alles Rugbyspieler. (Außer Baptiste natürlich. Fußballer, der! Ausschließlich! Ein kleines Kicker-
genie. Begeisterung auf Kommando.) Fünf Bestatter, so bullig sie
sind, richten nichts aus gegen ein Fontana-Gedränge. Mathieu
schubst mich weiter Richtung Grab. Wenn du schon da bist, dann
geh deinen Weg zu Ende! Denn die Wahrheit ist nun einmal: Mathieu wird mich in Tobias' Grab werfen! Mein ältester Bruder hat
mich ins Grab unseres Vaters geworfen! Gut, dass er mich wortwörtlich hinein*wirft*, kann ich nicht sagen. Er hebt mich nicht in
die Luft, er zwingt mich zurückzuweichen: kleine zackige Tritte
gegen meine Schienbeine, die metallische Spitze seiner Cowboystiefel, das Gefühl von zersplitternden Knochen, begleitet von
sehr schnellen Kopfhieben, mein Schädel prallt gegen seinen, als
verbände beide ein kurzes Gummiband, in Wirklichkeit aber traktiert er mich mit kaum sichtbaren Schlägen. Meine Nase ist gebrochen, meine Brauen sind aufgeplatzt. Auf seiner Stirn mein Blut.
Du hast mit deinem Buch unseren Vater umgebracht und kommst
auf seine Beerdigung? Ja? Und glaubst, wir lassen dich machen?
Wir hatten dich gewarnt! Das stimmte, die Warnung, nicht zu
kommen, war unzweideutig gewesen. Im Übrigen haben sie alles

unternommen, damit ich fortbliebe. Sie hatten insgeheim einen anderen Friedhof ausgesucht. Ich war zuerst auf dem in Cagnes, wie ursprünglich geplant, aber sie waren in Villeneuve. Anscheinend eine Idee von Faustine und Mathieu. Noch so ein starkes Stück, Papa neben Mamas Toten beizusetzen! Letztere haben ihr Leben damit zugebracht, sich wechselseitig zu vernichten, und zur Belohnung wurden sie in Ewigkeit vereint! Im Grunde gab es wahrscheinlich eine Sache, über die sie sich einig waren: die Lüge. Über die Notwendigkeit der Lüge. Der Lüge als Kitt für den Familienzusammenhalt. In der Familie gibt es nichts Heiliges außer der Lüge, diesen Schutzwall gegen die Scham. Auch die Mafia kennt keine andere Doxa. Die Familie ist eindeutig der Kern der Famiglia. (Den Begriff »Doxa« vermeiden, meine Neigung zu selbstgefälligem Akademismus bekämpfen, nie mehr den Verlockungen der elitären Abschottung nachgeben, einfach »unausgesprochenes Gesetz« sagen. Die Wahrheit ist ein öffentliches Gut, sie verlangt Wörter, die alle verstehen.) Kurz, Mathieu traktiert mich mit Schlägen. Seine Gewalttätigkeit überrascht mich nicht, Mathieu ist und bleibt Mathieu, Schläge haben wir von ihm seit jeher bezogen. Er ist der selbsternannte Beschützer der Familie, der bewaffnete Arm der Lüge. Er könnte der Lüge sein Leben opfern. Wie viel leichter meines. Mich rückwärts schubsen bis an den Rand der Grube, die Zukunft unterbinden, mich fragen: Und jetzt, he? Jetzt? Was sagst du jetzt, Schriftsteller? Dass du der Stärkste bist, Mathieu. Das warst du immer. Deinetwegen ändert sich die Vergangenheit nicht. Du sagst es, Junge, und ich will auch nicht, dass sich das ändert. Woraufhin er mich ein letztes Mal schubst, dabei nun allerdings auch die Aufschläge meines Trenchcoats loslässt. Ich strauchele über den Haufen ausgehobener Erde und stürze in Tobias' Grab. So gesehen kann man nicht sagen, dass er mich hinein*geworfen* hätte. Ich bin selbstständig hineingefallen. Der Anwalt würde von einem unglückseligen Malheur sprechen. Die Familie und die Bestatter haben das durch ihre Zeugenaussagen untermauert, die Familie aus Überzeugung, die Bestatter aus Angst. Und die Schaufeln Erde, die auf mich fielen? Mathieu, Pascal, Adrien und Baptiste, die das Loch zuschaufeln: Etwa auch ein dummes Malheur? Nein, ein Scherz. So die These der Verteidigung. Eine symbolische Lektion. Sie wären nicht bis zum Äußersten gegangen. Sie würden mich nicht gänzlich zugeschaufelt haben. Was man allerdings nie wissen wird, da in diesem Moment Malaussènes Chinesen aufgetaucht sind. Auch sie haben den Umweg über den Friedhof von Cagnes gemacht. Als sie auf dem von Villeneuve eintrafen, lag ich bereits im Grab, angeknackste Halswirbelsäule, gebrochenes Bein, Erde in den Augen, Erdgeschmack im Mund. Die Brocken spritzten von Tobias' Sarg zurück. Ich sagte mir, alle Särge klingen gleich. Ich erinnere mich, mir diesen Satz gesagt zu haben, ja, Worte wie im Traum, einer dieser nicht zu greifenden Sätze, von denen man meint, sie erklärten alles. Ich weiß nicht einmal, ob ich Schmerzen verspürte; Wahrnehmungen, Gefühle, Gedankenfetzen, alles war in diesem Satz zusammengezogen, der mein ganzes Hirn auszufüllen schien: Alle Särge klingen gleich, egal welches Alter, welches Geschlecht, welche. Herkunft, welche Bedeutung für den Hinterbliebenen, Vater, Mutter, Kind, Freund, Bürokollege, flüchtiger Bekannter, der Tote hatte ... gleich kling... all... Als Nächstes ... verschwommene Bilder. Bo (den ich zum ersten Mal sehe) springt in die Grube. Den Bruchteil einer Sekunde denke ich, er gibt mir den Rest. Die passende Visage hat er. Aber er packt mich unter den Achseln und hebt mich hoch, dann um die Taille und reicht mich hinauf zu Ju (auch die erste Begegnung mit ihm, auch er mit passender Visage). Anscheinend haben die beiden meine Brüder und Cousins allein außer Gefecht gesetzt. Oder es hat noch andere Chinesen gegeben, aber gesehen habe ich keine. Mathieu hatte die Hände vors Gesicht geschlagen. Blut zwischen seinen Fingern. Diesmal seines. Eine Szene von großer Reglosigkeit. Aus dem Augenwinkel sehe ich im Hintergrund Loussa de Casamance. Neben Baptiste ist er der einzige Schwarze in der Runde. In meiner Erinnerung ist die Szene vollkommen eingefroren und gänzlich still. Als Nächstes stellt Ju mich auf die Füße. Mein gebrochenes Bein winkelt sich seitlich ab, und ich falle in Ohnmacht. Als ich wieder zu mir komme, liege ich in diesem Mercedes, an Schläuchen hängend. Neben mir der alte Loussa, der mir eine Moralpredigt hält.

»Natürlich unnötig, Ihnen zu sagen, Sie hätten nicht auf diese Beerdigung gehen dürfen. Zumindest nicht, ohne uns Bescheid zu geben.«

Loussa sagt, hätte Malaussène nicht erraten, wo ich war, läge ich jetzt unter der Erde, und meine Familie hielte auf dem Grab ein Picknick ab. Ich frage ihn, ob er, wenn es zum Prozess kommen sollte, eine Zeugenaussage in dieser Richtung machen würde. Er antwortet:

»Das könnte ich nicht, ich bin nicht dabei gewesen.«

Botschaft verstanden.

Ich frage ihn, wie Malaussène erraten hat, wo ich war.

»Er hatte vom Tod Ihres Vaters erfahren. Und als er Sie dann zu Hause nicht antraf, war ihm sofort klar, dass Sie auf der Beerdigung sein müssen. Malaussène hatte von vornherein gewusst, dass Sie nicht abzuhalten wären und wir Sie bestenfalls beschützen konnten. Diskret. Wenn Sie uns Bescheid gegeben hätten, wären Bo und Ju vor Ihnen da gewesen, die beiden hätten noch vor dem

Anpfiff für Ruhe auf dem Platz gesorgt, Sie hätten nicht einmal etwas bemerkt; Ihre Brüder wären brav wie Lämmer geblieben. Da Sie jetzt Bo und Ju kennen, wird die Sache komplizierter. Und teurer.«

Es folgte ein kleiner Dialog zwischen Loussa und den Chinesen.

»Za mao zhe xian, hai shi na yi yang de qian?«, fragte Loussa.

»Za zhen bu gai lou lian«, antwortete Ju.

»Suo yi ma, jiu dei duo dian qian«, erklärte Bo.

»Shi duo hen duo«,* schloss Ju.

»Beträchtlich teurer«, übersetzte Loussa, der nicht wusste, dass ich an der Uni fünf Jahre Mandarin gelernt hatte, genug, um ihren Dialog zu verstehen.

Die Übersetzung von »ein bisschen sehr« mit »beträchtlich« ist vom sprachlichen Standpunkt aus ein Fehler, vom psychologischen lässt sie sich rechtfertigen.

Armer Loussa, immer darauf bedacht, Isabelles Geldbeutel zu schonen! *Sie haben mich belogen* hat den Éditions du Talion eine Stange Geld eingebracht ... Jetzt können sie es nicht fassen, dass dasselbe Buch sie ein bisschen was kosten könnte.

Und armer Malaussène! Es ist gut denkbar, dass er mich künftig auf dem Mond verstecken muss, sofern sein Verlag den Mumm hat, die Fortsetzung zu veröffentlichen. *Sie haben mich belogen* war nur die Zündschnur zum Pulverfass. *Ihr sehr großer Fehler* ist von anderer Sprengkraft! Es gibt keine Wahrheit außer der explosiven.

---

* »Ändert dieses kleine Abenteuer den Tarif?«
»Uns wäre lieber, er hätte uns nicht gesehen.«
»Also wird es ein bisschen teurer.«
»Ein bisschen sehr.«

10

Sie haben mich belogen

An dem Morgen, an dem die Königin Zabo mir Alceste vorstellte (Kümmern Sie sich um ihn, Malaussène, er ist Gold wert), habe ich nicht sonderlich Notiz von ihm genommen. Ein Typ mit scharfkantigem Gesicht und Predigerstimme; vor Überzeugtheit leierte er näselnd. Ein geläufiges WeWe-Modell, dachte ich, und überzeugt, der einzige Inhaber der wahren Wahrheit zu sein.

»Diese Überzeugung, Malaussène, ist der gemeinsame Punkt, der sie alle radikal voneinander unterscheidet.«

Folglich schlug ich *Sie haben mich belogen* ohne große Neugier auf.

Wie alle unsere Hausautoren beklagte sich Alceste darin über seine Familie. Aber wo seinesgleichen ihre Erzeuger der Kollaboration mit den Nazis, des Ehebruchs, der Trunksucht, der seelischen Folter, des mehr oder minder schweren Inzests, der vollkommenen Gleichgültigkeit, der vulkanartigen Hysterie und jeder erdenklichen Gaunerei bezichtigen, da warf Alceste seinen Eltern schlicht vor, erbärmliche Geschichtenerzähler gewesen zu sein!

Dass ein so geringes Vergehen gleich auf den ersten Seiten eine derart heftige Anklage hervorbringen konnte, riss mich aus meiner Apathie. Denn Alceste fasst Tobias und Mélimé, seine Eltern, die infrage stehenden schlechten Erzähler, nicht gerade mit Samthandschuhen an. Sie werden als geistig beschränkt beschrieben – »Mélimé war so minderbemittelt, wie Tobias grenzdebil war« –, gerade einmal in der Lage, vorgestanzte Sätze, stereotype Figuren, konventionelle Situationen, erbauliche Dialoge und Handlungsweisen von absurder Vorbildlichkeit von sich zu geben …

Das sind die Geschichten, die Tobias und Mélimé uns, ihren acht Kindern, aufzwangen, an jedem Abend unserer acht Kindheiten! An jedem Abend – an jedem, wohlgemerkt – derselbe Aufguss an Geschichten nach Schema F! Jeden Abend wandten Tobias und Mélimé bei jedem von uns dasselbe hirnauszehrende Erzählrezept an, als wollten sie uns im Wasserbad ihrer gleichen Beschränktheit garköcheln. Eine Geschwisterschar aus Gehirnamputierten: Das ist es, was diese beiden Denkzwerge aus uns gemacht haben. Mit unserer aktiven Komplizenschaft obendrein! Denn Komplizen waren wir, zumindest die Älteren. Wir mussten die beiden bei den Jüngeren ablösen, wenn sie das Verdummen leid waren, und wir ahmten sie nach, erzählten dieselben Geschichten! Dieses Imitieren beschämt mich jetzt, während ich dies schreibe, am meisten. Dass ich es für meine Pflicht hielt, meinen kleinen Brüdern und Schwestern denselben Schwachsinn im selben Ton zu erzählen. Oh, dieser Ton! Dieser falsche zuckersüße Ton! Dieser Seim! Wie viele Seiten braucht man, um diese klebrige Pampe zu beschreiben? Nicht nur, dass die Kleinen diese verlogenen Geschichten nicht anzweifeln konnten, von denen Tobias und Mélimé behaupteten, sie seien wahr (Kinder schlucken Lügen wie Jungvögel die Würmer), wir mussten ihnen diese Geschichten auch noch exakt so wie Tobias und Mélimé

erzählen! Ich höre dich, Baptiste, noch sagen: Nein, erzähl nicht wie du,
erzähl wie Papa Tobias, sonst ist es nicht echt! Und es klingt mir noch
in den Ohren, wie ich Tobias' saft- und kraftlosen Wortschatz abkup-
fere und die blumige Gestelztheit annehme, an die Mélimé und er uns
von klein auf gewöhnt hatten (Geschichten, in denen man nicht »hin-
fällt«, sondern »niederstürzt«, nicht etwas »macht«, sondern es »aus-
führt«, nicht »stirbt«, sondern »verscheidet«, in denen »Gelegenhei-
ten« »Opportunitäten« sind, die Geschehnisse dich nicht »berühren«,
sondern auf dich »einen starken Effekt ausüben« und man jemanden
nicht »anspricht«, sondern ihn »kontaktet«). Jetzt, da GPS erfunden
ist, sage ich euch, meine Brüder und Schwestern, wir wurden von zwei
vorgeblich getrenntgeschlechtlichen Versionen desselben GPS erzogen.
Und dass Tobias oder Mélimé bei ihren Enkeln (die, nur zur Erinne-
rung, eure Kinder sind) einen anderen Ton anstimmen könnten, das
werden wir so wenig erleben wie ein GPS, das ausriefe: Scheiße, Leute,
ich hab mich vertan, ihr hättet links abbiegen müssen!

Baptiste, mein großer Baptiste, der du mich jetzt so stark hasst, wie
ich dir Gutes will, nachdem du mich so stark geliebt hast, als ich dich
verdummt habe, das Einzige, was du mir ernstlich vorwerfen kannst,
ist, dass ich dir an deinem Kinderbett die Lügen von Tobias und Mélimé
erzählt habe. Das allerdings kannst du nicht einräumen, weil nämlich
der einlullende Schwachsinn ebendieser Lügen dich im wahrsten Sinne
des Wortes enthirnt hat. Ein ausgeweideter Schädel, das bist du! Jeden
kritischen Geistes beraubt. Du klingst hohl wie eine leere Auster. Aus-
geschlürft von Papa Tobias und Mama Mélimé. Du und deine Brüder
und Schwestern. Und ich zuallererst! Wenn ich dieses Buch schreibe, so,
um in dieser perlmuttenen Tiefseetiefe zumindest ein bisschen Sinn und
Verstand erklingen, euch endlich den Ton der Wahrheit hören zu lassen,
um euch die Wirklichkeit zu bieten. Das, Baptiste, das schenke ich dir
mit meiner täglichen Arbeit am Schreibtisch, anders gesagt, an deinem

Erwachsenenbett. Es ist noch immer eine Geschichte, mein kleiner Bruder, aber diesmal bin ich der Erzähler, und diesmal ist die Geschichte wahr.

Nebenbei sei gesagt, dass der Leser an diesem Punkt der Erzählung noch immer rätselt, was Tobias und Mélimé ihren Kindern wohl erzählt haben mochten, dass Alceste in einen solchen Furor der Kritik hineingeraten konnte. Der Inhalt dieser großartigen abendlichen Geschichten lag noch immer im Dunkeln. Ein Erzählverfahren, das die Gier des Lesers natürlich anstachelt, der die Seiten inzwischen mit Neugier umblättert. (Alceste ist kein schlechter Erzähler, er nicht, der Beweis: die Kasse von Talion.) Noch mehrere Kapitel lang attackiert Alceste Tobias und Mélimé, nimmt jede Manifestation ihrer Beschränktheit unter die Lupe: die hyperkorrekte Art, wie sie sich kleideten, wie sie gingen, aßen, nur schickliche Gespräche zuließen und bei jeder Gelegenheit eine frömmlerische Güte zur Schau trugen, während ihr Herz vollkommen kalt war, alles wurde durchgenommen, nicht zuletzt ihr vermeintlicher Sinn für ein offenes Haus:

Oh, all die Klassenkameraden, die ständig kamen, um sich ebenfalls Tobias' und Mélimés Geschichten anzuhören – was diesen beiden Eumeln schmeichelte! –, die zuletzt sogar mit Einverständnis ihrer Eltern bei uns übernachteten (Aber natürlich, ich rufe deine Mama an), zusätzliche Matratzen unter den Betten der Kleinen, Chaos am Morgen, das die Großen vor der Schule beseitigen mussten ... Übrigens, Baptiste, die meisten Klassenkameraden kamen von dir; du musst mächtig die Werbetrommel gerührt haben für Tobias und Mélimé! Apropos, wie hast du es eigentlich angestellt, hast du eine Warteliste gemacht? Hast du sie zahlen lassen? Hm, Baptiste, gibs zu! Jetzt, wo du groß bist,

*kannst du es mir doch sagen, du hast sie blechen lassen, deine Kumpel,
die den Schwachsinn von Tobias und Mélimé hören wollten?*

Genau hier, als ich diese Seite las, auf der Alceste über Baptistes
kleine Gäste spottet, kam mir die Erinnerung!

Vor vielleicht zwölf Jahren bat Monsieur Malaussène (der
damals in der Vorbereitungs- oder der ersten Klasse gewesen sein
muss) Julie und mich öfter um die Erlaubnis, bei einem gewissen Baptiste schlafen zu dürfen. Er war noch in dem Alter der
Gutenachtgeschichten, einem Gebiet, auf dem ihm zufolge die
Eltern jenes Baptiste einsame Spitze waren. Mir kam diese Meisterleistung entgegen, denn in Sachen Einschlafgeschichten hatten meine Geschwister mich ausgelaugt. Ihre ganze Kindheit hindurch haben Louna, Clara, Thérèse, Jérémy und Le Petit ihre
Betthupferl bekommen. Ich habe dieses Ritual sogar bis in ihre
Jugend ausgedehnt und ihnen meine eigenen Abenteuer erzählt –
der Träume wegen in leicht geschönter Form –, daraus sind die
bekannten Romane entstanden. Als dann der nächste Schub kam
(Verdun, C'Est Un Ange, Monsieur Malaussène und Maracuja),
fing meine Laterna Magica zu flackern an. Was für den Fels die
Wellen sind, das sind für den alternden Menschen die Generationen: Sie erodieren ihn. Gut, ich habe trotzdem meine »Es war einmal« angestimmt, aber es war kein Schwung mehr darin, und ich
wurde bald von der Flut aus Elektronikspielen kaltgestellt.

»Darfst uns nicht böse sein, Tonton«, erklärte Mara, während
sie, ein Auge festgesogen am epileptischen Monitor, auf den sin-
genden Tasten herumklimperte, »aber es ist einfach witziger!«

»Spiel doch mit« schlug Sept vor, »du denkst, das wär nur für
einen allein, aber du irrst dich, man kann im Team spielen!«

Im Grunde war Monsieur Malaussène der Letzte, der seine

Gutenachtgeschichte einforderte. Und so erlaubte ich, kleinmütig erleichtert, meinem Sohn, bei seinem Freund Baptiste zu übernachten. Obwohl es mir nicht leichtfiel. Mosma kam jedes Mal in heller Begeisterung zurück: Baptiste war cool – wie der Fußball spielt! –, seine Geschwister waren super, die Eltern genial, das Haus top und das Frühstück hammergeil ...

MONSIEUR MALAUSSÈNE: Aber das Abgefahrenste sind die Geschichten! Also, die Geschichten, die sind einfach extrem!

ICH: Extrem inwiefern, Mosma?

MONSIEUR MALAUSSÈNE: Die sind wahr.

ICH: Wahr in welchem Sinn?

MONSIEUR MALAUSSÈNE: Voll wahr, keine Geschichten bloß zum Erzählen, sondern echt wahr!

ICH: Und worin besteht die Echtheit des Wahren?

MONSIEUR MALAUSSÈNE: Na, dass halt alles megawahr ist, Mann! Baptiste ist echt eine Waise. Er ist echt aus Afrika. Und seine Eltern erzählen ihm echte Geschichten von seinen Eltern ...

(Eine Zeit lang spickten alle Kinder in ganz Frankreich und nebenan ihre Sätze mit »echt«, als würden sie sich an ein per se schwachsinniges oder misstrauisches Publikum wenden.)

ICH: Seine Eltern erzählen ihm Geschichten von seinen Eltern? Wie das?

Julie musste eingreifen, um mir klarzumachen, dass Baptistes *Adoptiv*eltern ihm das Leben seiner *biologischen* Eltern erzählten.

ICH: Und was haben sie beruflich gemacht, Baptistes wahre Eltern?

MONSIEUR MALAUSSÈNE: Die haben die Jäger gejagt!

Worauf Mosma uns erzählte, dass Yao und Rama Tassouit, Baptistes wahre Eltern, gegen Elfenbeinhändler und Zebramörder kämpften. (Das Ganze spielte in der Elfenbeinküste.) Ihr Ruhm reichte bis nach Abengourou, »*der königlichen Stadt des Friedens*«, wo ihnen, nachdem sie »*in einen feigen Hinterhalt geraten*« und »*eines Heldentodes gestorben*« waren (die in Anführungszeichen gesetzten Ausdrücke stammen von Tobias und Mélimé, und Mosma hat sie gewissenhaft wiedergegeben), ein Denkmal errichtet wurde.

Abend für Abend stellte Baptiste seinen Adoptiveltern eine neue Frage zu den Abenteuern seiner wahren Eltern, und Abend für Abend fügten Tobias und Mélimé dieser vorbildhaften Saga ein Kapitel hinzu.

ICH: Tobias? Mélimé?

MONSIEUR MALAUSSÈNE: Die Eltern von Baptiste! Die, die ihn adoptiert haben! Sie heißen so! Tobias und Mélimé! Kannst du mir folgen, Papa? Und eines Tages, echt, da …

Tobias und Mélimé …

Tobias und Mélimé …

Baptiste, Tobias und Mélimé …

Und während ich nun rund zwölf Jahre später in meinem Büro bei Talion *Sie haben mich belogen* lese, entdecke ich, dass ich durch Mosma einen Teil von Alcestes Familiengeschichte indirekt kenne.

»In echt«, wie Mosma gesagt hätte, waren alle Kinder von Tobias und Mélimé Adoptivkinder. Waisen alle acht! Und Tobias und Mélimé ihre Adoptiveltern. Was Mosma derart begeisterte, war die Tatsache, dass die Adoptiveltern den Adoptivkindern Abend für Abend das Leben ihrer *wirklichen* Eltern erzählten, dass Abend für Abend acht Waisen mit dem heraufbeschworenen Bild ihrer wahren Eltern einschliefen, die alle wunderbar und heldenhaft waren und »*ihre Kinder mehr liebten, als alles auf der Welt*«, die aber alle, leider!, »*Opfer menschlicher Bosheit oder eines grausamen blinden Schicksals*« wurden.

Was Alcestes Furor speist (und ich muss sagen, hierin wirkt er sehr überzeugend), ist der Umstand, dass er an diese albernen Märchen *geglaubt* hat, an manchen Abenden so sehr, dass er seine wahren Eltern (ein Vulkanologenpaar namens Arielle und Félix) *vor sich sah*, wie sie auf Zehenspitzen sein Zimmer verließen:

Denn ich wollte, dass meine Eltern Helden wären! Ich wollte, dass sie wahr waren! Ich wollte mit aller Macht, dass meine traumhaften Erzeuger real waren! Und sie wurden es, an jedem Abend, trotz der Talentlosigkeit der Erzähler. Jeden Abend wurden Arielle und Félix – diese Namen hatten ihnen Tobias und Mélimé gegeben – meine wahren Eltern! Welche Waise kann dem widerstehen? Es waren Tobias und Mélimé, die mir die Geschichte von Arielle und Félix erzählten, aber ich schlief unter den Augen Letzterer ein. Wenn Tobias und Mélimé mein Zimmer verließen, dann schlossen Arielle und Félix leise die Tür hinter sich, und ich schlief mit Vulkanen vor Augen ein, die allerwirklichste Feuerwerke himmelwärts schleuderten, wie ich sie nie sehen würde! Was aus mir, meine Brüder und Schwestern, einen Einfaltspinsel vom selben Kaliber macht, wie ihr es seid, vielleicht sogar einen schlimmeren, als ihr alle zusammen es seid.

Tobias und Mélimé zufolge waren Arielle und Félix Blinneboëke flämische Vulkanologen, die dafür berühmt waren, die Bevölkerung einer Pazifikinsel gerettet zu haben, da sie auf die Stunde genau den Ausbruch eines Vulkans voraussagten, *»der tödlicher ist als alle vorhandenen Atombomben«*. Nach der Evakuierung der Insel war das heldenhafte Paar, getrieben vom *»unwiderstehlichen Ruf ihres wissenschaftlichen Anspruchs«*, ein letztes Mal *»die bebenden Flanken des Monsters«* hinaufgestiegen, doch *»das Gestell,* *auf dem sie letzte Messungen vornahmen, stürzte ein und schleuderte unsere Helden ins Innere der feurig-flüssigen Erde«.*

Nun gut, die Jahre vergehen, Alceste wächst heran, er ist kein Kind mehr, arglos kollaboriert er mit seinen Adoptiveltern, indem er seinen jüngeren Geschwistern denselben Quark – und im selben Ton – erzählt ...

Bis zu dem Tag, da seine Welt sich radikal ändert.

Da ein neues Zeitalter beginnt.

Schneller als man braucht, um einzuschlafen und wieder aufzuwachen, ist das Internet da. Über den ganzen Erdball stülpt sich ein Schmetterlingskescher. Alles, was geboren wurde, alles was starb, alles, was war, und alles, was ist, wird darin gefangen, alles, aus jedem Bereich. Die Maschen des Keschers sind so eng, dass nichts hindurchschlüpfen kann.

Alles ist darin, ist wirklich da.

Parat für den Zugriff der Neugier.

»Klick« macht der Zeigefinger von Alceste, nachdem er die Namen von Arielle und Félix Blinneboëke getippt hat.

Niente, antwortet das Netz.

Arielle und Félix Blinneboëke haben nie existiert. So sagt es Google. In einer Sprache, die der von Tobias und Mélimé nicht unähnlich ist: *»Keine Suchergebnisse gefunden.«*

11

Der Capitaine Adrien Titus und der Divisionnaire Joseph Silistri rollten Richtung Quai des Orfèvres. Rollten ... nun ja: Sie ließen sich auf dem Quai de la Mégisserie von dem langsamen Gletscher des Staus vorwärtsschieben. Silistri, der fuhr, schien abwesend.

Titus dagegen war sehr präsent.

»Ich geh morgen wieder nicht hin, Joseph, ich nehm meinen freien Tag. Kannst du das für mich deichseln?«

»Was ist es diesmal?«

»Ich hab den kleinen Manin angeheuert, wir knöpfen uns die Apotheken vor.«

»Den kleinen Manin?«

»Ein Neuling. Hat Menotier und mich gestern zu Lapietà kutschiert. Er hat den Fahrer gemacht. Er hat mir gut gefallen. Ich geb ihm ein paar Nachhilfestunden.«

»Und was wollt ihr von den Apotheken?«

Titus sah überrascht auf.

»He! Joseph? Hörst du mir zu oder ja? Lapietà braucht zum Pinkeln Katheter, erinnerst du dich? Hab ich dir eben gesagt.«

»Und sogar die Marke: Pioralem. Ja und?«

Eine Pause. Silistri war wirklich neben der Spur.

»Ja und seine Frau irrt sich, wenn sie sagt, er stirbt lieber, als dass er den Entführern gegenüber sein Leiden preisgibt. Eine Blasenausdehnung lässt sich nicht lang verheimlichen. Man versteckt keinen Vulkan hinter seinem Hosenlatz, man klappt zusammen. Selbst ein Lapietà. Deshalb stelle ich mir das Ganze so vor: Nach sechs Stunden Gefangenschaft hat Lapietà sich am Boden gewunden. Seine Kidnapper haben wahrscheinlich geglaubt, er spielt ihnen was vor, und ihn ein bisschen machen lassen, aber als er ins Bleifarbene übergegangen ist, haben sie sich gesagt, dass er ihnen wirklich abnippeln könnte. Lapietà hat die Katze aus dem Sack gelassen, und jemand ist sofort los, Katheter besorgen. Mit etwas Glück ist dieser Jemand in die nächstgelegene Apotheke gerannt. Und diesen Jemand suchen Manin und ich: einen Kunden, der ohne Rezept aufkreuzt und etwas von dringlicher als dringlich erzählt, dem der Apotheker nachgibt und der sein hübsches Gesichtchen der Überwachungskamera darbietet und mit den Kathetern so schnell verschwindet, wie er gekommen ist. Wir befragen die Apotheker, checken die Filme, Joseph, und sobald wir das Kerlchen rausgefiltert haben, durchforsten wir die Umgebung und nehmen ihn hops. In achtundvierzig Stunden ist der Fall erledigt.«

»Während der Rest unserer Armee alle von Lapietà Gefeuerten in die Mangel nimmt ... Kluge Idee. Bloß gibts in Paris nicht gerade wenige Apotheken.«

»Beinah so viele wie Restaurants, das stimmt. Aber für die Filme brauchen wir nicht lang. Wenn man berücksichtigt, wie lange eine normale Blase durchhält, muss sich das Ganze vorgestern zwischen siebzehn und neunzehn Uhr abgespielt haben. Das beschleunigt die Suche.«

Rote Ampel.

»Und wenn sie Lapietà außerhalb von Paris versteckt haben?«

»Dann erweitern wir unseren Radius.«

»Hast du die Karre von dem Sohn inzwischen gefunden?«

Titus wich aus.

»Gewinne und Verluste. Notfalls lasse ich eine abfackeln und präsentiere die Menotier, das dürfte ihn beschäftigt halten.«

Stille.

Ein wenig zu lang.

Grüne Ampel.

Was den Verkehr nicht voranbringt.

»Was ist los, Joseph? Meditierst du?«

Leichtes Hochschrecken von Silistri, wie einer, der aus seinen Gedanken hochfährt:

»Kurz vor Urlaubsende hab ich bei Coudrier vorbeigeschaut.«

Der Divisionnaire Coudrier, ein Chef, den sie verehrt haben ... Obwohl sie nicht gerade zu Verehrung neigen.

»Hast du dem Altvorderen deine Aufwartung gemacht? Wie gehts ihm? Munter und fröhlich? Badet er Würmer? Irgend so was wie Angeln hatte er doch vor, oder?«

»Er schreibt ein Buch.«

»Noch so ein Rentnersport. Nicht das Feld räumen, ohne einen Fußabdruck hinterlassen zu haben. Typisch Flic.«

»Nein, nein, er schreibt keine Memoiren ...«

Sirene hin oder her, der Stau staute weiter. Titus holte seinen Tabak und sein Piece hervor:

»Worüber?«

»Den Justizirrtum.«

Zwischen Daumen und Zeigefinger des Capitaine Adrien Titus regnete Türkisch Blend herab.

»Und die zentrale These?«

»Der Roman ist schuld.«

Anfeuchten mit der Zunge.

Klacken des Zippos.

Nepalesische Wolke.

»Das heißt?«

»Coudrier zufolge arbeiten alle Ermittler wie Romanschriftsteller. Sie suchen nach Kohärenz.«

»Das heißt weiter?«

Silistri macht seinerseits einen Abstecher nach Nepal. Er atmet lange aus.

»Coudrier sagt, die meisten Justizirrtümer seien einem aus der Romanliteratur stammenden überzogenen Kohärenzdenken geschuldet. Auf allen Ebenen der Ermittlung – Gendarmerie, Kripo, Justizuntersuchung, psychiatrische Gutachten, bis hin zum Verfahren. Jeder versucht, eine *plausible* Geschichte zu bauen, eine logische Kette von den vermuteten Motiven bis zur vermeintlichen Tathandlung. Hakts irgendwo ein bisschen, biegen wir die Sache hin, ohne es recht zu merken, und bringen den Verdächtigen hinter Gitter, der von der Logik her am besten passt. Wir suchen halt die Kohärenz. Coudrier zufolge gibt es kein besseres Rezept, um einen Justizirrtum zu fabrizieren.«

Titus' Handy vibrierte an seiner Brust. Die noch unverbrauchte Stimme von Manin.

»Entschuldige, Joseph, die Apotheke. Ja mein kleiner Manin?«

»Capitaine, ich hab siebenundzwanzig gecheckt, bei acht bin ich gewesen.«

»Siebenundzwanzig Apotheken? Du allein? Und acht aufgesucht? In drei Stunden? Was schmeißt du dir ein?«

»Ich hab meine Freundin mit drangesetzt. Wir sind übers Telefon gegangen und über E-Mail, ehe ich hin bin.«

Titus holte tief Luft:

»Erste Lektion, mein kleiner Manin: Bei polizeilichen Ermittlungen setzt man seine Freundin nicht mit dran.«

»Die ist clean, Capitaine! Heißt Nadège, Nadège mit Vornamen. Alles im grünen Bereich.«

Titus atmete aus.

»Manin, leg deine Nadège beiseite und schick mir die Ergebnisse.«

»Die Ergebnisse?«

»Wie weit du bist, was du herausgefunden hast.«

»Alles Fehlanzeigen. Nur Opas und Omas, Krankenschwestern und Hauspflegerinnen.«

Titus suchte nach der richtigen Formulierung:

»Zweite Lektion, mein kleiner Manin: Die Vorgesetzten nur bei verwertbaren Informationen anrufen. Oder zumindest hoffnungserweckenden.«

Silistri gab ihm den Nepalesen zurück.

»Ja eben ...« In Manins Stimme lag ein Zögern. »Was eine mögliche Hoffnung betrifft ...«

Titus legte die Hand aufs Telefon.

»Entschuldige, Joseph, er muss noch viel lernen. Was eine mögliche Hoffnung betrifft, mein kleiner Manin?«

»Ich wollt Sie fragen ... Aber ich weiß nicht, ob ...«

»Ob was?«

»Ob ich, ob Sie das nicht ...«

»Polizeiliche oder persönliche Frage? Falls persönlich, runterschlucken.«

»Nein, es ist wohl eher eine polizeiliche, glaube ich, ich ...«

»Dann schieß los.«

»Entschuldigung, dass ich Sie das frage, Capitaine, aber ...«

»Dritte Lektion, Manin, wer so lang braucht, um zu ziehen, ist ein toter Mann.«

»Haben Sie bei Lapietà überprüft, ob die Katheter noch da sind?«

Titus legte eine Pause ein. Ihm stand wieder vor Augen, wie er Ariana ins Badezimmer folgte, dort den Schrank öffnete, auf den sie gezeigt hatte, darin zwei Packungen Pioralem-Katheter vorfand, eine neue und eine frisch angebrochene. In der fehlten die vier Katheter vom Vortag, die im Treteimer lagen, der noch nicht geleert war. Ariana hatte den Eimer mit der Fußspitze geöffnet.

Manin geriet in Panik:

»Entschuldigung, dass ich Sie das frage, Capitaine, nicht dass Sie glauben, ich wollte Ihnen Ihren Beruf beibringen, das ... Respekt gehört sich schließlich, verstehen Sie ... es ...«

»Du hast die richtige Frage gestellt, Manin. Ich habe vor Überraschung nichts gesagt. Hab ich überprüft, ja. Alles an Ort und Stelle. Einen Punkt für dich.«

Es folgte ein weiteres Zögern. Titus nutzte es, um Silistri erneut den Joint zu reichen. Als er ihn wieder zurückbekam, fragte Silistri:

»Findest du uns nicht ein bisschen old-fashioned, in unserm Alter diese ... diese ... zu rauchen wie Pubertätlinge?«

»Eher traditionell. Der Tradition verbundene Männer, würde ich sagen. Wo warst du in Sachen Coudrier und sein Buch stehen geblieben?«

»Coudrier geht von Malaussène aus. Die Unschuld selbst, oder? Und trotzdem *von der Logik her* der ideale Schuldige, immer. Ginge man rein nach der Kohärenz, müsste er bis ans Ende seines

Lebens sitzen. Coudrier hat mit Malaussène ganze Generationen ausgebildet. Er sagt ...«

Aber Manin hatte die Sprache wiedergefunden.

»Entschuldigen Sie, Capitaine, ich höre, dass Sie mit jemandem reden, ich möchte Sie nicht stören ...«

»Nein, nein, ich hör dir zu.«

»Ich hab vielleicht trotzdem eine Idee. Das heißt, ich glaube ... Eins zu hunderttausend, aber ...«

»Also den Verdacht einer Idee? Leg los, mein kleiner Manin, der Verdacht ist mein täglich Brot.«

»Nicht am Telefon, Capitaine, also wenn es Ihnen nichts ausmacht natürlich ... Ich muss Ihnen was zeigen. Genauer, einen Typen ... Jemanden, der ...«

»Wo bist du?«

Manin sagte, wo er war.

»In einer halben Stunde bin ich da.«

Ehe er die Autotür zuwarf, beugte Titus sich zu Silistri hinüber:

»Die Kohärenz, Joseph, ergibt sich, wenn alles aus ist. Sag ihm das, dem Chef, damit er nicht umsonst schreibt.«

Er ging los, machte aber noch einmal kehrt.

»Ach, nur für Fall, dass es dich interessiert, unsere kleine Talvern ist im Bilde in Sachen Operation Apotheken. Von der Seite bin ich gedeckt.«

Wie viel Tonnen Beton und Glas geben dieser Leichtigkeit Körper? Was die Architektur betrifft, ist nichts schwerer als das Luftige. Dies sagte sich der Capitaine Adrien Titus, als er bei La Défense aus den Métrotiefen hinauf auf die Esplanade tauchte. EDF, Technip, Égée, Mazars, Alstom, Ariane, Com'Square, Sofitel, Allianz, Opus 12, er fand sich mitten im Who's who der Finanzwelt wieder und fragte sich, was der kleine Manin zwischen diesen Hochhaustürmen anstellte. Um ihn herum blinkte es: Kongresse, Seminare, Hightech-Büros, Cocktailpartys, Empfänge, Höhenschwimmbäder, unverstellter Blick auf die Champs Élysées, der ganze Talmi, der zum ernsten Leben dazugehört. Manin, mein kleiner Manin, wo hast du dich da hinverirrt? Titus' Handy vibrierte in seiner Tasche.

»Ich seh Sie, Capitaine, ich bin hier.«

Die Esplanade war leer und sauber. Titus glaubte sich allein inmitten der Wüste und von weiß der Henker welcher höheren Instanz beobachtet.

»Wo hier? Spiel nicht mit deinem Vorgesetzten, Manin, ich bin nicht dein Kumpel.«

»Am andern Ende der Esplanade, Capitaine, vor der Apotheke vom Einkaufszentrum.«

Titus sah in der Ferne ein grünes Kreuz blinken. Unter dem Kreuz hüpfte etwas möglichst hoch.

»Hör auf, dich auffällig zu benehmen, ich komme.«

Manin wartete in einem Burberry-Trenchcoat aus dem letzten Jahrhundert auf ihn. Er musste sich mächtig als Detektiv fühlen, sah allerdings bloß nach Langzeitarbeitslosem aus.

»Hier lang, zur Cafeteria.«

»Nicht in die Apotheke?«

»Nein, Capitaine, entschuldigen Sie, aber der Typ möchte sich bedeckt halten. Er arbeitet in der Apotheke, möchte aber lieber in der Cafeteria mit uns reden. Heute hat er frei.«

»Wo hast du deinen Mantel her?«

»Vom Flohmarkt in Montreuil. Schickes Teil, was?«

»...«

Manins Typ hatte eine Kapuze übergestülpt und stützte seinen

Kopf in beide Hände. Man konnte meinen, er heule in sein Bier. Als er den Kopf hob, um Titus anzusehen, zog der Capitaine ihm sanft die Kapuze zurück und begriff, dass der Junge es mit einem technisch ausgesprochen Versierten zu tun gehabt hatte.

»Wer war das?«

In einer bläulich-violetten Schwellung stießen oberes und unteres Augenlid aufeinander, die Oberlippe klaffte bis hinauf zu den Nasenlöchern.

»Das zu sagen ist ihm peinlich«, schaltete Manin sich ein.

»Trotzdem.«

»Daschwaneschambe«, sagte der Verquollene.

»Das war eine Schlampe«, übersetzte Manin.

»Wennischschiwindreischischidenaschauw.«

»Wenn er sie findet, reißt er ihr den Arsch auf«, übersetzte Manin.

»Ambitionen hat er ja, das ist gut. Und warum hat dich das Mädchen so zugerichtet?«

»Weischineduscheisch.«

»Weil sie eine Tusse ist«, übersetzte Manin. »Aber ich kann Ihnen alles erzählen, um abzukürzen, wenn Sie wollen, er hat mir schon alles gesagt.«

Sie war in die Apotheke gekommen, ein anständiges Mädel, mit Zöpfen und Dufflecoat und einem bezaubernden britischen Akzent. Sie wollte Katheter für ihren Großvater kaufen, von Pioralem, und hatte kein Rezept.

»Sie war an ihn geraten, das Rezept war ihm egal. Als sie ging, schützte er einen Termin vor und ist ihr gefolgt.«

»Ah ja?«, sagte Titus erstaunt. »Und weshalb bist du ihr gefolgt?«

»Schiatmischangemahtischwolltschiebumschen.«

»Sie hat ihn angemacht, er wollte sie bumsen.«

»Schau an. Hat wohl nicht gewollt, was? Bis wohin bist du ihr gefolgt?«

»Er hat es mir gezeigt«, schaltete Manin sich ein. »Ich zeigs Ihnen dann.«

»Und wie hat sie dich so zugerichtet?«

»Beide Füße in die Fresse«, erklärte Manin. »Zweimal in drei Sekunden.«

Karate, schlussfolgerte Titus. Nidan geri, wenn ich mich recht erinnere. Oder Nihon geri vielleicht. Eine dieser zärtlichen Berührungen.

»Hat sie Bügeleisen an den Füßen getragen?«

»Ischmahdischeischwozzewonschambeweti.«

»Verstanden, du machst die scheiß Fotze von Schlampe fertig.«

Manin machte große Augen:

»Wow, Sie lernen schnell, Capitaine!«

»Schneller offenbar als der da. Hat die Überwachungskamera sie gefilmt?«

Manin holte sein Handy hervor.

»Die Kamera in der Apotheke, ja. Ich hab die Bilder abfotografiert. Wolln Sie sehen?«

»Nachher«, sagte Titus.

Dann beugte er sich über den Verschwollenen:

»Brauchst dein Bier erst gar nicht in Angriff zu nehmen. Zieh Leine, bevor ich dich noch schlimmer zurichte, und sieh dich vor den Mädchen vor. Zuallererst vor Engländerinnen.«

Titus und Manin sahen ihm hinterher.

»Dein Urteil, mein kleiner Manin?«

Manins Blick folgte der Kapuze, die auf rollenden Schultern lag.

»Ein armes Schwein.«

»Das genügt noch nicht.«

Manin krauste die Stirn.

»Er glaubt, dass er sich alles nehmen kann.«

Titus schüttelte den Kopf und erklärte freudlos:

»Nein. Keine Fantasie – das ist sein Drama, vollkommen frustriert. Ein Toter auf Abruf. Kurze Haltbarkeit. Eine kleine Gehirnwäsche, und er geht als menschliche Bombe hoch. Frustrierend, zu wissen, dass der keine dreißig wird.«

Dann fragte er:

»Wie bist du auf seine Spur gekommen?«

Manin erklärte, nachdem er sich die Videoaufnahmen angeschaut und das Mädchen abgeshootet hatte, habe er den Apotheker gefragt, ob er sich an die kleine Britin mit den Zöpfen und dem Dufflecoat erinnern kann. Dunkel, ich hab sie nicht bedient. Wer dann? Youssef. Youssef? Ein Praktikant, nicht gerade die Leuchte. Übrigens, jetzt, wo Sie mich nach ihm fragen, er ist gleich darauf gegangen. Youssef wie? Youssef Delage. Kann ich ihn sprechen? Ist krankgeschrieben. Und wo zu finden? Bei sich zu Hause. Die Adresse? Hier bitte.

»Was hat dich auf die Idee gebracht, ihn zu befragen?«

Manin verzog unschlüssig das Gesicht.

»Weiß nicht, Capitaine. Routine.«

»Hör auf, Manin, für Routine bist du zu jung.«

»Dann weiß ich nicht.«

»Der Instinkt, mein Junge. Von deinem zu großen Respekt abgesehen bist du ein guter Jagdhund. Und wie hast dus angestellt, dass er auspackt?«

»Ich hab seine hübsche Fresse mit dem Handy fotografiert, ihm sein Face und das von dem Mädel gezeigt und ihm gesagt, wenn er mir die Hucke volllügt, poste ich die beiden Fotos auf Facebook, mit seinem Namen drunter und wer Sieger in dem Fight war.«

Langes Schweigen. Titus trank die Hälfte des besitzerlos gewordenen Biers. Dann reichte er das Glas Manin.

»Hättest dus gemacht?«

Manin trank das Glas aus und schüttelte den Kopf.

»Warum nicht?«

»Weil wenn ich so was ins Netz stelle und die Bitch wohnt hier im Viertel, dann baggern morgen sämtliche Ghettokids sie an, nur so, aus Jux. Kann man ihr voll das Leben mit versaun.«

Im Grunde, dachte Titus, gibt es nichts, was ich ihm wirklich beibringen könnte. Vielleicht ein bisschen politische und ein bisschen Filmgeschichte ...

Er hob den Zeigefinger:

»Manin, hör mir gut zu. Die Präsidentschaft von Mitterrand, das war nicht gleich nach dem Krieg, sondern 81. 1981«, präzisierte er, »sechsunddreißig Jahre nach der deutschen Kapitulation. Er brachte es auf zwei Amtszeiten und starb 96. Prostata.«

Manin sah ihn an wie einer, der mitschreibt.

»Prostata?«, fragte er.

»Erklär ich dir später, das ist ein anderes Fachgebiet. Wann bist du geboren?«

»89.«

»Kennst du *Spiel mir das Lied vom Tod?*«

»Ja klar, ein Western! Den haben meine Alten mir zum Einschlafen vorgespielt, wie ich klein war.«

»Tja, und gedreht hat ihn Sergio Leone. 1968. Und die Hauptdarstellerin war Claudia Cardinale. Sie lebt noch. Die Frau von Lapietà sieht ihr sehr ähnlich. Erinnerst du dich an die Musik?«

»Die Mundharmonika? Klar doch!«

»Die Mundharmonika und so weiter. Von Ennio Morricone. Auch ein Italiener.«

Manin nickte langsam.

Dann fragte er:

»Wollen Sie das Foto von dem Mädchen sehen?«

»Zeig her.«

Manin hielt ihm sein Handy hin.

»Hier. Nichts Verdächtiges, was? Ehrlich, wenn nicht die Geschichte mit dem Typen gewesen wär, hätt ich Sie nicht belästigt.«

Titus versank in der Betrachtung der jungen Engländerin mit dem Dufflecoat. Die Bravheit selbst. Papa arbeitet wahrscheinlich in einem der Türme. Und nicht in den Kellergeschossen. Oben in den noblen Etagen, bei den Dividenden. Die Aufnahme war etwas verschwommen, wie meist bei Überwachungskameras. Titus korrigierte das Bild im Kopf. Er löste die Zöpfe der jungen Frau, gab dem Haar Fülle, streifte schließlich den Dufflecoat ab ... Und sagte sich so etwas wie Herr im Himmel ... Herrgott im Himmel noch mal! Worauf er vielleicht noch ein Verdammte Scheiße! folgen ließ. Und dann noch ein Nein, das glaub ich nicht! Gewiss auch ein Das kann nicht sein! Und mit absoluter Sicherheit ein Mann, Scheiße, da wird die Kacke dampfen! Ehe er Manin, ohne dass auch nur ein Muskel in seinem Gesicht gezuckt hätte, fragte:

»Kannst du mir zeigen, bis wohin Delage ihr gefolgt ist?«

Sie mussten die Esplanade überqueren, auf der es jetzt wimmelte: sich leerende Büros, vollströmende Métro. Dann gingen sie zur RER hinunter (fliegende Obsthändler, Zeitungskiosk, entfernter Klagegesang einer vietnamesischen Đàn Cò). Manin bog vor den Drehkreuzen nach links ab, und sie stiegen über eine Wendeltreppe ins Innere der Erde. Grauer Betonschacht, abnehmende Helligkeit, zunehmender Uringeruch.

»Sie ist ihm unten ins Gesicht gesprungen, kurz vor der Autobahn.«

»Ist er übergriffig geworden?«

»Hatte er keine Zeit für. Sie hat ihm aufgelauert.«

»Einfach so? Ohne Vorwarnung?«

»Einfach so. Direkt drauflos.«

»Armer Delage.«

Sie waren in einer Art Vorraum zur A14 angelangt. Man hörte den Verkehr, ohne die Fahrzeuge zu sehen.

»Hier, hier ist es gewesen.«

»Bist du sicher, dass das Mädchen allein war? Keine Verstärkung?«

»Sie war allein, Capitaine. Genau das frustet ihn ja so! Zuerst hat er mir aufbinden wollen, es wärn ein Dutzend Typen gewesen, aber ich hab n bisschen nachgehakt, da hat er zugegeben, nein, sie war allein.«

»Keine Zuschauer?«

»Wenn, dann wärn die Bilder im Netz.«

Eine Art Parkplatz – Gestank nach verbranntem Benzin, kräftig angereichert mit Ammoniak –, bestens geeignet für eine schnelle Vergewaltigung, dachte Titus. Ich hatte vergessen, dass dieser ganze Finanzkram auf Pfeilern ruht. Und dass es untendrunter pestet.

»Danke, mein kleiner Manin. Du hast meinen Tag nicht vergeudet.«

»Gern geschehn, Capitaine.«

»Ach, noch was!«

Titus zog seinen Mantel aus, reine Kaschmirwolle.

»Gib mir deine Kutte und nimm meine dafür.«

Manin gehorchte, ohne zu fragen. Auch Ausweis, Geld und Handy wechselten den Mann.

»Du gewinnst so, Manin. Aber bloß für eine Nacht. Morgen tauschen wir zurück. Gut, und jetzt ab nach Hause, in die Federn mit deiner Nadège, und ruf mich nicht an, ehe ich dich anrufe.«

Manin ärgerte sich über sich selber, aber er konnte sich die Frage nicht verkneifen:

»Capitaine ...«

»Polizeiliche Frage oder persönliche?«

»...«

»...«

»Das Mädel, kennen Sie die?«

Titus zögerte einen Moment. Aber er hatte auf Manin gesetzt.

»Ich hab ihre Mutter hinter Gitter gebracht, als du noch klein warst.«

»Was hatte sie getan?«

»Nichts. Ich hatte mich geirrt. Überzogene Kohärenz ...«

»Was?«

»Schon gut. Ab ins Bett. Letzte Lektion des Tages: Ein guter Flic legt sich früh schlafen.«

12

Sommerende in meinem Vercors. Robert und ich hatten den Tag damit verbracht, unter der Septembersonne Heu zu pressen. War das noch altersgemäß? Die Landwirtschaft kann sich noch so automatisiert haben, Feldarbeit bleibt Feldarbeit, wenig erholsam. Und der Heustaub ist reinstes Niespulver. So war ich am Ende des Nachmittags nicht in der Stimmung, mir Alcestes Genörgel anzutun, den Mick und Dédé uns an den Waldrand brachten.

»Sie sind frei, Alceste«, sagte ich und zeigte auf ein Getürm von Heuballen auf Roberts Anhänger. »Da drin ist ein Versteck für Sie vorbereitet. Es ist absolut sicher. Robert bringt sie mit dem Traktor über die Départementale 76 runter. In einer Dreiviertelstunde gabeln Bo und Ju Sie dann am Chamaloc auf und gegen zwei können Sie die Nacht zu Hause in Ihrem eigenen Bett in Paris beenden.«

Alceste warf einen fassungslosen Blick auf den Heubau:

»Ihre Lösungen sind romanesk, Malaussène, mit anderen Worten, vollkommen schwachsinnig. Da klettere ich nicht rein.«

Ich versuchte es mit Geduld:

»Im Sommer 44 hat dieses Romaneske manch weniger Zimperlichen das Leben gerettet.«

»Einer ganzen Familie sogar mit einer einzigen Fuhre«, ergänzte Mick. »Die Fritze haben nichts gewittert.«

Alceste ließ sich von historischen Tatsachen nicht erweichen.

»Ich krieche nicht ins Heu. Jeder hat seine Allergien.«

»Sie müssen bloß einen unangenehmen Moment durchstehen«, sagte ich, »der Mercedes der Chinesen ist bequemer.«

Robert, Mick und Dédé warteten, wie es weiterginge. Wie verständigen sich zwei Pariser im Streitfall? Wir waren zum Studienobjekt avanciert.

»Was wiegen die Ballen?«, fragte Alceste.

Ich schaute zu Robert hinauf, der in seiner Kabine sitzen geblieben war.

»Zweihundert Kilo pro Ballen. Früher, mit den alten Maschinen, waren es um die vierzig, außerdem Würfel.«

»Quader«, korrigierte Mick.

»In meiner Familie Würfel«, beharrte Robert.

»Jedem seine Tradition«, pflichtete Dédé bei.

»Anders gesagt«, merkte Alceste an, »bei der geringsten Unebenheit bin ich platt wie eine Flunder. Da klettere ich nicht rein.«

Die Zeit verstrich. Wir durften die Verabredung mit Bo und Ju nicht verpassen. Wir mussten zu einem Ende kommen. Robert hatte wohl gemerkt, dass ich es leid war, denn er kam von seinem Hochsitz herunter, baute sich vor Alceste auf und sagte gegen die Anweisung, nicht mit ihm zu reden:

»He, Monte Christo, du krabbelst jetzt in dein Versteck, und zwar ein bisschen dalli, oder wir vier stecken dich da rein wie ein Thermometer in den Hintern einer Vogelscheuche.«

Voilà. Auftrag erledigt. Alceste war den Chinesen übergeben, sein Stick an die Reine Zabo abgegangen, poste restante, zur größeren Sicherheit. Den Mails misstrauen, dem Papier misstrauen, den Cyberwolken misstrauen. Damit die Konkurrenz uns den fetten Braten nicht vor der Nase wegschnappt! Damit wir die besten Seiten von *Ihr sehr großer Fehler* (so der Titel, auf dem er beharrt) nicht vor Erscheinen des Buches als Zeitschriftenabdruck wiederfinden. Der Versand des guten alten USB-Sticks per Post mit anschließendem Löschen der Datei, sobald die Königin Alcestes Text hat, das ist noch immer das Sicherste. An solche Dinge zu denken gehört zu meinem Job.

Sommerende also.

In zwei Tagen fahre auch ich zurück nach Paris.

Um besagtem Job nachzugehen.

Die WeWes beschützen, mir den soundsovielten literarischen Herbst antun, die Preisverleihungen verfolgen ...

Wozu?

Wozu?

Der Abend senkt sich herab. Julie und ich sitzen auf unserer Bank vor Les Rochas, Julius der Hund liegt, sabberumkränzt, zu unseren Füßen. Julie beendet die Lektüre von *Sie haben mich belogen*, die sie sich für den Sommer aufgehoben hatte ... Stille ...

Hier bleiben.

Kein Paris mehr. Wo im Übrigen Bomben hochgehen und die Maschinenpistolen von allein losrattern.

Jeden Abend zusehen, wie die Sonne über dem Grand Veymont untergeht.

Ja ... Hier den Rest meiner Tage damit verbringen, Abend für Abend dem Teppich der Nacht zuzusehen, wie er dem Berggipfel entgegenkriecht.

»Julie, was haben die Feingeister gegen Ansichtskarten mit Sonnenuntergängen, kannst du mir das sagen?«

Stille.

»Sieh dir das doch an – dieses ungreifbare und ergreifende Einschlafen der Welt!«

»Ui je!«

Julie bequemt sich, einen Blick auf den Grand Veymont zu werfen, der dreitausend Meter über unseren Köpfen in den Schlaf versinkt. Ein auf der Seite liegender Elefant. Die letzten Sonnenstrahlen hüllen ihn in eine Savannendämmerung.

»Du willst wissen, was die Feingeister den Hochglanzkarten vorwerfen, Benjamin? Hör dir die Antwort deines Kumpels Alceste an.«

Sie blättert, findet die Stelle sofort und liest laut vor:

Die idealen Eltern nach Tobias und Mélimé: Ärzte der Welt, Cellisten, Formel-1-Piloten, Atomphysiker, Öko-Aktivisten, Vulkanologen ... Alle übten sie einen »First-Class«-Job aus, um ein Attribut zu gebrauchen, das jenen Hotels vorangestellt wird, in denen zwischen zwölf und zwei der Doktor den Sprechstundenhilfen etwas von Liebe zuraunt. Niemand von diesen Eltern war Postangestellter oder Grundschullehrerin, Apotheker, Schweißer, Kfz-Mechaniker oder eben Sprechstundenhilfe ...

Meine Brüder und Schwestern, hat euch diese Galerie von außergewöhnlichen Erzeugern nicht überrascht? Warum hat sich nicht einer von uns gesagt, er könnte doch ebenso gut Kind einer Hure sein oder bestenfalls ein Spross aus gutem Hause, der nach einer anonymen Geburt im Krankenhaus zurückgelassen wurde? Ist das nicht in unseren Breitengraden das gängigste Modell von Waise? Aber nein, wir hielten uns alle für Abkömmlinge von Halbgöttern! Aus dem sozialen Olymp ins

Nest von Tobias und Mélimé geplumpst! Diese beiden Schwachköpfe haben uns mit Superhochglanzeltern ausgestattet, Typus Ansichtskarte mit Sonnenuntergang! Aber das kreide ich ihnen nicht an, sie gehören nur zu all den Dummköpfen, die glauben, die Sonne gehe allein zum Wohlgefallen der Augen unter.

Julie klappt das Buch zu und schaut hinüber zu dem sich rötenden Grand Veymont:

»Willkommen im Club, Benjamin.«

Ich hatte diese Stelle vergessen.

Aber den Rest habe ich sehr gut behalten – Alcestes Bemühen, seine Geschwister für die Idee der wahren Wahrheit zu gewinnen.

Unsere mythischen Eltern haben nie existiert, das ist die Wahrheit! Wenn ihr mir nicht glaubt, nehmt euch eine beliebige Suchmaschine zu Hilfe. Ich habe es für euch gemacht. »Keine Suchergebnisse gefunden.« Beweis durch das Nichts! Unsere Eltern waren nicht jene erloschenen Sterne, deren Licht uns dank der Geschichten von Tobias und Mélimé weiter beschien. Nie geboren! Punkt. Folglich weder Vor- noch Nachfahren noch Anverwandte! Nicht einmal ein Name! Und das zu akzeptieren ist vielleicht das Allerschwierigste. Wie wir unsere »wahren« Namen geliebt haben, erinnert ihr euch, meine Brüder und Schwestern? Mit welcher Wonne wir sie ausgesprochen haben! So voller Sinn! So voller Sein! Voller Leben! Voller Fleisch und Blut! So voll von uns! Oh, welche Freude, uns mit diesen »wahren« Namen anzusprechen! Unsere Identität herauszuposaunen! Unsere Eltern auferstehen zu lassen, indem wir uns gegenseitig mit diesen Namen ansprachen! »Komm her, mein kleiner Tassouit. Und, mein Blinneboëke? Was sagst du dazu, Gorbelius? Wart nur, ich krieg dich, Tsirouet! Gabelin, du kleiner Allesfresser, iss deinen Teller auf, du siehst doch, dass wir abräumen!«

Aber niemand auf dieser Erde hieß je Blinneboëke, Tassouit, Gabelin, Tsirouet oder Gorbelius.

Trifft euch bei dieser Entdeckung nicht der Schlag der Inexistenz? Nichts, was mit diesen Namen verbunden ist, besitzt auch nur einen Anflug von Realität! Weder die Körper noch die Lebensdaten, Charakterzüge, Berufe. Beruf der Eltern: Cellospieler, hast du stolz auf den Bögen geantwortet, die die Lehrer zu Schuljahresbeginn verteilten, Faustine, erinnerst du dich? Vulkanologen, trug ich meinerseits ein. Rennfahrer, antwortete Mathieu. Und wenn einige Lehrer gegenüber Tobias und Mélimé ihr Erstaunen über gewisse Antworten ausdrückten: »Jägerjäger, das soll heißen ...?«, so kam die Erklärung mit größter Natürlichkeit:

»Baptiste ist ein Adoptivkind, Madame, seine Eltern waren ivoresische Ranger, im Reservat von Abengourou, und wir legen großen Wert darauf, die Erinnerung an sie im Herzen des Jungen wachzuhalten.«

Was sollte man darauf erwidern? Natürlich bohrte kein Lehrer weiter nach, solche Antworten wecken keine Zweifel. Heiliggesprochen verließen Tobias und Mélimé die Schule. Nicht alles, und die Lehrer hätten ein Ehrenspalier für sie gebildet. Ich sehe noch deutlich den Heiligenschein um ihre Köpfe! Ein einziges Leuchten! Wer hätte ahnen können, dass diese beiden Inbilder der Frömmigkeit ihr Leben damit zubrachten, die ihnen anvertrauten Kinder zu nichten? Nicht zu vernichten (wir wurden gut ernährt, nicht gerade raffiniert – wie alles andere auch –, aber reichlich), sondern zu nichten, sie mit dem Nichts zu füllen! Nichtsgefüllte Säcke, das ist es, was Tobias und Mélimé aus uns gemacht haben. Absichtlich! Denn um diese Familiennamen ohne Familie zu erfinden, mussten sie sich von deren Inexistenz überzeugen! Niemand durfte diese Namen je getragen haben. Kein Nocheinmal! Nirgends! Niemals! Was zu überprüfen vor der Ära des Internets wahrlich kein leichtes Unterfangen war. Tobias und Mélimé haben an uns eine

*Genealogie gegen den Strich praktiziert. Sie haben unsere menschheits-
geschichtliche Leere sichergestellt. Sodass, sollte einer von uns nachfor-
schen wollen, woher er stammt, die einzige von unseren Adoptiveltern
zur Verfügung gestellte Antwort lauten würde:* Nirgendwoher.

Na und?

Antworteten Alcestes Geschwister im Chor.

Na und?

MARGUERITE: Was ist Schlimmes am Erfinden von Geschichten und Namen?

FAUSTINE: Unsere wahren Nicht... Nichter, wie du sagst, sind
die Schlampen, die uns anonym zur Welt gebracht haben.

MATHIEU: Die Kindheit, die Tobias und Mélimé uns geboten
haben und die du als beschissen darstellst, war eine traumhafte
Kindheit.

ADRIEN: Du hast es einfach darauf abgesehen, die Harmonie
unserer Familie zu zerstören.

PASCAL: Weil du als Schriftsteller keine Einbildungskraft hast,
benutzt du uns als Rohmaterial für deine größenwahnsinnigen
Fantasien.

FAUSTINE: Größenwahnsinnig und paranoid.

GENEVIÈVE: Du bist der Liebe, die wir dir entgegengebracht
haben, nicht länger würdig.

FAUSTINE: Eine der großen Freuden meines Lebens wird es
sein, dein ewiges Moralgewäsch nicht mehr hören zu müssen.

BAPTISTE: Der einzige Sohn einer Hure bist du. Verpiss dich.

Äußerungen, die Alceste natürlich umgehend in seinen Interviews zitierte.

FRAGE: Berührt Sie diese Ächtung?

ALCESTE: Das ist der Preis, den man zahlen muss, das trage ich.

FRAGE: Der Preis wofür?

ALCESTE: Für eine Literatur, die diesen Namen verdient. Sie beschimpfen mich, um mich so vom Schreiben abzuhalten. Aber niemand wird mich daran hindern, Rechenschaft abzulegen von dem, was ist. Denn dies bedeutet schreiben. Es darf nichts anderes sein. Egal um welchen Preis! Auch den der Einsamkeit.

FRAGE: Wie haben Ihre Eltern auf das Erscheinen Ihres Buches reagiert?

ALCESTE: Soviel ich weiß, habe ich keine Eltern.

»Ihre Adoptiveltern.«

»Das Lügnergespann, das mich verdummt hat? Wie immer, mit der Politik des Nichts. Sie tun so, als existiere das Buch nicht.«

»Sie haben es nicht gelesen?«

»Dazu haben sie mir nichts gesagt. Sie sehen sich als Opfer, verstehen Sie. Sie fühlen sich angegriffen. Sie überlassen ihre Verteidigung meinen Brüdern und Schwestern.«

»Diese zumindest haben Sie gelesen.«

»Ja ... beziehungsweise ... Wahrscheinlich haben sie nach ihren Namen gesucht und die Stellen gelesen, die sie persönlich betreffen. Wissen Sie, meine Brüder und Schwestern sind keine großen Leser. Das ist ein Nebeneffekt der Blindheit, mit der sie durch die Lüge geschlagen sind: Sie lesen nicht. Sie haben kein Bedürfnis nach Aufklärung.«

»Ist es nicht ein wenig zu einfach, den Roman zu benutzen, um über die Wahrheit der einen und der anderen zu entscheiden?«

»Einfach, Monsieur, ist es, wenn man schweigt! Wenn man nicht schreibt! Wenn man so tut, als ob wir nicht erlebt hätten, was wir erlebt haben! Und die Blinden blind sein lässt, obwohl wir die Mittel haben, ihnen das Sehvermögen wiederzugeben! In meinem Fall würde das Nicht-Schreiben den Tatbestand der unterlassenen Hilfeleistung gegenüber gefährdeten Geschwistern erfüllen.«

Und so weiter von einer Zeitung zur nächsten, von Radio- zu Fernsehstation, von Blog zu Website während der gesamten Marketingkampagne für *Sie haben mich belogen*.

Bis zu dem Tag, an dem die »gefährdeten Geschwister« reagierten. An dem die Blinden einwilligten, Alceste in einer Fernsehdebatte gegenüberzutreten. Die Familie schickt drei Vertreter: Adrien, den Ältesten, Faustine, die Rührigste, und Baptiste. Der Jüngste, und aufsteigender Fußballstar. Die Reine Zabo und ich raten Alceste ab, sich auf diese Weise zu exponieren, *Sie haben mich belogen* läuft sehr gut, kein Bedarf an einer Werbespritze. Alceste erteilt uns eine Abfuhr, wir sind nur Abzocker, er dagegen hat eine Sache zu verteidigen.

Titel der Sendereihe: *Alles kein Drama*. Ihr Ziel: unversöhnliche Parteien wieder versöhnen.

Publikum aus dem Off, vorab eingeheizt wie ein Herd vor dem Backen.

»Rotes Licht – Applaus, okeh?«

»Okeeeeh!«

»Gelbes Licht – Empörung, okeh?«

»Okeeeeh!«

»Grünes Licht – Lachen, okeh?«

»Okeeeeh!«

Tipptoppe Testläufe.

In der ersten Zuschauerreihe die Reine Zabo und Loussa de Casamance, die darauf bestanden, den Autor zu begleiten. Ihnen jeweils zur Seite Simon der Kabyle und Mo der Mossi, die Hadouch ausgeliehen hat, falls es zu Handgreiflichkeiten kommt.

Die Eskorte – für den Anlass geschniegelt und gebügelt – stiert zu Boden. Sie wäre lieber anderswo. Hadouch und ich stehen hinten im Studio, hinter den Kameras. Geflüstertes Nebengespräch:

»Gehst einem auf den Keks, Ben, du weißt genau, dass das Fernsehen nicht unser Ding is!«

»Ist das letzte Mal, Hadouch, versprochen.«

»Dass ich mal Literaturwissenschaft studiert hab zu einer Zeit, wo noch gelesen wurde, is kein Grund, uns in so eine pseudoliterarische Streiterei zu schleifen ...«

»Lass gut sein, Hadouch, es ist das letzte Mal, sag ich doch! Was den Schutz von Alceste betrifft, sind wir mit den Chinesen im Gespräch.«

»Mit den Chinesen? Denen von Belleville? Mit Bo und Ju?«

»Mit Bo und Ju und ihrer Clique, ja.«

»Boah, Mittel hat sie aber, deine Chefin!«

Ende des Gesprächs.

Beginn der Sendung.

Auftritt der geladenen Gäste.

Der dynamische und strahlende Talkmaster brüllt fröhlich die Namen von Alcestes Kontrahenten, die, vom Applauseinspieler beklatscht, gegenüber einem leeren Sessel Platz nehmen.

Zuletzt erscheint Alceste (*üppigeres Klatschen*), der sich in ebendiesen Sessel setzt.

Der Talkmaster ringt sich eine launig-aufputschende Anmoderation nach dem Motto »Sie werden sehen, alles kein Drama« ab, dann stellt er die ersten Fragen.

Sie zielen darauf ab, die Grenzen zwischen Literatur und Privatleben auszuloten. Heraus kommt dabei wenig: Für die Familie ist alles privat, für Alceste alles Literatur.

Eins zu eins.

Ich nutze die Zeit, um mich mit der Familie vertraut zu machen. »Saubere Ärsche«, wie Jérémy in der Pubertät gesagt hätte. (Der Begriff umfasste tadellose Kleidung, eine gewisse sprachliche Korrektheit und einen deutlichen Hang zu Mehrheitsmeinungen.) Unvorstellbar, dass diese astreinen Gewissen Alceste drei Monate später in das Grab ihres Vaters treiben würden, um ihn dort lebendig zu begraben.

Der Talkmaster wechselt das Thema. Fröhlich fragt er Alceste, was er gegen Märchen habe.

ALCESTE: Nichts.

DER TALKMASTER: Das ist nicht der Eindruck, den man bei der Lektüre Ihres Buches gewinnt!

ALCESTE: Ich habe nicht in Erinnerung, dass uns in unserer Kindheit Märchen erzählt wurden.

DER TALKMASTER (*offener Mund, aufgerissene Augen*): Ja aber, also, diese Geschichten, die Ihre Eltern Ihnen vor dem Schlafengehen erzählt haben, waren doch Märchen!

ALCESTE: Das waren nicht meine Eltern, und es waren keine Märchen. Es waren Lügen, die dazu dienen sollten, unser Familienleben für etwas zu halten, das es nicht war.

Erste Reaktion von Faustine:

»Absolut falsch! Es war ihre Art, uns zu verzaubern!«

ALCESTE: Lügen bezaubern mich nicht.

Applaus im Saal.

Eingreifen von Adrien – in den Vierzigern, gesetzte Stimme, feine Gesichtszüge, lange, durchscheinende Finger:

»Wenn Tobias und Mélimé uns hätten belügen wollen, hätten sie behauptet, wir wären ihre Kinder. Dann hätten sie sich nicht die Mühe gemacht, für uns Traumeltern zu erfinden.«

DER TALKMASTER (*plötzlich ausgelassen, seine aufgerissenen Augen rufen penetrant das Publikum zum Zeugen auf)*: Andererseits, Ihre Frau Mutter hätte es wohl einige Mühe gekostet, den Älteren so viele Schwangerschaften zu verheimlichen!

Prustendes Lachen im Saal.

Faustine explodiert:

»Da gibt es nichts zu lachen! Wir sind nicht hier, um uns in Szene zu setzen! Wir sind hier, um ein Ehepaar zu verteidigen, das sein Leben dafür geopfert hat, freudig und sich selbst verleugnend Kinder großzuziehen, die nicht ihre eigenen waren!«

Verstummen des Gelächters.

ALCESTE (*zu seinem Bruder Adrien*): Wenn Tobias und Mélimé uns die Wahrheit hätten sagen wollen, dann hätten sie uns schlicht und einfach gesagt, wer unsere wahren Eltern sind. (*Kurze Pause.*) Und das werde ich tun, das verspreche ich euch, mein Werk ist noch lange nicht abgeschlossen.

ADRIEN (*ruhig*): Wer bittet dich darum? Die, die uns nach der Geburt zurückgelassen und nie die leiseste Anstrengung unternommen haben, uns zu finden? Oder wir, die über sie nichts hören wollen?

ALCESTE: Nicht ihr, nicht sie, nicht ich, ja nicht einmal das Gesetz, sondern ganz einfach die Wahrheit. Anders gesagt, die Wirklichkeit. Mein Werk ist mit dem Leben, so wie es ist, im Bunde. Und dafür müsstet ihr mir dankbar sein.

BAPTISTE (*ironisch*): Dein Werk ... Dir dankbar sein ... Ich glaub, ich träume, Mann!

ALCESTE (*beinah zärtlich*): Mein Werk, das aus euch Romanprotagonisten macht, Baptiste, aber *reale* Protagonisten, während ihr euch im Leben noch immer benehmt wie die fiktiven, von Tobias und Mélimé ausgedachten Gestalten.

ADRIEN: Fiktive Gestalten, die ja aber immerhin doch geheiratet und Kinder gezeugt haben, die einen Beruf ausüben und Steuern zahlen ...

ALCESTE: Und ihrem Nachwuchs die alten Lügen über ihre Großeltern auftischen. Und Berufe ausüben, die alle etwas mit der Lüge oder dem Nichts zu tun haben.

Empörter Protest von Faustine:

»Mit der Lüge?«

Der Talkmaster nutzt die Gelegenheit und setzt – reiner Versuchsballon – noch eins drauf, wie im Poker:

»Mit dem Nichts?«

ALCESTE: Kannst du uns sagen, Faustine, was du beruflich machst?

FAUSTINE: Casting-Chefin, warum?

ALCESTE: Für welche Art von Film?

FAUSTINE: Ich arbeite nicht fürs Kino, ich arbeite fürs Fernsehen.

ALCESTE: Stimmt. Dann also: Casting-Chefin für welche Art von Sendung?

Hier kurze Unsicherheit von Faustine, dann – muskulös, hübsches Gesicht, umrahmt von zackig geschnittenem blondem Haar, direkter Blick, eine junge Frau, die Autorität besitzt – mit klarer, entschlossener Stimme:

»Für Reality-TV-Sendungen.«

Hier fährt der Spielleiter (im Übrigen sehr wohl im Bilde über Faustines Beruf) hoch, wendet sich an das versammelte Publikum.

DER TALKMASTER: Reality-TV? Das muss euch doch wahnsinnig reizen, oder?

»Jaaaaaaaaaaaaaaa!«

DER TALKMASTER: Dann machen wir für euch nach der Sendung eine kleine Casting-Runde, okeh?«

»Okeeeeeh!«

Lächelnde Absage von Faustine:

»Nicht heute Abend. Es ist zu spät. Morgen bitte, und nach Terminabsprache.«

Ihre Autorität wirkt. Niemand protestiert.

ALCESTE: Und kannst du dem Saal erklären, worin das Training der für deine Sendungen ausgewählten Kandidaten besteht?

FAUSTINE: Das ist ziemlich technisch, das ist ...

ALCESTE: Daran ist nichts technisch. Es geht darum, den Kandidaten seines Selbst zu berauben und ihn mit einer fiktiven Figur zu füllen, die er während der Show zu verkörpern hat, als wäre das sein Selbst. Es geht darum, die Wirklichkeit zugunsten der Fiktion, die als real behauptet wird, zu eliminieren! Darum, das nicht Existierende als existent auszugeben! Genau das, was Tobias und Mélimé mit uns gemacht haben.

ADRIEN (*seiner Schwester beispringend*): Das ist eine Show! Jeder weiß, dass es eine Show ist! Wie Wrestling! Das Wrestling ist auch kein Sport, sondern eine Sport-Show. Niemand sitzt da einer Täuschung auf. Die Wirklichkeit bringt *auch* Shows hervor! Und die Show *ist real!* Und mein Beruf als Arzt, was hast du zu meinem Beruf als Arzt zu sagen?

ALCESTE: Gerichtsmediziner? Sich jemandem zuwenden, der nicht mehr lebt, das müssen Tobias und Mélimé fantastisch finden! Keine Chance, etwas Lebendigem zu begegnen.

ADRIEN (*versöhnlich*): Es geht vor allem um den Fortschritt der Medizin, um Wege, wie die Lebenden vor dem bewahrt werden können, was die Verstorbenen getötet hat.

ALCESTE: Hast nicht du den Leichnam von Françoise Delbac obduziert nach ihrem Selbstmord? Hast du herausgefunden, woran sie gestorben ist? (*Er zeigt auf das Publikum.*) Das könnte helfen, die hier Anwesenden zu schützen.

Faustine geht, fest mit ihrem Stuhl verwachsen, an die Decke: »Du bist niederträchtig! Ich verbiete dir ...«

ALCESTE: Was verbietest du mir? Zu sagen, dass die junge Frau sich nach einer deiner Sendungen umgebracht hat? Dass sie daran gestorben ist, ausgeweidet und wie eine Gans mit einem lächerlichen inkonsistenten Selbst gefüllt worden zu sein? Dass in ihrem Leichnam nichts zu finden war außer dem Nichts, mit dem du sie gestopft hast, und der Scham, die sie schließlich empfand? Dass sie nicht die Erste ist, die sich unter derlei Umständen das Leben genommen hat? Und dein Sender, um einen Prozess zu umgehen, über Entschädigungen verhandelt? Dass deine juristische Abteilung den Schmerz mit klingender Münze bezahlt? Was dir herzlich egal ist, weil Tobias und Mélimé dir den Unterschied zwischen lebendigem Mensch und fiktionaler Figur, zwischen Industrieprodukt und einmaligem Individuum nicht beigebracht haben! Und weil du deine Gleichgültigkeit für Charakterstärke hältst, für die coole und toughe Art!

Totenstille im Saal. Wutträn en in Faustines Augen. Der Talkmaster dürfte sich sagen, dass dies, wenn zwar jetzt noch kein Drama, doch leicht eines werden könnte. Also Einwurf aus dem Abseits:

DER TALKMASTER: Und der Fußball, in dem Ihr jüngster Bruder Baptiste glänzt? Da sind wir aber nicht in der Fiktion! Das ist Realität, und eine von Gewicht!

ALCESTE (ausweichend): Oh, der Fußball ... Leere Köpfe, die auf einen Ball voll Luft eindreschen, damit die aus dem Stoff der Werbung genähten Trikots zuletzt an Jugendzimmerwände gepinnt werden ... Ich sehe darin nicht sehr viel Wirklichkeit ... Eher viel Hysterie ... Also viel Geld ... Wahrscheinlich meinen Sie ja das mit Gewicht ... Nein, was mich traurig stimmt: dass Baptiste in seinem Alter immer noch Ball spielt ... Wissen Sie, wir sind in dieser falschen Familie nicht sonderlich reif geworden. Letzten Endes ist mein Buch nichts anderes als ein Versuch der Reifegewinnung, und ich ...

Doch Faustine holt zum Gegenangriff aus:

»Ziel und Zweck deines Buches ist moralische Folter, ein Terrain, auf dem du Außergewöhnliches leistest, wie du bewiesen hast! Dein ›Werk‹, wie du so bescheiden sagst, gehört weniger in den Bereich der Literatur als den des Mobbings. Aber wir lassen uns nicht kleinkriegen, wir werden reagieren, notfalls mit einem Prozess, wir ...«

Liegt es an der Erwähnung der Justiz in Gestalt eines Gerichtsverfahrens? Jedenfalls erhebt sich im Saal ein Sturm der Entrüstung, der Faustines Zorn übertönt und den die erhobene Hand von Alceste sofort zum Erliegen bringt.

ALCESTE (*sehr ruhig*): Ich habe nie daran gezweifelt, dass ihr es zum Prozess kommen lasst. Tobias und Mélimé werden euch darum bitten – oder haben euch vielleicht schon darum gebeten –, und ihr werdet wie ein einziger Dackel folgen. Und was werde ich zu meiner Verteidigung vorbringen? Das, was ich immer sage.

Es folgt ein langer Monolog zum Ruhme der wahren Wahrheit, in dessen Verlauf Faustine sich das Mikro herunterreißt und resolut das Set verlässt, gefolgt von Adrien und Baptiste, der dem tobenden Publikum den Stinkefinger zeigt und Alceste mit der Faust droht.

Der Talkmaster versucht ohne großen Einsatz, die Flucht seiner Gäste zu stoppen, bedauert, dass »es so endet«, sagt, dass »man nicht jedes Mal Erfolg haben kann«, und kündet, während er seine Papiere zusammenschiebt, mit strahlendem Lächeln das Thema der nächsten Sendung an.

Hadouch und ich atmen tief auf, immerhin keine Handgreiflichkeiten. Die Reine Zabo und Loussa de Casamance stehen auf, um zu gehen, Letzterer stützt Erstere. Flüchtig fällt mir das hohe Alter der beiden auf, was im Verlag nie der Fall ist. Dort sind sie für mich, seit ich sie kenne, aufgrund ihrer Funktion unveränderlich.

Während der Talkmaster seinen Papierpacken auf dem Tisch zurechtklopft, bittet Alceste ein letztes Mal ums Wort.

»Bitte sehr«, sagt der Talkmaster süffisant, »ich bin mir durchaus bewusst, dass es schwierig wäre, Ihnen das Wort nicht zu erteilen.«

Daraufhin wendet sich Alceste direkt ans Publikum. Er fragt, ob es sich nicht schäme, auf Kommando zu applaudieren oder zu protestieren.

ALCESTE: Wo versteckt sich der Spielleiter, der Sie in pawlowsche Hunde verwandelt hat? (*Er zeigt mit ausgestrecktem Finger auf den Talkmaster, der noch immer seine Papiere auf Kante klopft.*) Ist es er? Er drückt auf einen Knopf, ein Licht geht an, und Sie lachen! Ja? Oder Sie protestieren? Ja? Alle zusammen? Wie ein einziger Mann? Erschreckt Sie das nicht, in so großer Zahl ein Niemand zu sein? Wissen Sie, wozu man Massen wie Sie bringen kann? Sind Sie zur Lynchjustiz bereit? Und Sie kommen jede Woche? Sie stehen stundenlang an, um ausgewählt zu werden? Um an diesen Sitzungen öffentlicher Folter teilzunehmen?

Der erste Schuh verpasst Alceste um Haaresbreite. Der zweite trifft ihn an der Schläfe. Den dritten fängt Mo der Mossi ab, der aufs Set gestürzt ist. Simon der Kabyle ist ihm hinterhergehechtet und versucht, das Publikum von der Erstürmung des Sets abzuhalten. Unterdessen schiebt Mo Alceste in die Kulissen, während dieser brüllt:

ALCESTE: Hah! Na also! Endlich mal ein Anflug von Spontaneität!

Zurück nach Paris fahren, um wieder mit diesem Zirkus konfrontiert zu werden ...

Wozu?

Weshalb gehe ich nicht einfach in Rente?

Hm?

Zabo schuldet mir mindestens zwei Renten: eine als Angestellter und eine als Romanprotagonist. Da dürfte doch einiges rausspringen.

Bleiben wir also hier. Soll die Königin doch allein fertigwerden mit ihren suizidal gestimmten Autoren.

Inzwischen ist die Sonne ganz untergegangen. Der Grand Veymont ist nur noch eine schwarze Masse, und der alpine Winter schleicht sich schon merklich in den noch kaum angebrochenen Herbst.

Ganz schön fröstelig.

»Julie, gehen wir rein?«

Natürlich trottet Julius der Hund vor uns her.

IV DIE KLEINE

»Letztlich bin ich wie ein
Trüffelhund an die Sache
rangegangen und hatte gleich
zum Auftakt den richtigen
Riecher. Ist so etwas Instinkt?
Kann man so sehr Flic sein?«

ADRIEN TITUS

13

Über dem Vercors geht die Sonne unter, und Paris lodert auf. Musik an jeder Straßenecke. Die Bands schießen aus dem asphaltierten Boden hervor. Der Kampf um die Dezibel stört die Telefonverbindungen. Das Handy am Ohr, schreit der Capitaine Adrien Titus:

»Is doch die Kleine, oder? Das is sie doch?«

Er hat Silistri gerade das Foto von dem Mädchen aus der Apotheke geschickt.

»Was soll ich dazu sagen? Sie war vielleicht zwölf, als ich sie das letzte Mal gesehen hab. Außerdem, du bist doch der Patenonkel, nicht ich.«

»Frag Hélène!«, schreit Titus. »Ich verwette meinen Kopf, dass das die Kleine ist!«

»Hélène hebt nicht mehr ab, wenn ich anrufe. Frag du doch einfach direkt bei denen nach.«

»Nicht, eh ich nicht sicher bin! Wir haben uns bei denen schon mal geirrt, denk dran.«

Rund um Titus wütet das musikalische Feuer. Die Fete der Kids mit Irokesenschnitt: Tecktonik, Hip-Hop, Breakdance, und gleich die eigene Meisterleistung gefilmt, Selfie, Selfie! Und auf der Stelle hochgeladen.

»Wo bist du grade?«

Eine Frage, die der Capitaine Adrien Titus dem Divisionnaire Joseph Silistri stellt.

»In Créteil. Bei LAVA. Ein paar Durchgeknallte fanden es clever, Ménestrier, Ritzman, Vercel und Gonzalès festzusetzen. Stell dir vor, sie haben die vier im Verdacht, Lapietà ausgeschleust zu haben. Jetzt müssen wir diese Deppen da rausholen, meine Leute und ich. Ansonsten lässt das Faultier alle Lager durchforsten und alle Container leeren. Er ist völlig entnervt. Mit den verhafteten Arbeitnehmervertretern kannst du die Kripo-Flure bis zum Wochenende verstopfen. Von Lapietà natürlich keine Spur.«

»Wie wirst dus anstellen, deine Bosse da rauszukriegen?«

»Ich warte auf Verstärkung. Eine CRS-Einheit. Wird hoch hergehen. Hör mal!«

Der Divisionnaire Silistri musste sein Handy aus dem Fenster gehalten haben, denn der Capitaine Adrien Titus hört deutlich, wie das arbeitende Volk den Finanzbossen den Tod, den Aktionären das Ausradiertwerden und der staatlichen Polizei den erzwungenen Analverkehr wünscht. Einen Augenblick lang überdeckt die Wut von Créteil die Musik von Paris.

»Okay, und du, was wirst du unternehmen mit deinem Foto?«

»Ich folg meinem Vorgefühl in der Hoffnung, mich zu irren.«

Nachdem Manin gegangen war, hatte sein Vorgefühl den Capitaine Adrien Titus zur Apotheke von Youssef Delage geführt. Dort stoppte er mit dem Fuß das Eisengitter just in dem Moment, als es geschlossen wurde. Protest des Apothekers. Polizeiausweis. Der Apotheker öffnet noch einmal. Die Überwachungsvideos bitte, schnell! Daraufhin gönnte sich der Capitaine Adrien

Titus eine Privatvorführung. Er wollte das Mädchen mit dem Dufflecoat in Bewegung sehen. Er sah sie. Diese Art, sich zu bewegen ... Scheiße. Er wollte ihre Stimme hören. Der britische Akzent war Quark, pseudo-shakespearisch. Roch nach Amateurtheater. Scheißescheißescheiße, das Mädchen ist so englisch, wie ich madagassisch bin! Trotzdem erkennt er sie nicht wieder. Nicht wirklich. Nicht so richtig. Wenig. Bisschen trotzdem. Ist sie es? Oder ist sie es nicht? Mit diesen Zöpfen und dem Dufflecoat, ehrlich ... Unähnlicher im Vergleich zu ihrem gewöhnlichen Outfit geht nicht. Er hat die ganze Sequenz auf sein Handy überspielt. In der Métro schaut er sich das Ganze als Endlosschleife an. Das Mädchen betritt die Apotheke, beschwatzt Youssef, wobei es eine auf Ophelia kurz vor dem Suizid durch Ertränken macht. Youssef verschlingt sie mit den Augen. Ophelia zur Kaffeepause flachzulegen wird ihm zur Mission. Das Mädchen geht mit ihren Kathetern. Zehn Sekunden später folgt ihr Youssef. Und plötzlich denkt Titus an etwas ganz anderes: Wenn ich bedenke, dass ich ihr das Geld für die Ferien aufgebessert habe! Nein, das ist sie nicht, das kann sie nicht sein! Ich würde sie doch wiedererkennen! Das letzte Bild, das er von der Kleinen im Kopf hat, stammt von Ende Juni. Da ist sie Lichtjahre von dem entfernt, was die Überwachungskamera gefilmt hat. Er sieht sie vor sich, ihre Mähne, die explodierenden Feuerwerkskörpern gleicht. Wie sie ihm um den Hals fällt!

»Oh, danke, Onkel Titus! Aber glaub bloß nicht, dass du mir ein Almosen gibst, ja? Sieh das als Investition an. Ich werds dir hundertfach zurückgeben!«

Wie glücklich sie die Scheine einsteckt! Und wie er, wieder einmal hin und weg vor lauter Verzückung, alle Kraft aufwendet, um nicht auf ihre Brüste zu starren. Wie er sich zurechtweist: Hör auf! Man linst nicht zwischen die Brüste eines Kindes, bei dessen Geburt man dabei war!

Apropos, was hat sie eigentlich mit ihren Brüsten gemacht? Im Schwarzweiß des Videos hat das Mädchen keine Formen beziehungsweise eine Zylinderform. Aber welche Brust könnte schon einen Dufflecoat überleben? Nein, das ist sie nicht, nein. Und diese Zöpfe ... nein, das *kann* sie nicht sein.

Ariana Lapietà öffnet ihm zum zweiten Mal innerhalb von zwei Tagen ihre Tür.

»Tituuuuuus! Ohne Mantel? Bei dieser Kälte? Komm rein, komm.«

(Aus einem Reflex von Eitelkeit hat er vor dem Klingeln Manins Trenchcoat in einem Abfalleimer versteckt.)

Er müsse dringend auf Toilette, sagt er, schließt sich im Bad ein, öffnet den Schrank, stellt fest, dass die Katheter noch an Ort und Stelle sind, was ihn erleichtert, bedient nachdrücklich die Wasserspülung und verlässt das Badezimmer.

»Wir haben uns vierunddreißig Jahre nicht gesehen, und jetzt kommst du zum Pinkeln vorbei?«

Ariana ist überrascht, aber nicht wirklich erstaunt. Titus erinnert sich, dass das eine ihrer Eigenschaften war. Schon als Jugendliche staunte sie über nichts. Das machte ihrem Bruder Angst. Sie hat noch alles zu lernen, sagte der Gecko, und nichts erstaunt sie. Ich schwör dir, Titus, ich hab Angst, dass sie noch einen mächtigen Schlag abbekommt.

»Ist dein Sohn da?«

»Tuc? Er kocht.«

Auch diese Nachricht beruhigt ihn, weiß Gott warum.

»Kann ich ihn sprechen?«

Titus hält Tuc das Video unter die Nase:

»Kennst du das Mädchen?«

Tuc wischt sich die Hände ab, wirft das Handtuch über die Schulter, stellt die Flamme unter dem Schnellkochtopf kleiner, nimmt das Handy, betrachtet aufmerksam den Film, kraust die Stirn und schüttelt den Kopf.

»Nein.«

»Schau dirs noch mal an.«

Neuer Durchlauf. Tuc schaut auf das Display, dann hält er das Handy ans Ohr. Er lauscht aufmerksam.

Ein Wildhase Royale ... Kein Zweifel angesichts des Dufts, der dem Ventil entweicht ... Goldbraun angebratener Hase, Blut, das der Junge dem Wein hinzugefügt hat, Irrtum ausgeschlossen. Tuc ist ein Meisterkoch, das ist keine 08/15-Küche. Ein wirklich verdienter »Barbetrag zur eigenen Verfügung«.

Tuc gibt Titus mit einem Kopfschütteln das Handy zurück.

»Das ist keine echte Engländerin.«

Titus sieht ihn wortlos an, steckt sein Handy ein und verabschiedet sich.

Er entschuldigt sich bei Ariana, die ihn zur Tür bringt.

»Entschuldige, meine kleine Lady Langbein, ich wollte nur was überprüfen.«

»Ist schon gut.«

Bereits auf der Schwelle, betrachtet er sie richtig. Und stellt fest, dass sie um zehn Uhr abends exakt dieselbe Claudia Cardinale ist wie am Tag zuvor um zehn Uhr morgens.

Später wird er erzählen, dass er sich in jener Nacht damit begnügte, seinem Instinkt zu folgen »oder so etwas Ähnlichem«. Dass er sich über seine Handlungen absolut nicht im Klaren war. Nein,

Intuition kann man das nicht nennen ... Ein Vorgefühl vielleicht, was immer das heißt. Die Wahrheit ist, dass er mechanisch vorging, angetrieben von ... Er hatte gegen das Offensichtliche angekämpft! Das ist es, ich habe mich mit einer Gewissheit herumgeschlagen! Ich *wollte* einfach nicht daran glauben, und je weniger ich es wollte, desto mehr habe ich daran geglaubt, auch wenn ich mir zugleich gesagt habe, nein, trotz allem, es ist unglaublich. Letztlich bin ich wie ein Trüffelhund an die Sache rangegangen und hatte gleich zum Auftakt den richtigen Riecher. Ist so etwas Instinkt? Kann man so sehr Flic sein?

Nachdem er Ariana und Tuc verlassen hatte, fischte er Manins Trenchcoat aus dem Abfalleimer und tauchte wieder ab in die Métro, Richtung La Défense. Warum La Défense? Weil das Mädchen mit dem Dufflecoat dort aufgetaucht war. Er bekam sie einfach nicht aus dem Kopf. Weshalb er das Video sogar Tanita geschickt hatte. Ja, so weit war er gegangen.

»Guck mal, ist doch die Kleine, oder?«

Tanita hatte, wie zu erwarten, ausweichend geantwortet:

»Ich weiß nicht. Bei ihrer Geburt war schließlich nicht ich dabei.«

Sie hatte die Geschichte mit dem Kind nie gemocht. Weder die Geschichte noch das Kind. Sie fand, Titus nehme seine Patenrolle zu ernst. Sie wollte einfach nichts davon hören. Sie konnte es nicht. Titus hatte im Lauf der Jahre bemerkt, dass sie, wenn es um die Liebe ging, sich vom kleinsten Seitenblick – und sei er auf ein Wickelkind – bestohlen fühlte.

Dann hatte Titus Manin die Nummer seiner Patentochter gegeben.

»Ruf die Nummer an und sag mir, was passiert.«

Manin hatte zurückgerufen:

»Nichts passiert, Capitaine. Kein Anschluss unter dieser Nummer.«

Na gut, ist halt noch nicht zurück, dachte Titus. Hat ihren Vertrag noch nicht verlängert. Keine Panik, in einer Woche ist sie da. Sie ist nicht hier, ich spinne, sie ist es nicht.

Als er aus der Métro kam, tanzte ganz La Défense. Wie viele Bands mochten das sein? Und unzählige Einzeltänzer, ein Lautsprecher zu ihren Füßen, in einem Kreis von Zuschauern. Was diese Kids anstellen können mit ihren Körpern! Titus ertappte sich dabei, dass er sie beneidete. Er stellte sich vor, er wäre in ihrem Alter und würde in einem Kreidekreis, die Musikmaschine neben sich, die rhythmischen Wellen vom Zeigefinger bis zum großen Zeh durch seinen gummiweichen Körper laufen lassen, der ein einziges Zwirbeln und Wirbeln ist. Aber in ihrem Alter war er durch Nepal gereist und in gewisser Weise nie von dort heruntergekommen. Außerdem gab es Tanita. Sie hatten ihren eigenen Tanz – und hatten ihn noch –, einen zu leidenschaftlich betriebenen Pas de deux, als dass noch Raum für andere Choreografien blieb. Er streunte jetzt zwischen den Jugendlichen umher. Jeder tanzte in seiner Blase, und doch war es keine Kakofonie. Die Musik dröhnte überall, aber jeder bekam es hin, sich seine geschützte Ecke zu schaffen. Glaubte er, zwischen diesen Tänzern und Zuschauern die Kleine zu finden? Er dachte vage, dass er dafür hier mehr Chancen hatte als irgendwo sonst in Paris. Mal überlegen … Sie hat Youssef in den Betontrichter gelockt, ihm dort das Gesicht zu Brei geschlagen, und dann ist sie natürlich wieder raus ins Freie. Mit ihren Pioralem-Kathetern. Um Opas Schleusentore zu öffnen. Dazu dienen Katheter doch, oder? Wer also ist der Opapa? Wo wohnt er? Und warum sollte er sich, nach erfolgreichem

Wasserablauf, nicht eine kleine Runde über die verrückte Esplanade gegönnt haben mit dem Enkeltöchterchen? Keine Kontraindikationen. Ganz im Gegenteil. Die Blase erleichtert und dann hinausgezogen von der Enkelin: Komm, das wird dir guttun. Vielleicht ein Restaurantbesuch zum Abend? Why not? Titus graste die Restaurants ab, deren Fenster auf die Esplanade gingen. Keiner der Esser sah auf seinen Teller, alle blickten nach draußen auf das Treiben der schönen Jugend. Zu Sambarhythmen wurde saltogesprungen, breakgedanct, feuergespuckt. Titus dachte nur an die Kleine. Diese Tänze auf dem spiegelnden Boden passten wesentlich besser zu ihr als Zöpfe und Dufflecoat. Dann sagte er sich, dass er seine Zeit verschwendete, dass das Mädchen aus der Apotheke nicht die Kleine war, nein, und der Opa war irgendein Opa und das Mädchen mit den Zöpfen irgendeine Hauspflegerin; es war an der Zeit, nach Hause zu fahren, dort erwartete ihn eine Wärme, deren er nie überdrüssig würde. Einen Augenblick lang legte sich das Bild von Tanita, als sie sechzehn, siebzehn war, über das der Kleinen. Die beiden sahen sich mehr als ähnlich. Das Kind, das sie hätten haben können, diese Art von Wahrscheinlichkeit. Damit erklärte Titus sich auch, weshalb Tanita über das Gör nichts hören wollte. Da die Kleine nicht durch sie beide existierte, war es ungerecht, dass sie überhaupt existierte. Er fragte sich, ob er in dieser Geschichte nicht tatsächlich zu sehr als Vater auftrat. Jedenfalls mehr denn als Flic. Widersprach das nicht schon dem Berufsethos?

Er beschloss, nach Hause zu fahren. Also Métro. Unterwegs wurde er von zwei Schwarzen angehauen. Der größere fragte ihn, ob er nicht irgendwie Manager sei. Wieso glaubst du das? Wegen Ihrem Mantel, M'sieur! Schicker Burberry, is ein Trenchcoat, und is Knete! Er hatte also recht gehabt, mit Manin zu tauschen. Er hatte sich gesagt, falls nötig, würde der Trenchcoat ihm helfen, mit den Kids in Kontakt zu kommen. Es war aufgegangen. Wolln Sie sehen, was wir können, ich und mein Cousin? Ich bin Willy, und das ist mein Cousin Habib. Dürfen wir Ihnen was zeigen? Wir zeigen Ihnen was! Und zwischen zwei dröhnenden Lautsprechern fingen die beiden zu boxen an. Klassisch, nur mit den Fäusten. In mörderischem Rhythmus trieb die Musik die Schläge hervor und lenkte die Ausweichmanöver. Boxen hatte für Titus von jeher etwas mit Tanzen gemeinsam gehabt, hier vor seinen Augen wurde es reiner Tanz. So rasant und hart die Schläge kamen, sie trafen nie, verfehlten jedes Mal um ein Haar. Eine Viertelsekunde lang erstarrte die Musik und erstarrten, die Faust des einen Fighters einen halben Millimeter vor dem Gesicht des anderen, die Jungs, dann setzte die Musik, wie von den nicht gelandeten Treffern in Rage gebracht, erneut ein, von Mal zu Mal rabiater. Diese Kids träumten vom Boxkampf, wie kein einziger Boxer je davon geträumt hatte. Dann wurde die Musik noch rasanter, die Tänzer streiften die zehntausend Umdrehungen pro Minute, man konnte sie kaum noch sehen. Sie droschen weiter aufeinander ein, ohne sich zu berühren. Ein Fluch hatte den Boxkampf getroffen. Titus bedauerte es ernstlich, nicht der Manager zu sein, den die beiden himmlischen Fighter sich erträumten. Er hätte sie engagiert, hätte sie auf jedem Ring vor dem eigentlichen Match präsentiert, ihnen eine Welttournee geschenkt. Da er es nicht konnte, bahnte er sich einen Weg durch den Ring aus Bewunderern, der sich um die beiden gebildet hatte, und ging hinunter zur Métro.

Gerade als er sein Ticket in den Entwerter schieben wollte, kam aus dem Betonschacht, wo das Mädchen Youssef Delage das Gesicht eingeschlagen hatte, ein Schwall Musik. Titus steckte sein Ticket weg und nahm die Wendeltreppe. Je tiefer er stieg, desto mehr Klänge drangen zu ihm herauf. Eine totale Musik, die aus den Eingeweiden der Stadt stieg. Die Klänge erreichten ihn als Schwärme von vielfältigsten Tönen. Es war eine Kompositmusik, die ihn an nichts Bestimmtes erinnerte und zugleich an alles, was er je im Leben gehört hatte. Ein Gefühl absoluter Vertrautheit und doch gänzlicher Neuheit. Als er die Freifläche über der A14 erreichte, war sie voller Menschen. In der Mitte dieses kleinen Auflaufs ließ ein hochgewachsenes Mädchen mit langem Haar und nackten Armen seine Fingerspitzen über eine Art fliegender Untertasse hüpfen, auf der sich, einem Schachbrett nicht unähnlich, Farbfelder zu einer Blütenkrone gruppierten. Jedes Mal, wenn die Finger der Spielerin eines der Felder berührten, stieg ein Schwarm aus Klängen auf, die sich sogleich unter andere, noch über den Köpfen schwebende mischten. Titus konnte es sich nicht verkneifen, den neben ihm Stehenden nach dem Namen des Instruments zu fragen.

»Das ist ein OMNI von Moullet, ein unbekanntes Musikobjekt.«

Titus hatte jetzt nur noch Augen für die Gestalt dieses hochgewachsenen Mädchens. Die Spielerin sah keine Sekunde von der vielfarbigen Untertasse auf. Jede Berührung eines Feldes durch ihre Finger ließ eine Schar neuer Klänge aufsteigen, und der Tanz ihrer Hände auf dieser Aquarellpalette rief alles wach, was dem Capitaine Adrien Titus seit der Geburt jemals ans Ohr gedrungen war. Urwaldgetrommel konkurrierte mit Gewitterkrachen, mit Reifensurren auf feuchtem Asphalt, Glockenspielgeläut auf flämischen Plätzen, dem Pizzicato einer wilden Geige.

»Und das Mädchen«, fragte Titus seinen Nebenmann, »kennen Sie sie?«

»Das ist Alice! Jeder im Loch von La Défense kennt sie.«

Ein Pizzalieferant bahnte sich mit tausendfachem Entschuldigungslächeln einen Weg durch die Menge. Titus sah ihn hinter einem Absperrgitter in der Tiefe verschwinden.

Das OMNI entführte ihn jetzt in ein Tohuwabohu von Hintergrundklängen, in denen unter anderem eine Posaune und eine Klarinette miteinander stritten. Titus war ganz in die langen Arme der Interpretin, ihr konzentriertes Gesicht zwischen der tanzenden Haarmähne, die sagenhafte Grazie ihrer über die Farbtasten fliegenden Finger vertieft ...

Erst beim dritten Lieferanten erwachte in ihm wieder der Polizist. Umso mehr, als der Geruch, der von dieser dritten Lieferung ausging, ihn an etwas erinnerte.

Sehr viel später würde er dazu sagen:

»Ich habe noch so verliebt sein können in diese Alice und ihre musikalische Untertasse, mir kam es trotzdem spanisch vor, dass nach Mitternacht ein Wildhase Royale in dieses Betonloch geliefert wird.«

»Du hast nichts dagegen, wenn ich mit dir reingehe?«

Diese Frage flüstert der Capitaine Adrien Titus Tuc ins Ohr, nachdem er ihn auf der nach unten führenden Metalltreppe eingeholt hat.

Tuc klingelt.

Die Tür geht auf.

Und wer da vor ihnen steht, ist niemand anders als die Kleine.

Und niemand anders als die Kleine ruft aus:

»Onkel Titus! Du hast aber lang gebraucht, um uns zu finden!«

Und fügt hinzu:

»Du kommst genau richtig, wir haben gerade unser Manifest abgeschickt! Das müssen wir feiern! Komm doch rein.«

14

Das Manifest der Entführer erschien auf dem Bildschirm der Richterin Talvern, als der Anwalt Soares gerade den Verhörtag rekapitulierte. Es war spät, für alle. Weit nach Mitternacht. Maître Soares zufolge würden die Anschuldigungen gegen seinen Mandanten, den hier anwesenden Spielervermittler Balestro, die seit nunmehr (Blick auf die Armbanduhr) neun Stunden auf diesen niederprasselten, leicht zu widerlegen sein. Abgesehen von der unglücklichen Sache mit dem Fußballer Olvido, »die sich als Jugendsünde betrachten lässt«, habe sein Mandant, so der Anwalt, das Gesetz, betreffend das legale Alter für den Kauf und den Transfer von Spielern auf europäischem Gebiet, nicht mehr verletzt. Mit einem Lächeln bar jeder Aggressivität schlug Maître Soares vor, der Frau Richterin die Unschuld von Monsieur Balestro ein für alle Mal zu beweisen.

Das Manifest der Entführer war genau in dem Moment auf dem Bildschirm aufgeploppt, als Soares den Ausdruck »Jugendsünde« gebrauchte. Die Richterin Talvern wartete das Ende von Soares' Satz ab und bat ihn, diesen Beweis zu führen:

»Gern, Herr Anwalt, ich werde Sie nicht unterbrechen.«

Angesichts dieser Zusicherung hob Soares zu einem Monolog an, der es der Richterin erlaubte, das Manifest mit freiem Kopf zu lesen.

Verfasst war es im Stil einer Justizentscheidung und lautete wie folgt:

Da die Präambel der Verfassung von 1946 allen einen angemessenen Lebensunterhalt garantiert,

da dieses Grundrecht in seinem vollen Wortlaut auch in der derzeit gültigen Verfassung steht,

da dieses Grundrecht jedoch von unseren jeweiligen Regierungen, ob der rechten oder der linken, während der letzten dreißig Jahre preisgegeben wurde,

da diese Preisgabe die Unterwerfung der Staatsgewalt unter die Minderheit der Reichsten zur Folge hatte,

da während der letzten dreißig Jahre die Vermögen besagter Minderheit in demselben schwindelerregenden Maße gewachsen sind, wie die Armut zugenommen hat,

da folglich die uns Regierenden einen offenen Krieg gegen die (»Unterstützungsempfänger« genannten) Armen statt gegen die (»konjunkturbedingt« genannte) Armut führen,

da das Ehrenamt überall die verfassungsmäßig dem Staate obliegende Schutzaufgabe übernimmt,

da hierdurch der universelle Begriff der SOLIDARITÄT durch den sehr christlichen, folglich subjektiven, individuellen, mithin zufälligen Begriff der WOHLTÄTIGKEIT verdrängt wurde, aus all diesen vorerwähnten Gründen haben

wir,

zu einem provisorischen Gericht zusammengetretene ehrenamtliche Staatsanwälte,

Georges Lapietà in Gewahrsam genommen aufgrund des Tatbestandes der notorischen Ausraubung der Bedürftigsten,

und wir,

zu einem provisorischen Gericht zusammengetretene ehrenamtliche Staatsanwälte,

geben hiermit bekannt, dass genannter Georges Lapietà nur gegen die Zahlung eines Lösegelds von 22 807 204 Euro freikommt,

welches der Höhe des goldenen Handschlags entspricht, den genannter Georges Lapietà für die Entlassung von 8302 Beschäftigten der LAVA-Gruppe erhalten hat.

Dieses Lösegeld ist dem Abbé Courson de Loir, im Folgenden Abt genannt, zu übergeben,

welcher darüber zugunsten von Kinderheimen, Werkstätten, Anlaufstellen, Ambulanzen, Lagern, Restaurants und anderen derzeit unter der Aufsicht des Abtes stehenden Einrichtungen oder Vereinen frei verfügen kann.

Das Lösegeld ist dem Abt öffentlich und persönlich auszuhändigen durch Paul Ménestrier, Valentin Ritzman, André Vercel und William J. Gonzalès, alle vier Verwaltungsratsmitglieder der LAVA-Gruppe.

Die Zeremonie hat am kommenden Sonntag nach der ersten Messe auf dem Vorplatz der Kathedrale Notre-Dame von Paris stattzufinden.

Des weiteren verurteilen

wir,

zu einem provisorischen Gericht zusammengetretene ehrenamtliche Staatsanwälte,

die derzeitige als sozialistisch geltende Regierung dazu, das Gespött der ersten Entführung aus wohltätigen Motiven *in unserer Justizgeschichte zu ertragen.*

Einer Wohltätigkeit, die wir vernehmlich und einhellig für besudelt erklären.

In Erinnerung

an die gemordete Solidarität

und das zunichtegemachte Recht.

Kaum hatte die Richterin Talvern die Lektüre beendet, da hatte sie eine echte Vision. Sie sah den Abbé Courson de Loir – der tatsächlich stets nur der Abt genannt wurde – aufrecht wie eine Fahnenstange auf dem Vorplatz von Notre-Dame stehen, vor ihm die vier Verwaltungsratsmitglieder, die ihm auf Knien, mit gesenktem Haupt und ausgestreckten Armen den auf einem roten, goldbetroddelten Kissen festgesteckten Lösegeldscheck darboten. Was ist in mich gefahren?, fragte sich die Richterin. Die Vision war so deutlich, als hätte sie auf dem Bildschirm die Stelle des Manifests eingenommen.

Maître Soares unterbrach seinen Monolog.

»Frau Richterin? Hören Sie mir zu?«

Die Richterin Talvern zog die Brauen zusammen und sah den Anwalt mit versonnenem Blick an.

TALVERN: Sind Sie gläubig, Herr Anwalt?

SOARES: Wie bitte?

TALVERN: Glauben Sie an Gott?

SOARES: Ich wüsste nicht, was die Religion mit unserer Sache zu tun hat, ich ...

TALVERN: Sie haben die Religion ins Spiel gebracht.

SOARES: Ich?

TALVERN: Indem Sie mich baten, den Verkauf eines minderjährigen Spielers durch Ihren Mandanten, konkret: den Verkauf von Nessim Olvido, als »Jugendsünde« zu betrachten. Eine Sünde, nicht wahr?

SOARES: Das ist so eine Redensart.

TALVERN: Eine religiöse. Die Absolution einfordert.

SOARES: Das sagt man halt so ...

Die Richterin wurde erneut auf den Vorplatz von Notre-Dame versetzt und hörte jetzt den Abt, wie er einer mittelalterlichen, in Unterkleid und Überwurf gewandeten Menge (die Richterin erkannte unter dieser den Pariser Stadtrat und die Regierung) erklärte, dass die Wohltätigkeit niemals, nie-mals!, von kriminellem Geld lebe. Die Stimme des Abts donnerte. Seine Augen loderten wie ein Scheiterhaufen.

TALVERN: In Rechtsangelegenheiten gibt es nichts, was man halt so sagt.

SOARES: Ich weiß nicht, worauf Sie ...

Über dem Abt spielte, reglos in der Morgensonne stehend, lichtstrahlend, ein Madeleine-Bussard den Heiligen Geist. Ein unmerkliches Zittern seiner Flügel verriet, dass sein rundes Auge die Beute erspäht hatte und er sich gleich zusammenpressen und hinabstürzen würde. An dieser Stelle hörte die Richterin Talvern deutlich eine Stimme, die ihr »Du wirst sehen, er klaut den Scheck, der Dämel« ins Ohr flüsterte. Es war eine vertraute Stimme, heraufgestiegen aus der Kindheit, eine Stimme, die sich gern am Komischen der Dinge vergnügte.

Die Richterin schmunzelte nicht.

TALVERN: Halten wir uns an das Recht, Maître, einverstanden? Es ist spät.

Unvermutet wendete sie sich an Jacques Balestro.

»Die Sonne ist schon lang untergegangen, Monsieur Balestro. Maître Soares hat in einem Punkt recht: In neun Stunden Verhör sind wir kaum weitergekommen. Und würden wir die ganze Nacht reden, kämen wir doch nicht weiter voran, habe ich recht?«

Balestro raffte seine letzten Kräfte zusammen:

»Könnt man glatt glauben, ich hätt Ihnen nichts mehr zu sagen.«

Obgleich er denselben Anzug trug wie am Vortag, war Jacques Balestro aus seiner ersten Gefängnisnacht aufgetaucht, als sitze er schon lange. Es wunderte ihn nicht einmal mehr, dass die Richterin sich seit dem Morgen nicht länger via Computer an ihn wandte. Eine Justizbeamtin erfasste seine Antworten. Eine hochgewachsene, hagere, müdigkeits- und hungerresitente Beamtin. Das Verhör könnte zehn Jahre dauern.

»Könnt man glatt glauben ...«, murmelte die Richterin. »Wieder etwas Religiöses.«

Dann,

TALVERN: Eine letzte Frage, Monsieur Balestro. Eine allerletzte. Danach gehen wir schlafen. Ich nenne Ihnen fünf Namen. Heben Sie die Hand, sobald Ihnen einer bekannt vorkommt.

Gleichgültig zuckte Balestro mit den Schultern.

TALVERN: Ali Boubakhi, sagt Ihnen der Name was?

Anscheinend nicht.

TALVERN: Fernand Perrin?

Ebenso wenig. Aber Balestros Reglosigkeit hatte jetzt etwas Salzsäulenhaftes.

TALVERN: Philippe Durant, mit t am Ende?

SOARES: Frau Richterin, darf ich ...

TALVERN: Olivier Sestre?

»Sind das Freunde von dir?«, entfuhr es dem Anwalt.

»Enge Freunde«, bestätigte die Richterin. »Und Ryan Padovani, Monsieur Balestro, auch ihn kennen Sie nicht?«

Inzwischen war alle Farbe aus dem Gesicht der Säule gewichen. Ein Salzblock mit grauen Lippen.

TALVERN: Monsieur Balestro, ich frage Sie zum letzten Mal, kennen Sie eine der fünf Personen?

An dieser Stelle entstand eine Stille, in die hinein die Richterin schließlich sprach, wie man schreibt, schwarz auf weiß. Sie erklärte dem Anwalt, dass die fünf Namen in fünf Pässen stünden, deren Fotos ein und dieselbe Person zeigten. Zwar mal brünett, mal blond, mal blau-, dann wieder braunäugig, mal ohne Bart, mal mit oder auch mit Schnurrbart, hier bebrillt, dort nicht, hier ohne besondere Kennzeichen, dann mit kleinem tätowierten Kreuz am Halsansatz, das eine Mal glatzköpfig, das andere Mal mit Mähne, gewiss, aber immer ein und derselbe Mann, der hier anwesende, neben Ihnen sitzende Jacques Balestro, Maître.

BALESTRO: Reiner Humbug.

TALVERN: Wir werden wohl eine gründliche Haussuchung bei Ihnen vornehmen müssen, aber wir werden die Pässe finden.

BALESTRO: Schwerlich.

TALVERN: Dann haben Sie sie woanders versteckt.

BALESTRO: Nirgendwo, alles Blödsinn. Ich hab immer nur einen Pass besessen.

TALVERN: Na schön, dann haben Sie sie vernichtet. Machen Sie das nach jeder Einkaufstour? Sie werden uns den Fälscher nennen müssen ...

BALESTRO: Ich reis quasi nie. Ich bleib gern hier.

SOARES: Frau Richterin, verzeihen Sie, Sie können keinen der Pässe zum Beweis vorlegen, von denen Sie sprechen?

TALVERN: Keinen. In der Tat, Maître.

BALESTRO: Na schön, dann gehn wir jetzt schlafen?

Balestro hatte sich erhoben, war aber oberhalb der Sitzfläche in einer ziemlich komischen Pose erstarrt, als weder von Maître Soares noch von der Richterin Talvern die leiseste Körperbewegung kam, die angedeutet hätte, dass man auf seinen Vorschlag einging. Einige Sekunden verharrte er so, zwischen Himmel und Erde, unter dem Blick der Richterin, die ohne das geringste Lächeln murmelte:

»Balestro, alles Stroh.«

Das war ihr so rausgerutscht. So hatte man in ihrer Kindheit um sie herum geredet. Ihre Halbgeschwister, Neffen und Nichten, die Familie ... Zweiter Kindheitsanfall in fünf Minuten, sagte sie sich. Was ist los mit mir? Die Wut im Blick der Richterin veranlasste Jacques Balestro, sich wieder zu setzen. In Zeitlupe. Als er saß, sagte die Richterin:

»Entschuldigen Sie, ich wollte nur sagen, dass Sie niemand sind, der ein Geständnis ablegt, habe ich recht?«

BALESTRO: Da müsst ich auch was für verbrochen ham!

Stille.

Draußen tobte das Fest. Die Bässe wummerten ganz wie ein Herz im Büro der Richterin.

Die den Bann brach:

TALVERN: Monsieur Balestro, wir halten also fest, dass Sie Ryan Padovani nicht kennen?

BALESTRO: Nie gehört.

TALVERN: Vielleicht unter einem anderen Namen? Onkel Ryan? Oder so ähnlich?

BALESTRO: Hab nur ein Onkel. Der heißt Joseph. Oder Giuseppe, wenn Sie lieber wolln.

Die Richterin nickte, holte ihr Handy hervor und schrieb eine kurze SMS:

Es ist so weit, Gervaise, du kannst kommen.

Sie gab dem wachhabenden Beamten an der Tür ein Zeichen mit dem Kopf, und mit dem Zeigefinger ein zweites, das heißen mochte: Halten Sie die Augen offen, die Situation könnte brenzlig werden.

Die Tür ging auf.

Jacques Balestro drehte sich um.

Was er sah, dauerte nur eine Sekunde: Ein vielleicht zwölfjähriger, albtraumhaft magerer Junge mit struppiger Mähne und schorfbedecktem Gesicht hatte das Büro der Richterin betreten. Als sein Blick dem von Balestro begegnete, fing der Junge so zu schreien an, dass der Beamte an der Tür instinktiv die Hand auf seine Waffe legte. Dann rannte der Junge die Frau, die ihn begleitet hatte, beinahe um, und aus dem Korridor war wildes Getrappel von Füßen zu hören.

TALVERN: Bleiben Sie sitzen, Balestro!

Balestro hätte sich gern ein zweites Mal erhoben, aber das Gewicht der Gendarmerie auf seinen Schultern hinderte ihn daran. Es gab jetzt zwei Beamte im Büro der Richterin.

Im Korridor rief die den Jungen begleitende Frau:

»Nelson, volte aqui! Não tem mais perigo, acabou!«

(Nelson, komm zurück! Dir passiert nichts, es ist vorbei!)

Jemand musste das Kind jetzt festhalten, denn die Frau sagte in bestimmtem Ton:

»Lassen Sie ihn bitte los!«

Und, zärtlicher, erneut zu dem Kind:

»Vem par cà menino! Não tenha medo. Agora ele está preso.«

(Komm her, mein Kleiner! Hab keine Angst. Er sitzt jetzt im Gefängnis.)

Das Kind tat sich offenbar schwer zurückzukommen.

Ohne Jacques Balestro aus den Augen zu lassen, gab die Richterin Talvern der Frau den folgenden Ratschlag:

»Gervaise, sag ihm, dass er tot ist oder so gut wie tot.«

Die mit Gervaise Angesprochene kauerte sich in die Hocke und streckte die Arme aus:

»Nelson vem cá, por favor! Ele não pode mais lhe faz mal. É como se estivesse morto.«

Das Kind ließ sich überzeugen. Es erschien wieder im Büro. Diesmal drehte Balestro sich nicht um. Der Junge, der sich an die von der Richterin Gervaise genannte Frau drückte, presste im Gehen die Schenkel zusammen.

»Er hat in die Hosen gemacht«, sagte Gervaise zur Richterin.

»Das macht nichts.«

Die Richterin streckte die Arme aus, setzte sich das Kind auf den Schoß und stellte fest, dass es tatsächlich in die Hosen gemacht hatte. Sie legte die Arme um den Jungen, drückte ihm einen Kuss auf die Stirn und hauchte ihm ein Schschscht zu.

Dann fragte sie Balestro:

»Alles in Ordnung, Balestro? Sie fühlen sich vom Geruch der Angst nicht belästigt?«

Und zu dem Kind, während sie auf Balestro zeigte:

»Sieh ihn dir genau an, Nelson, zehn Sekunden lang.«

Was Gervaise übersetzte.

»Olha bem o rapaz, Nelson, durante dez segundos.«

»Und Sie, Balestro, Sie senken nicht den Blick.«

Die Richterin flüsterte dem Kind die Sekunden ins Ohr. Zwischen ihren Armen fühlte sie seine Atemstöße: von kurzen elektrischen Entladungen unterbrochene Atemstöße.

Jacques Balestro versuchte, mit keiner Wimper zu zucken. Ein Kind und zwei Frauen fixierten ihn.

»Jetzt, Nelson, sagst du mir, wie dieser Mann heißt«, bat die erste Frau.

»Como se chama esse rapaz?«, übersetzte die zweite Frau.

»Tio Ryan«, flüsterte das Kind.

»Onkel Ryan«, übersetzte halblaut die zweite Frau.

»Sag es noch einmal lauter«, bat die erste Frau.

»Tio Ryan!«

Die beiden Frauen und das Kind ließen Balestro nicht aus den Augen.

»Ryan, und weiter?«, fragte die erste Frau.

»Ryan Padovani«, antwortete das Kind. Und sagte noch einmal: »È o tio Ryan!«

»Er sagt noch einmal, dass der Mann Onkel Ryan ist«, übersetzte die zweite Frau. »Er sagt: Ryan Padovani.«

»Warum Onkel?«, fragte die erste Frau.

»Ele quer que a gente chame ele assim.«

»Er will, dass wir ihn so nennen«, übersetzte die zweite Frau.

»Wer ist das, wir?«

»Todos os meninos que chegaram.«

»Alle Jungen, die ankommen.«

Maître Soares schien aus einer langen Sprachlosigkeit aufzu-
tauchen. Schüchtern hob er einen Finger:

»Frau Richterin, mir scheint, die Angaben dieses Jungen ...«

TALVERN: Ich habe noch sieben Jungen etwa desselben Alters
für Sie, Herr Anwalt, aus drei verschiedenen Ländern und mit
denselben Angaben auf Lager. Aber dem gehen wir morgen nach,
wenn Sie einverstanden sind, Monsieur Balestro ist müde.

Ihre Hand strubbelte durch die Mähne des Jungen.

»Wir nehmen erst einmal ein schönes Bad.«

Und zu Balestro:

»Damit wir uns von Ihrem Geruch befreien, Onkel Ryan.«

Aber der Junge wollte nicht von ihrem Schoß herunter. Er kauerte sich in die Arme der Richterin. Er zog die Beine hoch, die er
mit aller Kraft gegen seine Brust presste, und stützte das Kinn auf
die Knie. Dann bohrte er seinen Blick in Balestros Augen. Worauf
die Richterin ihrerseits das Kinn auf den Kopf des Jungen stützte.
Balestro, der bereits weiß Gott wie oft Lust gehabt hatte zu gehen,
saß wie angenagelt da. Der Doppelstockblick lähmte ihn. Wieder durchzuckte Strom die Sehnen und Muskeln des Jungen. Die
Richterin glaubte zu spüren, dass sich die Art der Entladungen
verändert hatte. Sie löste sanft ihre Umarmung. Und es war, als
habe sie einen Käfig geöffnet. Sich mit all seiner Kraft von der
Stuhlkante abstoßend, streckte der Junge die Beine durch, sprang
über den Schreibtisch der Richterin und krallte seine ausgefahre-
nen Klauen ins Gesicht von Balestro, dessen Stuhl umkippte.

Die Gendarmen hatten einige Mühe, dem verrückten Vogel die
Beute zu entwinden.

»Er hat mir ein Auge ausgekratzt«, brüllte Balestro.

15

Metaphern sind nicht meine Stärke. Der letzte Punkt eines Buches gleicht einer Käseglocke, die sich hebt, frische Luft, endlich wieder Himmel. In meinem Fall sind diese Bilder wörtlich zu nehmen. Was den Himmel betrifft, so befinde ich mich mitten darin. Wie von Malaussène vorhergesehen, bin ich um zwei Uhr nachts in meinem Zuhause angekommen. Bo und Ju brachten mich in mein neues Versteck auf der Spitze eines chinesischen Babel. Dreiundzwanzigste Etage im dreizehnten Arrondissement, unserem Chinatown. Morgen früh wird sich zu meinen Füßen Paris ausbreiten, ich werde meinen Blick über den Stadtplan von Turgot schweifen lassen, eine *tastbare Abstraktion!* Meine Möbel und meine Bücher umgeben mich, als wohnte ich schon immer hier. Ein Umzug auf Verlagskosten, der zweite innerhalb von achtzehn Monaten. Noch so ein Einfall von Malaussène. Nach meiner Ankunft habe ich sofort alle Fenster auf Paris geöffnet und eine musikgesättigte Luft eingeatmet. Hier haben wir die Metapher. In dem, was diese Musik glauben machen soll ... Die Sache ist mit Sicherheit eine von einem Beraterhirn ausgeheckte Idee, die dem Präsidenten ins Ohr geblasen und an die Stadtverwaltung weitergereicht wurde: ein Fest zum Ende der Sommerpause für Schüler und Arbeitslose, Zerstreuung statt Jobs für die Schulabgänger, sie verdummende Grundbässe, damit sie sich gegen die MP-Salven auf Caféterrassen, die menschlichen Bomben, die bevorstehenden Mordanschläge mobilisieren. Die Kunst der Zerstreuung gegen die Wissenschaft des Terrors ... Und die jungen Generationen drängen in Massen auf die Straßen, Jungs wie Mädchen, überzeugt, es sei heldenhaft, auf der Brücke des sinkenden Schiffs zu tanzen. Morgen werden sämtliche Zeitungen denselben Aufmacher haben: *Die Helden des Fests,* irgend so einen Stuss.

Regieren bedeutet zerstreuen.

Das Telefon klingelte just in dem Augenblick, als ich auf meinem Balkon über dem Gedudel der Stadt niesen musste.

Es war Malaussène.

»Gut angekommen, Alceste?«

»Mit einem prächtigen Schnupfen, wie vorhergesehen.«

Ich frage mich, warum ich zulasse, dass er mich Alceste nennt. Diese verlogene Komplizenschaft ist unangebracht. Aber zugegebenermaßen ertrage ich die Spitznamen, die er anderen Talion-Autoren gibt, gut: diesen megalomanen Schmider Coriolanus zu nennen oder diesen verlogenen Arsch von einem Ducretoy Lorenzaccio, das kann man sich schon gefallen lassen. Ich ein Alceste? Warum eigentlich nicht? Schon als Kind fand ich Alceste ehrenwerter als Philinte.

»Im Bad finden Sie in der Schublade ein Kortisonspray«, antwortete Malaussène. »Auch Antiallergika in Tablettenform.«

Und er lieferte mir auch gleich noch seinen Beipackzettel:

»Zwei Sprühstöße in jedes Nasenloch, und Sie schlafen wie ein Säugling. Sollte es morgen früh nicht besser sein, nehmen Sie noch einmal Kortison, aber in Tablettenform, mit Kaffee, ich habe

Ihnen ein kleines Sortiment bereitgelegt. Sie werden vor Energie strotzen!«

Dann fragte er:

»In Ordnung, die Wohnung? Gefällt Ihnen die Aussicht?«

Nachdem Alceste aufgelegt hatte, ließ ich mein Auge über die vom Mondlicht bestrichenen Stockrosen wandern. Sie sind wieder einmal gewachsen, wo sie wollten, und haben sich in unerwartete Farben gekleidet, von Roséweiß über gröbste Gelb- und flaumleichte Blautöne bis zu schwarzem Purpur. Ob Ballkleid oder Negligé, mit ihren mottenzerfressenen Blättern haben sie alles überrannt, diese imperialen Lumpenträgerinnen. Nur die Nacht wird mit ihnen fertig. Im Vollmondlicht könnte man sie beinah für monochrom halten. In manchen Jahren wachsen sie einfach nicht; in solchen Sommern fehlen sie mir beinah genauso stark wie die Kinder.

Was die betrifft, so dürften sie, offen gestanden, hier wohl kaum mehr aufkreuzen. Höchstens an dem Tag, an dem sie ihren eigenen Nachwuchs loswerden wollen.

In diesem Sommer musste ich mich mit ihrer Skype-Version zufriedengeben. Dem Bild ihres Lebens ... Ihrer gepixelten Gegenwart ... Immerhin. Ganz abgesehen von ihrer vitalen Kraft! Diese Blicke, die an die Sache glauben ... Sumatra, Mali, der Nordosten Brasiliens ... Vorhin gerade wieder Mara, diese Schelmin, die sich in einem Thaikleid wand wie eine Gebärende:

MARACUJA: Wie wärs, wenn ich in meinem Brutkasten einen kleinen Orang-Utan mit nach Hause brächte, mein Lieblingstonton?

MONSIEUR MALAUSSÈNE (*der ein Glas Wasser auf meine Gesundheit hebt*): Auf dein Wohl, alter Schwede, es sprudelt! Wir sind in achtundsiebzig Metern auf Grundwasser gestoßen, gar nicht sonderlich tief. Du glaubst nicht, was für eine Fete hier steigt! Das ganze Dorf ist da. Sie haben getrunken, als hätten sie ein Fass angestochen. Man könnte meinen, sie wären komplett gestoned.

C'EST UN ANGE (*seine Stimme so ruhig wie die sich hinter ihm am Horizont wellenden Sanddünen*): Ich habe dir heute nichts zu erzählen, mein guter Onkel; wie du siehst (*er zeigt auf den Sand*), bin ich wüst und leer.

Warum fehlen sie mir so, diese Illusionskünstler? Auf allen Halbkugeln der Welt »das Gute« verbreiten, Herrgott noch mal ... Wie schnell ihre Kindheit über unser Vercors aus Silex und Wind hinweggestrichen ist! Wären sie weniger schnell groß geworden, wenn wir all unsere Sommer in Belleville verbracht hätten oder wir uns zusammen in irgendeinem Touristen-Shaker hätten durchrütteln lassen?

Aber: Ist es die richtige Uhrzeit, sich solche Fragen zu stellen? Schlafen wir.

16

»Gut, Titus, ich bin ganz Ohr.«

Die Richterin Talvern löste mit philatelistischer Umsicht ihren Schnurrbart ab. Sie saß vor ihrem Frisiertisch und ermunterte Adrien Titus, der im Spiegelbild hinter ihr stand:

»Komm, leg los!«

Drei Transformer an einem Tag, sagte sich Titus, das ist dann doch zu viel. Die Claudia Cardinale von Sergio Leone, die junge Engländerin mit dem Dufflecoat und jetzt die Richterin Talvern, die damit befasst war, wieder Verdun Malaussène zu werden. Was haben die Männer dieses Landes den Frauen angetan?

Die Richterin Talvern missverstand das Schweigen des Capitaine.

»Ist es so schwierig?«

Sie entkrustete sich mit kraftvollen Wattehieben. Sie entfernte das falsche Fett von ihrer Haut. Sie nahm sogar ein spachtelartiges Gerät zu Hilfe. Titus verfolgte, wie – der Restaurierung eines Gemäldes gleich – unter der Richterinnenschminke Verdun zum Vorschein kam. Deren zweite Haut bröckelte flachspänig in einen tiefen Teller. Es war rundum widerlich. Von dieser täglichen Verwandlung zu wissen war das eine, sie mitanzusehen etwas anderes. Der Capitaine Adrien Titus stand mehr als stumm da, im Wissen um sein Wissen. Sich anhören zu müssen, was er dieser Frau zu sagen hatte, wäre nicht leicht. Er hätte es lieber der Richterin Talvern gesagt, die ihn, mündlich wie schriftlich, siezte, als Verdun Malaussène, die er seit Kindesbeinen kannte und die plötzlich bemerkte:

»Ich rieche noch nach Scheiße, Titus. Geh zu Ludovic, er hat uns Kaffee gemacht. Ich dusche und komme gleich nach.«

Sie ließ ihren Bademantel zu Boden gleiten und verschwand unter die Dusche. Wie zierlich sie ohne die Augenwischereiklamotten war! In dem holsterähnlichen Ding, in dem der selige Van Thian Verdun als Baby herumgetragen hatte, war sie zikadenklein gewesen, und später in ihren Jugendjahren hatte Titus einmal gesehen, wie sie in einem Waschbecken badete.

Bevor er hinausging, rief sie:

»Hast du Joseph Bescheid gesagt? Kommt er?«

Der Divisionnaire Joseph Silistri hatte die SMS des Capitaine Adrien Titus nachts um zwei erhalten, genau in dem Moment, als er mit blutigen Fäusten und geschwollenem Gesicht in sein Bett fiel. Was für eine Keilerei, mein Gott! Ohne ihn hätten die meuternden Ex-LAVA-Beschäftigten Ménestrier, Ritzman, Vercel und Gonzalès gelyncht. Die CRS waren zu spät eingetroffen. Absurde Verhandlungen. Silistri hatte das Faultier alarmiert, das seine Bitte um Verstärkung zwar weitergegeben hatte, sich aber – »von einem einfachen Colonel, Silistri!« – anhören musste, man werde keine Einheit, die gerade eine Cité abriegelt, abziehen, um Lohnverhandlungen zu schlichten. Schließlich herrscht der Ausnahmezustand, mein Lieber. Die CRS hatten elf Wohnblocks abgeriegelt in einem sogenannten Problemviertel, das von der Antiterrorbrigade durchkämmt wurde. Das Faultier hatte sich bis zum Minister durcharbeiten müssen, damit Silistri eine Kompanie geschickt bekam. Bis die eintraf, waren Silistri und seine Leute (zwei, nicht einer mehr) heillos überfordert. Die erbosten Ex-LAVAer hatten das Direktionsbüro gestürmt. Gonzalès hatte im Versuch, durchs Fenster zu fliehen, seine Hosen eingebüßt, Ménestrier sein Hemd sowie jede Art von Würde, seine Brille war zersplittert, Ritzman blutete aus der Nase, Vercel versuchte, sich an Silistris Beine zu klammern. Der setzte Kopf und Fäuste ein, aber er war in einen Comic geraten: Je mehr Kerle er niederstreckte, desto mehr strömten nach. Sie attackierten ihn von allen Seiten. Leute, die ihren Job, ihre Rechte, die Zukunft ihrer Kinder, die Zukunft der französischen Industrie, ihre Vergangenheit, ihre Ehre und was da sonst noch war verteidigten. Ich kratze hier ab, hatte Silistri sich gesagt, verdammte Kacke, ich kratze für das Überleben der Hochfinanz ab! Er war auf einen Schreibtisch gesprungen und hatte drei Kugeln in die Decke gefeuert.

Plötzliches Innehalten unter dem herabregnenden Schutt.

Was Silistri dazu nutzte, um zu brüllen:

»Was wollt ihr? Wollt ihr den Tod der vier? Geht leicht, ich kann sie abknallen!«

Er hatte sich runtergebeugt, André Vercel am Kragen gepackt, ihn auf den Schreibtisch gehievt und ihm die Knarre an die Schläfe gehalten.

Allgemeine Lähmung.

»Ist es das, was ihr wollt? Sagt es noch einmal, und ich mach sie kalt, alle vier!«

Tatsächlich wünschte sich die Horde von Ex-LAVAern seit geraumer Weile diesen vierfachen Tod. Das wurde in den Gängen gebrüllt, das wurde beim Eintreten der Doppeltür zum Büro gebrüllt, und das wurde noch beim Angriff auf Silistri und seine Leute gebrüllt.

Tja, und nun wollte anscheinend niemand mehr diesen Tod.

Die Faktenlage hatte sich geändert.

Die Knarre des Commissaire divisionnaire an dieser Boss-Schläfe ...

Stille.

Die keine des Nachdenkens war.

Auch keine des Zweifelns.

Sondern die einer entsetzensvollen Gewissheit.

Dieser Typ würde es machen.

Dieser verrückte Flic würde vier Granden der Finanzspekulation den Schädel wegpusten.

Den Ex-LAVAern stockte der Atem.

Sie wollten durchaus den Tod des Spekulanten, aber nicht hier vor ihren Augen, nicht jetzt unter diesen Bedingungen, nicht mit verspritzendem Gehirn. Sie wollten durchaus diesen Tod, doch mit einem gewissen Respekt vor dem Leben.

Aber wenn einer von ihnen noch einmal »Tod den Verwaltungsratsmitgliedern!« riefe, dann würde dieser Commissaire divisionnaire da oben auf dem Schreibtisch alle vier umlegen, Vercel, Ménestrier, Ritzman und Gonzalès, davon waren sie überzeugt.

Weshalb sie rat- und sprachlos dastanden. Die anderen beiden Flics, ebenfalls ziemlich lädiert, schienen in derselben Sprachlosigkeit erstarrt zu sein.

»Also verschwindet«, schloss Silistri. »Raus hier! Und zwar sofort!«

Und sie waren rausgegangen, rückwärts, gänzlich entwaffnet, bar jeglicher Wut, und forderten diejenigen, die im Gang nicht mitbekommen hatten, was drinnen vor sich ging, auf, still zu sein. So waren sie alle zurückgeströmt, fortgetragen von ein und derselben Brandungswelle. Sie waren nur noch geflüsterte Kommentare, und als sie auf den Hof kamen, fielen die CRS über sie her: Tränengas, Gummigeschosse, Wasserwerfer, Knüppel, Verhaftungen, sofortige Vorführung vor den Richter, das volle Programm.

Treffen im Aux Fruits de la passion, hatte Titus Silistri gesimst. Mit der Präzisierung: *Nicht im Kinderheim, sondern unten in der Bäckerei.* Jetzt waren sie dort. Ludovic hatte ihnen Kaffee gemacht.

Gervaise betupfte die Blutergüsse und Schrammen in Silistris Gesicht.

»Den vier LAVA-Verwaltungsratsmitgliedern mit dem Tod drohen? Willst du deine Arbeit loswerden oder was?«

»Ich habe ihnen die Haut gerettet. Wir wären alle draufgegangen.«

Die Bäckerei des Kinderheims roch nach Nachtarbeit. Die Lehrlinge kneteten Teig, und anderer ging in den Öfen, irgendwo köchelte Schokolade.

Ludovic goss Kaffee ein, während seine andere Hand mehlbedeckt zur Decke wies:

»Schlafen sie, die Neuen?«

»Sie waren ein bisschen aufgekratzt von der Musik«, antwortete Gervaise, »aber jetzt schlafen sie. Clara hat ihnen einen Film gezeigt.«

Ein Bäckerjunge stellte Croissants auf den Tisch. Er wäre gern geblieben, aber Ludovic expedierte ihn mit einem Handschnicken zurück in die Backstube.

Der Meister hielt noch die Kanne in der Hand, als wie aus dem

Nichts Verdun erschien, ihn ansprang und erkletterte, ihm das Haar verstrubbelpeterte, sich einen Kuss raubte, wieder von ihm herunterkletterte und schon vor einer Schale schwarzen Kaffees saß, ihr Teint rosig, ihr rotseidener Kimono über und über mit Mehl bestäubt.

Sie lächelte Titus zu:

»Nun?«

Titus wies auf seinen Croissant.

»Nie mit vollem Mund.«

Erst mal was Anständiges in die Bäuche kriegen, ehe sie hören, was ich ihnen zu sagen habe, sagte er sich, danach hat keiner mehr Appetit für die nächsten zehn Jahre.

Verdun fragte Gervaise, die inzwischen Silistris zehn Finger verband:

»Was macht Nelson?«

»Ich habe ihm ein gutes Bad und einen Salbeitee gemacht. Ich glaube, er schläft. Jedenfalls ist er nicht mehr rauszukriegen aus der Falle, wenn er erst einmal drinliegt. Hat einen riesigen Nachholbedarf, der Junge. Sag, hat er Balestro wirklich ein Auge ausgekratzt?«

»Das sagt zumindest das Hôpital des Quinze-Vingts.«

Zwei Uhr dreißig in der Früh. So tief, wie sie ihre Nasen in die Kaffeeschalen tauchten, hätte man meinen können, die Richterin, die beiden Flics, der Bäcker und die Leiterin des Kinderheims feierten das glückliche Ende irgendeiner Sache.

Jemand sagte:

»Benjamin kommt doch die Tage zurück, nicht?«

»Morgen Abend«, bestätigte Gervaise.

»Und Julie?«

»Sie macht noch einen Abstecher zu Coudrier«, antwortete

Verdun. »Er braucht sie, er schreibt doch dieses Buch, du weißt schon, über die Malaussène'sche Unschuld.«

»Über das obsessive Bedürfnis nach Kohärenz als Quelle für Justizirrtümer«, korrigierte Silistri. »Benjamin ist nur das Beispiel, auf das sich die Beweisführung stützt.«

Sie hörten über ihren Köpfen ein wildes Getrappel.

Ludovic pochte mit der Faust gegen die Decke:

»Micha! Kapel!«

Der Radau hörte sofort auf. Zwei Körper warfen sich auf zwei federquietschende Betten, dann nichts mehr.

An die Decke pochen zu können, ohne sich auch nur auf die Zehenspitzen zu stellen ... Wieder einmal war Titus perplex angesichts der bäckerlichen Größe.

Hierauf ging Ludovic zu den Lehrlingen in die Backstube hinüber, wo er ihnen das Kneten per Hand beibrachte. Niemals mit dem Ellbogenöl knausern. Ilin, der Ellbogen! Er zeigte seine eigenen Ellbogen: Daouilin, knurrte er in seinem Untertagebretonisch. Bis zu den Ellbogen im Backtrog, Jungs! Wie immer, evel boaz. Wieso leisten wir uns eigentlich keine elektrische Knetmaschine? Eine Maschine? Weil, wenn du wieder in deiner Heimat bist und keine findest, du dein Brot mit deinen eigenen Händen machen kannst. Oder bei Stromausfall. Das war Ludovic Talverns ganze Philosophie: die Hände. Er zeigte den Jungen und Mädchen seine Rechte und sagte: Dorn! Er hob seine beiden Fäuste und knurrte: An daouarn! Die Jugendlichen nickten, die bretonischen Wörter wurden oft genug wiederholt, man konnte sie sich merken. Daouarn, so nannten Gervaise Van Thians Waisenkinder den Bäcker: Daouarn. Ludovic Talvern brachte ihnen alles bei, was Hände konnten: Wände eines bombardierten Hauses wiedererrichten, dessen Dach decken, das Haus streichen, kacheln, beleuchten, beheizen und darin Brot backen: daouarn, die Hände.

»Und unsere Weltreisenden«, fragte Gervaise, »wann kommen die zurück? Mit den Neuen könnte Ludovic schon ein bisschen Hilfe gebrauchen.«

»Mara und Sept kommen morgen, Mosma am Montagabend, zumindest haben sie das Benjamin gesagt«, antwortete Verdun.

»Gut, ich geh dann«, sagte Gervaise und stand auf. »Ich muss mal nach den Neuen schauen, falls einer aufgewacht ist ... So richtig sicher fühlen die sich bestimmt noch nicht. Ich würd gern ...«

»Bleib«, bat Titus.

Sie sah ihn überrascht an.

»Bleib, Gervaise, setz dich wieder, bitte.«

So.

Der Moment war gekommen.

Man kann nicht endlos vor der Hürde zurückweichen, sonst liefe man das Rennen in umgekehrter Richtung. Titus versenkte seinen Blick in die leere Kaffeeschale, holte tief Luft, hob den Kopf, betrachtete alle und sagte, was er zu sagen hatte.

»Maracuja, Monsieur Malaussène und C'Est Un Ange sind hier.«

Gesichter, als ob die Gefühle selbst im Dunkeln tappten.

»Hier in Paris?«

»In Paris.«

»Sind sie schon zurück?«, fragte Gervaise.

»Sie waren nie fort.«

Alle Kaffeeschalen sanken auf die Tischplatte zurück.

Titus wartete noch zwei, drei Sekunden, dann:

»Lapietà wurde von ihnen entführt.«

Kein Leichtes, die Stille zu interpretieren, die folgte. Niemand rief Was?, Nein?, Ist das dein Ernst?, Spinnst du? Alle waren mehr als fassungslos.

»Was sagst du da?«, fragte schließlich Silistri aus reinem Automatismus.

»Ich sage, dass die neue Malaussène-Generation Georges Lapietà gekidnappt hat, und füge hinzu, dass sie dazu von Lapietàs Sohn angestiftet worden sind, der allgemein Tuc genannt wird. Er ist der Chef der Bande.«

»Tuc?«, fragte Gervaise.

»Travaux d'Utilité Collective. Erinnerst du dich? 84 hatte Lapietà als Minister diese glorreiche Idee mit der gemeinnützigen Arbeit ... Als zehn Jahre später sein Sohn geboren wurde und sich als ein ganz Lieber entpuppte, der jedem und allen half, da hat Lapietà ihm zum allgemeinen Gaudi diesen Spitznamen verpasst. Heute bekennt sich Tuc laut und vernehmlich dazu. Er hat ihn sich zum Pseudonym erkoren. Das Gemeinwesen bedeutet ihm etwas.«

»Wo ist ihr Versteck?«, fragte Verdun.

»In einem Musik-Atelier unter der Esplanade von La Défense.«

Ludovics mehlbestäubte Masse erschien mit einer zweiten Kanne Kaffee. Diesmal jedoch kehrte er in seine Backstube zurück, ohne die Schalen gefüllt zu haben.

»Sie lassen Lapietà am Sonntag frei, sobald Ménestrier, Vercel, Ritzman und Gonzalès dem Abt auf dem Vorplatz von Notre-Dame den Scheck überreicht haben.«

»Warum haben sie das gemacht?«, fragte Gervaise.

»Wegen Benjamin«, antwortete Titus.

Wegen Benjamin? Wie, wegen Benjamin? Was soll das heißen, wegen Benjamin? So in etwa die Fragen, die ihnen ins Gesicht geschrieben standen.

»Sie hatten wirklich vor, während der Ferien in einer anerkannten Hilfsorganisation zu arbeiten«, erklärte Titus, »sie hatten das Jahr über zu verschiedenen Vereinen in Indonesien, Mali und Brasilien Kontakt aufgenommen, aber das Bild, das Benjamin ihnen von den NGOs malte, hat sie umgestimmt. Sie wollten ›etwas für das Gemeinwesen wirklich Nützliches machen‹ (O-Ton Mara, die, nur zur Erinnerung, mein Patenkind ist).«

Das musste in aller Stille verdaut werden. Als Verdun die Stille brach, hatte sie eine Zwischenstimme. Noch nicht die der Richterin Talvern, aber auch nicht mehr die von Verdun Malaussène. Ein lauernder Verstand:

»Kann man erfahren, wie Lapietà die Sache aufgenommen hat?«

»Lapietà?«, antwortete Titus. »Georges? Du kennst ihn, er ist einer von diesen Typen, die sich in Vertrauensseligkeiten betten wie ein Hofhund in die Jauchegrube. Er hat viel geredet. Die Kids habens aufgezeichnet.«

»Hat er von Anfang an gewusst, dass sein Sohn hinter der Sache steckt?«

Nein, Lapietà hatte nicht sofort begriffen, wer seine Entführer waren. Er hatte erst nachdenken müssen. Mehrere Stunden lang. Laut. Und die Kids zeichneten alles auf.

»Willst du es dir anhören?«

V WAS LAPIETÀ ZU SAGEN HATTE

»Ich bin wie Gold, je geringer
die Restmenge, desto größer
der Wert.«

GEORGES LAPIETÀ

17

Georges Lapietà war in einem schalldichten Raum aufgewacht, mit Polsterwänden und -decke und einer gut verriegelten Tresortür, das Ganze getaucht in fahles Neonlicht. Erst ein, dann das andere Lid öffnend, hatte er, während er die sein Hirn umnebelnde Wolke sich verziehen ließ, seine Umgebung beobachtet.

»Im Jardin des Plantes habe ich so einmal einen Orang-Utan aufwachen gesehen«, flüsterte Maracuja Tuc ins Ohr. »Er hatte vor der Behandlung eine Spritze bekommen.«

Als der Nebel sich verzogen und er die Situation rundum eingeschätzt hatte, sagte sich Lapietà natürlich, dass er beobachtet wurde, und hatte ein müdes Lächeln gezeigt.

»Was ist das für ein Raum? Ein Studio? Ein Radiostudio? Oder so etwas Ähnliches? Sie belauschen mich also? Nun, da Sie lauschen, werde ich reden!«

Und er hatte zu reden begonnen.

»Gut, ich weiß zwar nicht, an welche Sorte von Hirnamputierten ich mich wende, aber ich zitiere Ihnen mal den gültigen Kodex.«

Acht Ohren lauschten dieser Stimme, die wieder zu Kräften kam.

»Zum Auftakt Artikel 224 (1) des Strafgesetzbuches: Wer einen Menschen ohne behördlichen Befehl verhaftet, gefangen hält oder auf andere Weise seiner Freiheit beraubt, wird mit einer Freiheitsstrafe von zwanzig Jahren bestraft. Zwanzig Jahre Kittchen, hören Sie?«

Mara, Sept, Mosma und Tuc hörten Georges Lapietà nicht nur, sie zeichneten ihn auch auf, in Ton und Bild.

»Gleichwohl schränken die beiden ersten Absätze von Artikel 132, Paragraf 23 ein, dass, wenn das Opfer vor Ablauf von sieben Tagen freigelassen wird, die Strafe auf fünf Jahre Freiheitsentzug und fünfundsiebzig Millionen Euro Geldstrafe herabgesetzt werden kann. Gestaffelter Preis sozusagen. Kein geringer Nachlass.«

»Nicht im Mindesten gestresst, Wahnsinn«, bemerkte Mosma.

»Er dürfte es sogar richtig geil finden, sag ich dir«, flüsterte Tuc.

»Ich persönlich füge hinzu«, fuhr Lapietà fort, »dass, wenn Sie mich auf der Stelle freilassen und ich meine Klappe halte, Ihnen nichts passieren wird.«

»Jetzt hält er uns einen Köder unter die Nase«, murmelte Sept.

»Wenn Sie mich aber in schlechtem Zustand wiederabliefern, mit nur noch einem Ei oder im Rollstuhl, steigt das Ganze auf dreißig Jahre. Ich bin wie Gold, je geringer die Restmenge, desto größer der Wert.«

»Als Kind hast du dich bestimmt nicht gelangweilt mit so einem Vater«, bemerkte Mara.

»Wir hatten eine Menge Spaß, ja«, räumte Tuc ein. »Mir hat es bloß ein wenig an Stille gefehlt.«

»Ach!«, rief Lapietà, als reiche er etwas Vergessenes nach. »Ich denke, Folgendes dürfte Sie auch interessieren, hören Sie gut zu: Wird das Opfer zur Erpressung eines Lösegeldes festgehalten, ist nach Artikel 224 (1) ebenfalls auf Freiheitsstrafe von dreißig Jahren zu erkennen.«

»Sag mal, kennt der das Strafgesetzbuch auswendig?«

»Notwendiges Gepäck in seinem Fall«, bestätigte Tuc.

»Allerdings – sofern das Lösegeld ausreichend üppig ist und Sie den Zaster klug anlegen«, fuhr Lapietà fort, »können die Zinsen erklecklich sein, wenn Sie rauskommen.«

Kurze Pause.

»Übrigens kenne ich mich ein bisschen aus in Sachen Geldanlage, ich könnte Ihnen da vielleicht gute Dienste leisten, gegen Kommission, versteht sich.«

Erneute Pause.

»Andererseits, Geld ist heutzutage volatil, wer weiß, was es in dreißig Jahren noch wert ist ...«

C'Est Un Ange hatte plötzlich den Verdacht, ihr Gefangener schneide, was er sagte, direkt auf sie zu.

»Er kann einem beinah Angst machen. Bist du sicher, dass er uns nicht sieht?«

»Das ist sein Trick«, beruhigte ihn Tuc, »er spricht von jeher mit den andern, als kenne er sie seit ihrer Geburt. Ob er dich kennt oder nicht, ist vollkommen egal, außer meiner Mutter *sieht* er sowieso niemanden. Wenn du vor ihm stündest, würde er dich auch nicht mehr sehen.«

Er fügte noch hinzu:

»Aber trotzdem erkennt er jeden wieder. So was heißt politische Intelligenz.«

»Wäre ich minderjährig«, fuhr Lapietà fort, »würde Sie das lebenslänglich kosten: Artikel 224 (5). Aber ein Aufpreis für Alte ist nicht vorgesehen. Alles den Jungen, wie üblich. Verdammte Jugend!«

»Er schafft es nicht, sich nicht zu amüsieren«, erklärte Tuc. »Genau das liebt meine Mutter an ihm.«

»Warten Sie«, schloss Lapietà, »das Beste habe ich fürs Ende aufgehoben, Artikel 224, Paragraf 5, Absatz 2: Wird die Entführung von einer organisierten Bande vorgenommen, steigt die Strafe auf eine Million Euro pro Kopf und lebenslänglich für alle.«

Stille. Dann:

»Na, na! Nicht die Ohren hängen lassen, ich sorg schon dafür, dass Sie eine Gemeinschaftszelle bekommen.« (An dieser Stelle imitiert er einen Streit unter Komplizen:) »Lapietà zu entführen, war das nicht deine Schwachsinnsidee? Halts Maul, war deine Schuld, dass es in die Binsen gegangen ist, das weißt du genau! Bei dreißig Jahren ohne Haftminderung werden Sie sich mit solchen Unterhaltungen nicht langweilen, meine Freunde ...«

»Dafür langweilt er mich allmählich«, sagte Verdun und stellte das Diktiergerät ab. »Ich hör mir den Rest allein an.«

Silistri fragte:

»Wie haben die Kids es geschafft, Malaussène beim Skypen zu täuschen?«

»Für Sept ist das bestimmt kein Problem«, antwortete Verdun. »Was die Computerei betrifft, hat er mir alles beigebracht.«

»In ihrem Versteck gibt es ein Aufnahmestudio«, erklärte Titus. »Mit Bühnenbildern, Kostümen, Landschaftsbildern und allem, was man so braucht. Verdun hat recht, Sept ist der König der Bildmanipulation, ein Verwandlungskünstler. Auf einem Monitor bindet er dir jeden Bären auf, dass er am Nordpol Lachse angelt oder in der tiefsten Sahara ein Sonnenbad nimmt. Als ich aufgekreuzt bin, trug Mara ein Thaikleid. Kurz davor hatte sie mit Benjamin geskypt.«

Nach einer Pause setzte er hinzu:

»Den sie übrigens nicht beunruhigen wollen.«

Sein Kopfschütteln wollte sich gar nicht wieder einkriegen.

»Ja, das ist das Irrste, dass sie einen Großkalibrigen wie Lapietà kidnappen und Benjamin *wirklich* nicht beunruhigen wollen!«

Frage von Silistri:

»Und wie hatten diese kleinen Deppen sich seine Freilassung vorgestellt?«

»Genau so, wie sie ihn entführt haben, ihn einschläfern und dann irgendwo inkognito aussetzen. Tuc hatte das Marne-Ufer vorgeschlagen. Mit Angel und Bermudas wäre das für seinen Vater ein impressionistisches Erwachen geworden. Danach hätten Mara, Sept und Mosma ihre Ankunft auf den jeweiligen Flughäfen vorgegaukelt. Sie haben sich in ihrem Versteck sogar mit UV-Lampe gebräunt, nach dem Motto Rückkehr aus den Tropen. Du solltest Mara sehen! Benjamin hat Mosma versprochen, ihn am Montagabend in Roissy abzuholen.«

Diese harmlosen Details vergrößerten seltsamerweise die durch die verheerenden Neuigkeiten entstandene Stille.

Der Capitaine Adrien Titus sah Verdun verstört an:

»Was machen wir, Frau Richterin? Verhaften wir sie, oder hauen wir sie da raus? Verstecken wir sie bis zur Übergabe des Lösegelds?«

Verdun verneinte mit einem Kopfschütteln.

»Es wird keine Lösegeldübergabe stattfinden.«

Sie sah den Abbé Courson de Loir wieder deutlich vor sich, wie er auf dem Vorplatz von Notre-Dame steht: »Die Wohltätigkeit wird niemals von kriminellem Geld leben!« Sie sah wieder seine lodernden Augen vor sich.

»Der Abt wird sich weigern, das Lösegeld anzunehmen. Aus Prinzip.«

Das war also der Grund für diese mehrfachen Bilder während des Verhörs von Balestro: eine Malaussène'sche Invasion! Verdun sah wieder den Bussard vor sich, wie er den Heiligen Geist gab, und hörte wieder den Satz, der in ihrem Kopf explodiert war: »Du wirst sehen, er klaut den Scheck, der Dämel!« Reinste Maracuja. Als schickten die Kinder mir aus ihrem Versteck Zeichen, sagte sie sich. Verdun glaubte nicht an Telepathie, und trotzdem musste sie einräumen, dass während des Verhörs von Balestro ihr Gehirn von Sätzen aus ihrer Familie überflutet worden war: »Balestro, alles Stroh!« Das war Mosma. Monsieur Malaussène sprach die Sprache seines Vaters und seines Onkels Jérémy, des lexikalischen Zweigs der Familie. Spielerei mit den Wörtern ... Und Spielerei mit den Worten ... Und welche Sprache sprach C'Est Un Ange, der Engel? Verdun schien es von jeher, dass C'Est Un Ange nicht sprach. Er intonierte eher. Sein erster Schrei war eine Art Gesang gewesen. Ein äußerst beschützender und doch äußerst verletzlicher Gesang ... wie jener der Wale, der anscheinend die Familie auf sämtlichen Meeren wie in deren finstersten Tiefen besänftigt ... Sept der Tröster ... Sept war der Sohn von Clara und Clarence, daran konnte kein Zweifel bestehen.

Verdun hörte – von sehr fern – Titus' Stimme:

»Verdun!«

Gefolgt von der von Gervaise:

»Verdun ...«

Alle waren an die langen Schweigephasen gewöhnt, in denen Verdun sich verlor. Kaum einer weckte sie je aus diesem Koma, denn das hieß, den Blick des Babys, das sie gewesen war, wiederzuentfachen.

Trotzdem ließ Gervaise nicht locker.

»Verdun, wir müssen eine Entscheidung treffen.«

Langsam kehrte sie zu ihnen zurück.

»Titus«, fragte sie, »wie heißt der junge Fahrer, mit dem du in den letzten Tagen zusammengearbeitet hast?«

»Manin.«

»Ein findiger Kopf?«

»Nicht auf die Birne gefallen.«

»Verschwiegen?«

»Er hat schon einige Lektionen hinter sich. Er lernt schnell.«

»Sag ihm, er soll einen Kleintransporter besorgen, in den die ganze Bagage passt, fahr zu La Défense und bring mir alle her. Hierher in die Bäckerei. Joseph«, wandte sie sich an Silistri, »fahr du mit, dann bin ich ruhiger.«

»Und Lapietà?«

»Ach so, der ...«

Man hätte glauben können, sie läse binnen einer Viertelsekunde noch einmal das komplette Lapietà-Dossier.

»Den will ich mit im Gepäck haben.«

18

Jetzt liegt sie, die stumme Richterin, Gegenstand jedweder Bewunderung und jedweden Sarkasmus, jedweder Angst und jedweden Respektgefühls, jetzt also liegt sie nackt in ihrer Koje, ihr Klein-Mädchen-Körper wartet auf die weiße Bäckergestalt von Talvern, darauf, dass der bettbestäubende Koloss Talvern sie weckt. Indes, sie schläft nicht. Schlimmer noch, sie teilt das Bett mit einem anderen. Und noch schlimmer, sie ist *in die Stimme* dieses anderen eingetaucht. Die Kopfhörer, denen der Wortschwall entflutet, verleihen ihr einen Insektenschädel, ganz wie der filzene Gehörschutz, den der Inspektor Van Thian ihr während der Schießübungen über die Ohren stülpte. Angesichts des Blicks, den dieses Rundohr-Baby damals ins Zentrum der Schießscheibe bohrte, hatte es niemanden gewundert, dass Thians Kugeln alle ins Schwarze trafen. Verdun war Van Thians Kimme und Korn, davon waren die Kollegen alle felsenfest überzeugt gewesen.

Und nun war es ebendieser Blick, der sich in dieser Nacht Lapietàs Monolog anhörte.

Lapietàs nimmerversiegenden Monolog.

Ist dieser Mann redend zur Welt gekommen?

Wird dieser Mann also nie aufhören zu reden?

In seinem ausgepolsterten Kerker hockend, hat er das Wort ergriffen. Hat es sich gekrallt. Wie ein Ringkämpfer, der nicht mehr loslässt. Er spricht allein, doch an jemanden gewandt. Er weiß nicht, an wen – egal. Er hat sich in den Kopf gesetzt, herauszufinden, *wer ihm das angetan hat.* Nachdem er seinen Entführern die juristische Rechnung präsentiert hat, geht er die möglichen Kandidaten durch: alle, die von ihm enttäuscht sind; die er auf die eine oder andere Weise eine Zeche hat zahlen lassen; die jetzt darauf verfallen sein könnten, Schadenersatz in Form von Lösegeld zu verlangen:

Lösegeld ...

Die Idee amüsiert ihn:

»Sie glauben also, für mich würde jemand ein paar Flocken lockermachen? Wer? Lösegeld wofür? Für einen Lapietà, der springlebendig wiederantanzt, um bei ihren erbärmlichen Tricksereien und zwielichtigen Verwaltungsräten mitzumischen? Ich zertrample viel Porzellan, die alten Finanzhaie können ein Lied davon singen. Für so einen Elefanten machen die keinen müden Heller locker! Viel zu zufrieden damit, dass Sie mich ihnen vom Hals geschafft haben! Oder lassen Sie den Klingelbeutel rumgehen? Einen Hunni, und Sie bekommen den Lapietà wieder? Zu Scherzen aufgelegt, was? Sie kriegen das Doppelte, wenn Sie mich behalten, ja! Das Dreifache, wenn Sie mir die Visage zertrümmern. Und noch mehr, wenn Sie mich in der Kiste reexpedieren. Oder meine Frau? Wollen Sie vielleicht meine Frau erpressen, sie das Hohelied der Liebe singen lassen? Also da, meine Herzchen, da können Sie was erleben! In meiner Familie ist man nicht sehr gesangsaffin. Da folgt man nicht gern dem Taktstock. Für meine Frau heißt mich lieben, keinen Sou abzudrücken! Nichts lockerzumachen für mich – *das* ist der höchste Liebesbeweis! Denn sie weiß, dass ich es nicht ertragen würde! Jetzt bleibt Ihnen die Spucke weg, was? Zugegeben, das kann einen zum Nachdenken bringen ... Na ja, Sie nicht ... Ein Gefühl dieser Art kann in einem Hirnkasten wie dem Ihren nicht reifen ...«

Mit offenen Augen im Dunkeln liegend, filtert die Richterin die Worte dieser Stimme. Der Inhalt ist für sie nicht relevant, sie sucht nach einzelnen Wörtern. Aber hat sie diese Stimme nicht längst zur Genüge gehört, die rollenden Kieseln gleicht und Argumente auffährt wie Rammböcke, diese Flut aus Gewissheiten, die jeden Widerstand bricht und Zustimmung erzeugt, jede erdenkliche Hoffnung weckt und jede erdenkliche Befürchtung, diesen immerströmenden Niagarafall, den kein Zweifel, keine noch so kleine Angst, nicht die geringste Zurückhaltung verlangsamen können, weshalb es zwischen den Ohren der Richterin Talvern grummelt und grollt und kollert, das ist mehr als ein Sturzbach, das ist ein Staudamm, der ein Meer entlässt, das strömt seit den ersten von diesem Mann gesprochenen Wörtern und wird erst mit seinem letzten Atemzug versiegen ... Die Richterin kennt diese Logorrhoe bestens ... diese Redefluten sind ihr vertraut ... sie hat ihn schon so oft vorgeladen, diesen Georges Lapietà! Sie hat sich schon so oft in diese Fluten gestellt!

Darin aufgepflanzt.

Aufrecht gehalten.

Ohne sich je mitreißen zu lassen.

Ohne auch nur zu wanken.

Zwischen ihnen beiden seit Jahren: Wort gegen Schweigen.

In diesem Sturzbach Lapietà hat die Richterin schon lange ein solides Netz ausgelegt und wartet, dass bestimmte Wörter sich darin verfangen, sie lässt alles passieren, was die Wasser an

Unschuldsbekundungen, Weltuntergangsandrohungen, Eheintimitäten, komischen Geschichten, politischen Erwägungen und Predigten mit sich tragen:

»Lassen Sie mich, statt dass Sie in meiner Vergangenheit herumwühlen und mir die Jetztzeit stehlen, Ihnen meine Vorstellung von der Zukunft darlegen, das wird Ihnen nützlich sein, junge Frau!«

»Junge Frau« ...

Lässt sie passieren.

Auch die Schönheitsschmeicheleien:

»Wissen Sie, dass Sie bei näherer Betrachtung gar nicht so übel aussehen? Und glauben Sie mir, in Sachen Ästhetik kenne ich mich aus!«

Lässt sie passieren.

Oder die Essenseinladungen:

»Gut, wie lange sitzen wir schon hier? Wird langsam Zeit, einen Happen zu essen, oder? Kommen Sie, ich lade Sie ein, wir verschieben das auf nachher. Diese Woche habe ich alle Zeit der Welt.«

Dieses ewige Sich-Amüsieren ...

Lässt sie passieren.

Sie ist nur noch dieses unsichtbare, im Sturzbach Lapietà fest verzurrte Netz,

in dem sich manchmal ein Wort verfängt.

Allmählich umgrenzen die verstreuten Wörter wie die schwarzen und weißen Steinchen im Go-Spiel ein Territorium. Ein noch rätselhaftes Territorium, aber man muss der Lexik vertrauen ... Der Moment kommt immer, sagt sich die Richterin, in dem die syntaxunabhängig aufgespießten einzelnen Wörter schließlich einen Menschen beschreiben.

Lapietà ...

Sein Terrain des Schweigens.

Ich suche das Terrain, das er beschweigt.

Welchen verschwiegenen Kern umstellt dieser Mann mit seinem Reden?

Welchen Schatz birgt das Schweigen des Geschwätzigen?

Komm mal wieder auf den Boden, Alte, flüstert Verdun der Richterin zu, du verirrst dich in Allgemeinheiten ... Du hörst nicht mehr zu. Was sagt er da eben gerade? Hör mal ein bisschen hin. Was sagt er gerade?

Eben gerade?

Im Moment?

Georges Lapietà wendet sich an einen Gewerkschafter.

»Ich weiß, dass du sauer auf mich bist, Dosier! Weil ich verhindert habe, dass du dich in einer Unmenge Firmen breitmachst! Aber ein bisschen Realismus, mein Freund. Wie viele Truppen hat deine Gewerkschaft, hm? Nicht mal eine Einheit. Was vertrittst du? Nur eine Zentrale, die sich selbst zum Ziel und Zweck geworden ist. Du bist nur du, Dosier, bist nichts! Nichts und trotzdem schädlich! Weil jedes Mal, wenn du den Mund aufmachst, sich ein Investor davonmacht! Du schaffst es nicht, den letzten Ausgebeuteten zu rekrutieren, und doch glauben deinetwegen überall auf der Welt die Firmenchefs, in Frankreich sei jeder in der Gewerkschaft, was reicht, damit sie ihre Schäflein irgendwo anders ins Trockene bringen. Du bist nichts, Dosier, und doch bist du der Ruin des Vaterlandes!«

Zugegeben, die Richterin Talvern schläft mitunter während einer Tirade ein, ihr Tag war lang. Das Aufdröhnen der Stimme in den Kopfhörern weckt sie!

»Vercel, solltest du derjenige sein, der meine Entführung veranlasst hat, dann ist das eine Dummheit mehr in dem Haufen

Dummheiten, die dich zu dem gehörnten, pleitegängerischen Trottel gemacht haben, der du bist! Du posaunst überall herum, dass ich dich über den Tisch gezogen hätte, aber ich hab deine Zeitung genau für den Preis gekauft, auf den du sie heruntergewirtschaftet hast, mein armer André! Wie hast du es übrigens geschafft, so viele Leser in so kurzer Zeit zu vergraulen? Die Krise, meinetwegen, das Internet, okay, aber für so eine Meisterleistung braucht es schon einen Vercel! Hast du da ein Geheimnis? Außerdem, was willst du? Dass ich dir einen Job gebe in der neuen Struktur? An welcher Stelle? Für wie lang? Ein Gehalt dafür, dass du dich aufplusterst? Nein, ich werd dafür sorgen, dass du einen Job bei der Konkurrenz kriegst, mein armer André, ich werd dich bei denen einschleusen, und du wirst dort die menschliche Bombe sein. Egal, was sie dir zu tun geben, in drei Monaten hast du das Blatt zugrunde gerichtet und verkaufen sie es mir für den symbolischen Euro, kommt dir das entgegen?«

Die Richterin Talvern und Verdun Malaussène schlafen im Grollen der Fluten ein. Das ist die Achillesferse der Großmäuler: Egal, wie mächtig ihr Organ ist, man gewöhnt sich daran, sie erzeugen Monotonie, es endet stets als Katzenschnurren auf weichem Sofa.

Dann schreckt die Richterin hoch. Es brüllt in ihrem Kopf:

»Du hast betrogen, Paracolès! Was hätt ich deiner Meinung nach tun sollen? Euch einen Orden anstecken, dir und den vier, fünf Nulpen, die dir gefolgt sind? Hat euch euer Gehalt nicht gereicht? Wolltet ihr euch die Finger vergolden lassen? Alle wussten von euern billigen Tricks. Sogar Balestro, das will was heißen! Nicht einmal er hat mitgemacht! Obwohl er ja nicht gerade ein Tugendbolzen ist! Dein Trick musste ja in die Binsen gehen, Para. Du warst der Einzige, der das nicht begriffen hat. Was hätte ich tun sollen? Einen verseuchten Club kaufen und warten, bis ich der Polizei zusammen mit euch in die Fänge gerate? Mich, wie es so schön heißt, aus dem Universum des Fußballs verbannen lassen? Du weißt genauso gut wie ich, dass man keine Klospülung ziehen kann, ohne dass die Verfolger das Rauschen hören! Glaubst du, die hätten die Fifa nicht gewarnt? Alle wussten von deinen Betrügereien, mein Armer. Die Fifa hat es vorgezogen, dass ich den Club kaufe und dich rausschmeiße, damit es nicht wieder einen Skandal gibt. Das war die Bedingung für den Deal. Außerdem, glaubst du, das wär die Zukunft des Fußballs? Betrugsgeschäfte? Herr im Himmel, was hast du nur in der Birne? Unsere heimischen Betrüger sind Kleinverdiener. Für den echten Betrug muss man schon Chinese sein! Nur die Chinesen verstehn es, daraus einen Industriezweig zu machen. Aber selbst da ...! Die Chinesen von heute dürften ihre Betrüger demnächst umlegen, armer Trottel! Die Chinesen von heute investieren massiv in den Weltfußball, ein Megageschäft, tausendmal einträglicher als Wettbetrug. Du solltest mir dankbar sein, dass ich dich rausgeschmissen habe, Paracolès. So wie du drauf warst, hätten die Chinesen früher oder später deinen Weg gekreuzt. Ich hätte dich ungern als Frühlingsrolle auf meinem Teller wiedergefunden ...«

Die Chinesen ...

Das Wort hat sich im Netz der Richterin verfangen ... die Chinesen ... Das Wort hält der Strömung stand. Gefangen in den Maschen. Die Chinesen, denkt die einduselnde Richterin. Warum die Chinesen? Balestro ja, hängt seit Langem in den Maschen ... das Universum des Fußballs ... Lapietà der Besitzer ... sein Club ... Balestro der Spielervermittler ... Die etwas eifersüchtige Ehrfurcht des Letzteren vor dem Ersteren ... Und Paracolès ... ja, in Bales-

tros Aussage ... »Paracolès, da hab ich vierzig Prozent gekriegt.«
Aber die Chinesen?

Die Richterin ist wieder weggedämmert. Wie viele Unzufriedene geht Lapietà während dieses Nickerchens durch?

In einem bestimmten Moment wendet er sich an mögliche Handlanger. Er kann sich nicht vorstellen, dass die erbärmlichen Figuren, die er sich bislang vorgeknöpft hat, den Coup allein gedreht haben. Sie müssen Profis engagiert haben. Die er vor einer möglichen Unterschlagung warnt:

»Ich hoff, ihr habt die Summe gleich komplett eingestrichen, Jungs, weil, Restzahlung wirds nicht geben! Ich kann euch sogar sagen ...«

Das Geld, denkt die Richterin am Rande des Monologs. Das Geld ... Alles Mögliche wird gekauft, Firmen, Häuser, Zeitungen, Fußballclubs, Jachten, Mörder, aber das *Anfangsgeld*? Woher kommt das Anfangsgeld, das Geld, das all diese Käufe ermöglicht hat? Das ist die einzige echte Frage, die sie sich in Bezug auf Lapietà stellt: Unter wie vielen Wortschichten versteckt er sein Anfangsgeld? Sie hat sich nie etwas anderes gefragt. Welche Art von Schatz birgt der von ihm verschwiegene Kern?

Ein erneutes kleines Wegsacken. Die Richterin ist nicht mehr anwesend. Ebenso wenig Verdun. Beide sind von Neuem im hypnotischen Strudel des Wiegenlied gewordenen Geschwafels abgetaucht. Es schläfert ein.

Ein Wechsel im Tonfall lässt sie wieder auftauchen. Lapietà spult, in verändertem Ton, den Abspann herunter.

Er sagt,

sehr ruhig,

sehr ruhig sagt er, dass er sowieso sterben wird. Nicht in zehn Jahren, nein, auch nicht in einer Woche, nein, sondern hier, jetzt, vor ihren Augen. Er sagt nicht, woran. Sie werden nicht erfahren, woran ich sterbe! Er sagt nur, wie. Er sagt, dass der Sterbeprozess in fünf, sechs Stunden einsetzen wird. Begleitet von solchen Schmerzen, dass er das Schlimmste für den Gemütszustand seiner Kerkermeister befürchtet. Und es wird dauern. Es wird brauchen, bis er tot ist. Die Nacht, den nächsten Tag, vielleicht noch eine weitere Nacht. Sie werden ihn sehen, wie er sich am Boden wälzt, mit dem Kopf gegen die Wände hämmert, seine Mutter ruft – nein, seine Frau –, wie er seine Qualen laut herausschreit, ohne allerdings ihnen den geringsten Hinweis zu geben, was ihn umbringt, und am Ende wird er sich zusammenkrümmen wie ein Insekt unter einer Ladung Insektenspray. Und dann haben sie den Leichnam von Georges Lapietà am Hals.

19

»Dass sein Sohn dahintersteckt, hat er natürlich sofort kapiert, als die Katheter kamen?«

»Ganz genau.«

»Seine Reaktion?«

»Er hat sich einen gelegt. Die Kids haben solange aufgehört zu filmen.«

Dieses Gespräch zwischen Titus und Silistri findet um zwei Uhr fünfundvierzig in der Nacht statt, im Wagen von Silistri, vor dem Haus des jungen Manin. Sie erwarten ihn.

»Einen Lieferwagen oder Kleinbus hab ich nicht, Capitaine«, hatte Manin am Telefon gesagt. »Und ich hab auch keinen Kumpel, der einen hätte.«

»Lass dir was einfallen, Manin. Du hast zehn Minuten.«

Es ist komplizierter, als Titus denkt. Kaum hat er aufgelegt, gerät Manin mitten in einen Film. Jedenfalls in eine Szene, wie er sie schon im Kino gesehen hat. Auch in amerikanischen, französischen, englischen, deutschen oder skandinavischen Fernsehserien, die er und Nadège sich an den Wochenenden ansehen ... Eine Szene, die unvermeidlich in jedem Krimi vorkommt, dessen Held ein Flic ist. Die Frau, die den Flic zwingt, zwischen ihr und dem Beruf zu wählen. Den Part spielt Nadège ihm jetzt vor. Um drei Uhr in der Nacht allein zurückbleiben im Bett? Ob er glaubt, dass sie das hinnimmt? Für wen hältst du mich? Was bin ich dir wert? Und wenn wir erst Kinder haben? Er wendet ein, dass sie doch die Zwänge einer Ermittlung kenne, sie hat doch bei der Apotheke mitgemacht, oder? Das war am Tag! Während der Arbeitszeit! Die Nächte also polizeifrei? Dann komm ich mit! Vergiss es, du kannst dich unmöglich ins Getümmel stürzen, solange du nicht Bulle bist. Hier stellt sie ihm das Ultimatum: Wenn du gehst, vergess ich dich, und zwar schneller, als du denkst! Das musste ja so kommen, sagt sich Manin. Das Kino hat es ihm angekündigt, und jetzt ist es wahr geworden. Der Streit wird heftiger. Wie auf der Leinwand. Man könnte meinen, es gäbe ein fertiges Skript. Manin findet, das Leben gleiche verdammt einem fertigen Skript. Er zieht sich mehr recht als schlecht an. Vergiss nicht, deinem Capitaine seinen Fummel zurückzugeben! Nadège wirft Titus' Mantel nach Manin. Du endest sowieso in so einer Kluft. Offenbar hegt sie das größte Misstrauen gegenüber Männern in Kaschmirmänteln, eine Zukunftsaussicht dieser Art kotzt sie an. Sie schreit das heraus. Ihre Wut gibt ihr den Mut, hinzusehen, als Manin die Tür öffnet. Sobald diese zufallen wird, wird sie weinen. Manin geht. Er weiß nicht, ob er seinem Capitaine Folge leistet oder ihrer beider Liebe tötet. Draußen vor der Tür, für immer. Das hat etwas von Adieu Garten Eden. Draußen erwartet Manin das Leben mit seiner bestürzenden Verwickeltheit. In einer Mischung aus Verzweiflung und äußerster Erregung stürzt er sich hinein.

»Ist er das, dein Manin?«, fragt Silistri.

Manin taucht vor der Tür seines Wohnblocks auf. Ja, das ist er. Manin steckt sein Hemd in die Jeans, schnallt den Gürtel enger, rückt das Holster zurecht, er hat Titus' Mantel über dem Arm. Er schaut auf die Uhr. Er wirft einen Blick hinauf zu seinem Fenster, links des Eingangs, dritte Etage. Keine Nadège auf dem Balkon. Er schaut nach vorn, Silistris Auto.

»Er hat uns entdeckt.«

»Ja, er ist fix.«

Manin gibt ihnen zu verstehen, dass er noch eine Minute braucht.

Er zieht den Kaschmirmantel über, knotet den Gürtel, und schon kauert er auf dem Trittbrett eines VW Kombi. Über das Schloss gebeugt, lässt er auf der Fahrerseite einen Draht in die Rille zwischen Blech und Scheibe gleiten. Schon ist der Kombi offen. Der zu jaulen anfängt, aber Manin knebelt sofort die Alarmanlage.

»Hoffentlich versaut er mir bei seiner Werkelei nicht den Mantel«, haucht Titus.

Gut, denkt Silistri, rekapitulieren wir: Wir werden gleich eine Bande von Kidnappern dem Gesetz entziehen, sie mit ihrer Geisel in einem Fahrzeug, geklaut von einem Polizeibeamten, in ein Kinderheim kutschieren, um sie dort zu verstecken, und all dies auf Befehl einer Untersuchungsrichterin, die nicht vorhat, wem auch immer davon Bericht zu erstatten.

Um an etwas anderes zu denken, fragt er Titus:

»Nein, ich hab gemeint, wie er auf seinen Sohn reagiert hat.«

»Wer?«

»Wie wer? Na Lapietà!«

»Er hat zu ihm gesprochen, wie zu allen anderen. Ein stundenlanger Monolog. Ist alles aufgezeichnet. Er wollte verstehen. Jeder will heutzutage die Jugend verstehen. Aber interessant ist eine andere Frage.«

»Und die lautet?«

»Warum die jungen Malaussènes sich da haben reinziehen lassen.«

»Hast du eine Antwort?«

»Ja.«

Manins Kopf ist unterhalb des Armaturenbretts verschwunden. Er bastelt am Licht herum, denkt Silistri. Ohne jeden Zusammenhang sieht er sich wieder seine Dienstwaffe an Vercels Schläfe setzen. Wenn man drüber nachdenkt, ist das Verblüffendste, dass die meuternden Ex-LAVAer glaubten, er würde den Mann wirklich umbringen. Eine Gesellschaft, in der ehrliche Bürger, zwar genervte, doch ehrliche, es für möglich halten, dass ein Commissaire divisionnaire vier Unternehmenschefs abknallt, um ihren Forderungen Genüge zu tun, nein, etwas stimmt hier ganz und gar nicht. Silistri erträgt diesen Jahrtausendanfang immer weniger.

»Und?«

»Und was?«

»Deine Antwort. Warum haben sie das gemacht? Lapietà entführt.«

»Du wirst es nicht glauben, Joseph.«

Die Scheinwerfer des Kombis sind angegangen. Motor. Lichthupe.

»Ich bin bereit, alles zu glauben«, seufzt Silistri und dreht den Schlüssel um.

Er fährt los, wendet, setzt sich vor den Transporter, der blinkt und ihnen folgt. Richtung La Défense.

»Es handelt sich um eine Installation«, sagt Titus.

»Eine was?«

»Eine Installation, ein Kunstwerk, wenn du so willst, wie Hélène und Tanita sie sich allwöchentlich im Centre Beaubourg reinziehen oder in Berlin oder letztes Jahr in New York. Nichts Kriminelles. Entführung als Kunstaktion. Reine Ästhetik. Das totale Kunstwerk, mit Lösegeldübergabe morgen vor Notre-Dame als Höhepunkt. Die große Show. Aber mehr noch, Joseph. Tuc wollte auch einen Rap-Song auf die Hochfinanz schreiben. Er wusste, dass sein Vater, sobald er im Aufnahmestudio wäre, losschwadronieren würde. Dieser Typ muss immer *zu jemandem* sprechen, er muss jemanden überzeugen. Er kann sich sich ohne Gegenüber nicht vorstellen. Das ist sein Motor. Sie haben den Mitschnitt sehr bewusst gemacht. Sie würden nur transkribieren müssen. Ein Rap-Song auf den Finanzmarkt-Kapitalismus, ja ... Und vielleicht eine abendfüllende Doku über Lapietà, wie er seinen Quark von sich gibt. Tuc wollte das Mundwerk filmen, dem er seit seiner Geburt ausgesetzt ist.«

Paris schläft. Die Musik ist verstummt. Titus und Silistri fahren ruhig dahin, gefolgt von Manin in dem Kombi.

»Kurz, das totale Kunstwerk, wie gesagt. Ist sehr Mode zur Zeit, irgendein Schwachkopf quatscht, er wird gefilmt, und schon haben wir wahre Kunst.«

Ich glaube es nicht, sagt sich Silistri. Ich *will* es nicht glauben ... Ein derartiges Chaos anrichten für einen Auftritt auf dem Vorplatz von Notre-Dame und um einen Rap-Song zu schreiben ...

»Das Tollste, mein guter Joseph, ist, dass Lapietà ihnen mit seinem Monolog den Text für den Song geliefert hat. Und auch für ihr Manifest. In seiner Schwabbelei war alles drin. Die Kids brauchten sich bloß zu bedienen. Die Verfassung von 1946 hat er erwähnt, als er nach den Beweggründen seines Sohnes suchte und in die Politik abdriftete, ebenso hat er ihnen gesagt, wie viel Prozent der Franzosen unterhalb der Armutsgrenze leben. Sie haben sich damit begnügt, das Ganze zu Papier zu bringen. Auch die

Idee, als Lösegeld den Betrag des goldenen Handschlags zu fordern, stammt von Lapietà. Und was wirst du als Lösegeld verlangen, Söhnchen, den Betrag des goldenen Handschlags? Er hat das rein zum Amüsement vom Stapel gelassen. Von Vercel, Ménestrier, Ritzman und Gonzalès als Auslöse die Ablöse fordern – er musste sich bekrümeln vor Lachen. Die Gesichter der vier Verwaltungsratsmitglieder! Kurz, es ist Lapietà, der das Manifest der Entführer geschrieben hat. Unbewusst natürlich, aber vom ersten bis zum letzten Wort. Er monologisierte, die Kids zeichneten auf, schnitten, montierten, und fertig war das Manifest.«

Tatsächlich hatte Tuc *darauf* gesetzt: das nie verebbende väterliche Gerede seinen Lauf nehmen lassen. Unter extremen Bedingungen würde es ihnen den Text, den Prätext, den Supra-, den Sub-, den Intratext und die Inszenierung, alles, was sie brauchten, liefern. Direkter Zugang zum Unterbewussten der Hochfinanz. Egal, welche juristischen Folgen es haben mochte, Tuc würde sich laut und vernehmlich zu seinem Kunstwerk bekennen. Ist von einer Gesellschaft nichts mehr zu erwarten, bleibt der kreative Akt!

»Und was haben die kleinen Malaussènes bei diesem Scheiß verloren?«

»Oh, das, da musst du die Liebe fragen, Genosse!«

Hier wird alles einfacher. Maracuja, über beide Ohren in Tuc verliebt, folgt ihm blind. C'Est Un Ange, beschützender Cousin, folgt ihr offenen Auges. Monsieur Malaussène, gut geerdet, beschließt, Cousine und Cousin bei dieser Verrücktheit nicht im Stich zu lassen. Und alle drei denken, dass Benjamin recht hat: institutionalisierte Wohltätigkeit ist Verarschung. Keine NGOs. Sie werden es doch nicht so machen wie die Enkel der Königin von England!

»So ist das.«

So also ist das.

Mit dem Kombi von Manin, der ihnen auf den Fersen folgt, haben sie Paris von Ost nach West durchquert. In der Ferne schimmert die Esplanade von La Défense. Titus und Silistri stellen sich die unvermeidliche Frage:

»Was wird deiner Meinung nach Talvern machen?«

»Die Sache unter der Decke halten, nehme ich an. Mit Lapietà verhandeln, und die Kids gegen sein Schweigen retten.«

»Dafür hat sie bestimmt genug in der Hinterhand, ja ... Andererseits, sie – und unverfroren gesetzeswidrig handeln? Meinst du wirklich?«

Titus und Silistri, Höhlenforscher jetzt im zwiefältigen Kopf von Richterin Talvern und Verdun Malaussène, schweigen. Ein sagenhaftes Dilemma! Ihre Nichten und Neffen da raushauen, indem sie sich selbst außerhalb des Gesetzes stellt, oder sie überführen, sofern sie Richterin bleiben will ...

»Reinster Corneille.«

»Und wir«, fragt schließlich Joseph, »glaubst du, wir handeln hier vielleicht gerade auf dem Boden des Gesetzes?«

Er stellt die Frage genau in dem Moment, als sie in den Untergrund von La Défense rollen.

Gleich werden sie vor Ort sein.

Sie sind vor Ort.

»Na sieh her«, sagt Titus, »apropos Gesetz ...«

Auf der Freifläche oberhalb des Aufnahmestudios blaulichtet es volle Pulle. Placken von Blau auf den Betonwänden. Zwei Polizei-PKWs und eine Wanne. Über die ganze Fahrbahn zieht sich eine Nagelsperre, um jede Fahrzeugbewegung zu stoppen. Ein

Gendarm mit Maschinenpistole fordert Silistri per Handzeichen auf, anzuhalten. Man ist ihnen zuvorgekommen. Ein Trupp von der BRB ist vor ihnen eingetroffen, losgeschickt, um die Kids einzusammeln. Zwei Flics mit Sturmhaube und Armbinde stoßen unsanft zwei vornübergebeugte Gestalten in die Wanne. Man hat ihnen die Hände gefesselt und Mülltüten über den Kopf gestülpt.

»Scheiße«, sagt Silistri, »so geht das nicht.«

Er steigt aus, wedelt mit seinem Polizeiausweis:

»He, Jungs, die gehörn uns, wir warn als Erste an denen dran!«

Als einzige Antwort feuert der andere Gendarm ihm eine Maschinengewehrsalve in die Brust. Silistri hat das deutliche Gefühl, in zwei Teile zerschnitten zu werden. Der Kugelhagel schleudert seinen Körper auf die Motorhaube seines Wagens. Vier Schüsse antworten auf die Salve des BRB-Gendarmen, dessen Kopf zerspritzt: Manin hat zurückgeschossen. Zugleich schreit er:

»Vorsicht, Capitaine, das sind keine Bullen.«

Zwei falsche Flics führen drei andere Geiseln über die Eisentreppe, die das Studio mit der Freifläche zur A14 verbindet, nach oben. Auch sie mit Sturmhaube. Auch sie mit BRB-Armbinde. Auch hier Mülltüten über den Köpfen der Geiseln. Die Geiseln lassen sich angesichts des Kugellärms instinktiv fallen. Sie rollen die Treppe hinunter. Ihre Entführer zögern. Sie ziehen ihre Waffen, richten sie, irgendetwas brüllend, in die Tiefe, aber Titus eröffnet das Feuer auf sie. Eine Schulter wird getroffen. Eine Knarre fällt zu Boden und klackert metallen stufenabwärts. Der zweite falsche Flic von der Treppe schießt sofort zurück, während zwei weitere Typen die Situation nutzen, um zur Leiche des Pseudo-Flics zu stürzen und sie an den Füßen zum Transporter zu schleifen und einzuladen. Titus und Manin nutzen dies für einen Gegenangriff. Titus hat Silistris Wagen auf der Beifahrerseite verlassen. Er feuert jetzt mit zwei Pistolen, seiner eigenen P5 und der Glock von Silistri, die er im Handschuhfach gefunden hat. Dreizehn Patronen in der einen, fünfzehn in der anderen. Schießend geht er auf seine Gegner zu. Eine Armada in voller Aktion. Um ihn herum pfeifen die Kugeln Manins, der ihn deckt. Türenschlagen, aufheulende Motoren. Ein zweiter Typ hat etwas abbekommen, er stößt einen Schrei schmerzhafter Überraschtheit aus. Aus Prinzip wird noch zurückgeschossen, aber man sucht bereits das Weite. Brüllende Motoren, qualmende Reifen. Rasant vollbrachte Flucht. Das Ganze hat vielleicht zwanzig Sekunden gedauert. Es hat nur zwanzig Sekunden gedauert.

VI DER FALL MALAUSSÈNE

»Kein Zweifel, meine liebe
Julie, Ihr Malaussène ist ein
Fall.«
COUDRIER

20

Das Stärkste ist, dass ich von alldem nichts wusste. Ich spreche hier ausschließlich im Nachhinein. Ansage von C'Est Un Ange: Benjamin nichts sagen. Zustimmung von Thérèse: Vollkommen einverstanden, er hat in seiner Jugend schon genug abgekriegt. (»Abgekriegt«, das Wort stammt anscheinend von ihr.) Monsieur Malaussène ist auf den Zug aufgesprungen: Und außerdem hat er eh schon genug Trouble mit seinen WeWes! Maracuja hat schlicht erklärt, sie bringe sich um, wenn ich irgendetwas erführe. Und Verdun, die nichtkorrumpierbare Verdun höchstselbst, hat diesem gigantischen familiären Lügengespinst ihren Segen erteilt. Alle in meinem Stamm wussten Bescheid. Clara wusste Bescheid, Louna wusste Bescheid, Jérémy wusste Bescheid, Le Petit (unser »Kleiner«, der mich um mehr als einen Kopf überragt) wusste Bescheid, Gervaise, Ludovic, Théo, Hadouch wussten Bescheid, alle außer mir. Sogar Julie war im Bilde! Eingeweiht von Gervaise. Es schien Gervaise, sie würde, indem sie es Julie erzählte, ihr eine Wahrheit anvertrauen, die von Rechts wegen mir zustand, die man mir aber später beibringen sollte: wenn ich imstande wäre, sie zu verdauen. Wo lag für Gervaise der Punkt, an dem ich dazu imstande wäre? Auf der Schwelle zum Tod? Welche Vorstellung hatte sie von meiner Fähigkeit, Tatsachen zu verkraften? Und warum zum Teufel schloss sich die so realistische Julie (»Benjamin, wir sind eine Summe aus Absichten und Taten, nichts weiter; wer das leugnet, muss durchdrehen!«) dem Täuschungsmanöver an? Alles Fragen, die mir eine Menge Nächte vergiftet haben. Ich sagte mir, dass man Kindern die Wahrheit vorenthält, weil sie zu jung, und Alten, weil sie zu betagt sind. In die erste Kategorie konnte ich mich schwerlich einsortieren.

Kurzum.

Was die leicht brutale Art betrifft, wie ich von besagter Wahrheit erfuhr, so wäre mir das erspart geblieben, hätten die Meinen mir diese Wahrheit auf natürliche Weise eingeschenkt.

Aber das ist eine andere Geschichte.

Das kommt später ins Spiel.

An dem Punkt, an dem wir jetzt sind, weiß ich also nichts. Es ist der Tag nach der Schießerei, und ich weiß nichts.

Als Maracuja die Schüsse hörte, machte sie sich zwischen den Fingern des Mannes, der sie fest in der Hand zu haben glaubte, schlaff wie ein Sack. Er wiederum, ebenfalls überrascht von dem Geknatter, lockerte seinen Griff für den Bruchteil einer Sekunde. Lang genug, dass Mara seinen Fingern entgleiten konnte. Treppab kullernd riss sie ihren beiden Cousins die Füße weg, die, ob sie wollten oder nicht, ihr nach unten bis vor die letzte Stufe folgten. Dort lagen sie dann mit ihren Mülltüten über dem Kopf. Der Sturmhaubenträger, der die beiden Jungen vor sich her geschoben hatte, war auf den Beinen geblieben. Er konnte sehen.

»Wir knallen sie ab!«, brüllte der oben auf der Treppe Stehende.

Die beiden zogen ihre Waffen, aber Titus' Kugel traf die Schulter des Mannes oben. Dem flutschte die Pistole weg, und der zweite jagte treppauf, um ihm zu helfen.

»Scheiße, Mann, die haben Gérard erwischt!«

Zurückgeballer.

Gegenattacke.

»Wir verpissen uns!«

Geducktes Rennen bis zu ihrem Auto. Die Kugeln prallten von überall zurück. Geschrammter Beton, Funken, Kugelsirren. Als sie das Auto erreichen, rennt ein Irrer auf sie zu, der beidhändig feuert.

»Mein Fuß! Scheiße, mein Fuß!«

Kurz bevor sie die Türen zuknallen, hat der mit der Kugel in der Schulter sich noch eine im Fuß gefangen. Gibt halt so Tage ...

Anlasser.

Aufheulender Motor.

Wie lange hat es gedauert? Zwanzig Sekunden vielleicht. Nirgends ein Fahrzeug, nirgends ein Zeuge ... Und eine derartige Stille plötzlich!

Unten hatte sich das Mädchen mit den feinen Handgelenken von den Fesseln befreit. Sie riss sich die Mülltüte vom Kopf. Ehe sie ihre Cousins befreite, schnappte sie sich die treppabwärts gehüpfte Pistole, ging in Stellung und richtete die Waffe nach oben Richtung Ausgang.

Auf der Freifläche hat Titus nur noch Sinn für Joseph:

»Joseph! Joseph!«

Manin springt aus dem VW Kombi, jagt zur Treppe. Drei Kugeln empfangen ihn. Zwei davon treffen. Eine durchschlägt die linke Schulter des Kaschmirmantels, die andere durchtrennt dessen Gürtel. Manin spürt etwas Brennendes an der Hüfte. Er schafft es gerade noch, zur Seite zu springen. Er schießt natürlich nicht zurück. Er brüllt nur:

»Stellen Sie das Feuer ein, wir sind Bullen! Echte diesmal!«

»Und deine Oma?«, antwortet Maracuja. »Zeig dich, echter Bulle, mach schon, komm raus!«

»Scheiße, Mara, ich gehör zu deinem Patenonkel!«

Dass diese unbekannte Stimme sie beim Vornamen nennt, lässt Maracuja aufhorchen. Ebenso die Erwähnung ihres Patenonkels. Aber der hat keine Zeit zu verlieren. Der hat die Nagelsperre beseitigt und Silistri ins Auto gepackt. Während er an Manin vorbeifährt, brüllt er nur:

»Bring sie ins Aux Fruits de la passion!«

»Wohin?«

Monsieur Malaussène übernimmt:

»Ins Aux Fruits de la passion, keine Sorge, kennen wir.«

Maracuja hat die Waffe sinken lassen. Sie befreit ihre Cousins. Oben streckt Manin sehr vorsichtig die Nase heraus.

Auf der Rückbank von Silistris Wagen verlieren dreißig Jahre Freundschaft ihren Lebenssaft.

»Geh nicht, Joseph, wart auf mich, verdammt!«

Maracuja, C'Est Un Ange und Monsieur Malaussène hatten sich in der Nacht zuvor also um ein Haar abknallen lassen, sie waren im Aux Fruits de la passion versteckt, und ich wusste es nicht. Silistri schwebte zwischen Leben und Tod, und ich wusste es nicht. Julie, die ebenfalls noch nichts wusste, hatte mich am TGV-Bahnhof von Valence abgesetzt und war zum alten Coudrier weitergefahren, um ihm bei seinem Schreibprojekt zu helfen. Ich bereitete mich innerlich darauf vor, die vermeintlich vom anderen Ende der Welt zurückkehrenden Kinder in die Arme zu schließen. Übermorgen würde ich Monsieur Malaussène in Roissy abholen! Erfreuliche Nachrichten, die die deprimierende Aussicht auf meinen Wiedereinstieg in den Berufsalltag milderten. Der Vercors und Robert fehlten mir schon jetzt, aber die Kinder würden zurückkommen. Meine WeWes ermüdeten mich schon im Voraus, aber ich hätte Mosma, Sept und Mara wieder. Sept und Mara. Leben heißt, seine Zeit damit zu verbringen, beide Schalen der Waage zu füllen.

Ich saß im TGV, bereit, einen trägen Blick in die Tageszeitung zu werfen. Julies Manie, mich jedes Mal, wenn sie mich in den Zug setzt, eine Zeitung kaufen zu lassen!

»Die Landschaft genügt mir voll und ganz, Julie.«

»Ein Blick auf die gesellschaftliche Landschaft schadet dir nicht.«

Aufmacher war der Fall Lapietà. Nicht nur in meiner Zeitung, sondern in allen Zeitungen des Waggons, egal welcher Couleur. »DAS MANIFEST DER ENTFÜHRER«. In Buchstaben von beachtlicher Größe. Nach so angestachelter Neugier blätterten die Reisenden zu der Seite vor, auf der besagtes Manifest abgedruckt war. Empörte Mienen, Kommentare, die auf Vergeltung sannen (wo bleibt die Polizei?) ... Sehr vereinzelt nur ein Schmunzeln. Es war die Art von Text, bei dessen Lektüre jeder seine Messwerkzeuge auspackt. Was mich betraf, so sagte ich mir, das Ganze ähnele einer studentischen Petition (von Studenten eines Typus', den man für schon seit drei Jahrzehnten ausgestorben hielt). Der Bezug auf die Verfassung von 1946 rührte mich. Die Passage mit dem Gegensatzpaar Wohltätigkeit/Solidarität weckte meine Aufmerksamkeit. Die Idee, unserer vermeintlich sozialistischen Regierung aufzubürden, »das Gespött der ersten *Entführung aus wohltätigen Motiven* in unserer Justizgeschichte« zu ertragen, amüsierte mich. Das Happening auf dem Vorplatz von

Notre-Dame konnte etwas werden. Allerdings, sagte ich mir, dürften die Urheber dieses Schabernacks, wenn sie geschnappt werden – was mir unvermeidlich schien –, verdammt eins reingewürgt bekommen. In Zeiten großer Feigheit werden die Unerschrockenen kaltgemacht. Diese Aussicht genügte mir, um mich wieder der Landschaft zuzuwenden. Dort drüben, östlich von mir, zog das Bergmassiv des Vercors' vorüber, als sei es ein Abschied für immer. Mir fielen Alcestes Mahnungen wieder ein: »Wahrer Mut, Malaussène, besteht darin, ins Tal hinabzusteigen. Sich die Menschen anzutun, das ist das absolute Opfer!«

Nun ja, da wären wir also jetzt.

Direkt hinter mir zwischen meinem Sitz und der Wagenwand stellte Julius sich tot. Die Gabe dieses Hundes, sich in Luft aufzulösen, ist nicht eine seiner geringsten. Es gibt Situationen, in denen Julius gänzlich verschwindet. Zu diesen zählen Fahrten mit der SNCF. Flach wie ein Pfannkuchen wird er eins mit dem Grau des Teppichs. Unsichtbarer Hund. Gerade noch, dass er atmet. Folglich: kein Aufpreis. Was allerdings bleibt, ist sein Geruch. Den man in der Regel mir zuschreibt. Also auch: kein Sitznachbar. Außer an jenem Abend. Den Typen neben mir schien der Geruch nicht zu stören. Ein Schrank von einem Kerl, tätowiert, graues Haar, kahler Stiernacken, gegerbte Haut, Adlerprofil, starrer Blick, Lederjacke. Altersresistenter Mittsechziger. Seine Harly hatte er wahrscheinlich im Koffer. Witzigerweise hatte er Hände wie ein Kind und am Revers seiner Lederjacke das Abzeichen der Ehrenlegion. Auch er war in das Manifest vertieft. Er las, ohne die geringste Reaktion zu zeigen. Er machte keinen Versuch, ein Gespräch anzubahnen. Was meinem Wunsch nach Landschaft entgegenkam.

Die mich, kaum verlässt der Zug das Département Drôme, regelmäßig einschläfert.

Beim Lesen oder im Kino, Theater, Zug eine Mütze voll Schlaf zu nehmen ist ein Genuss, den ich mir nie verwehre.

Mich weckte nicht der Schaffner, sondern ein grelles Licht. Um mich herum blitzte es. Schuss auf Schuss. Ein regelrechtes Exekutionskommando. Ich schreckte hoch, die Hand vor Augen. Mein Herz schlug Alarm. Mein Sitznachbar fasste mich am Arm:

»Entschuldigen Sie, mein Sohn, das gilt mir.«

Mein Sohn?

Tatsächlich hatte die Meute aus Fotografen ihn im Visier.

»Herr Abt, blicken Sie hierher!«

»Ein Lächeln, Herr Abt!«

»Hierherüber, Abt, hierherüber!«

Bis ein Fernsehteam auftauchte.

»Verzieht euch, Paparazzi, lasst uns endlich arbeiten!«

Eine Kamera, ein Mikrofon-Puschel, der aussah wie ein aufgespießter Dachs, ein megabekannter Moderator, dessen Name mir entfallen war, der jedoch den des Abtes aussprach.

Der Abt Courson de Loir, Herrgott im Himmel!

Höchstpersönlich.

In der zweiten Klasse.

Nicht erkannt, muss ich gestehen. Ich mochte sein Foto ein-, zweimal gesehen haben.

DER MODERATOR: Also, morgen auf dem Vorplatz von Notre-Dame, dieses Lösegeld, Herr Abt?

COURSON DE LOIR (*Stimme wie das Tunnelgrollen der Métro*): Der Vorplatz von Notre-Dame war im Mittelalter eine Schaubühne, was kein Grund ist, heute daraus einen Zirkus zu machen.

DER MODERATOR: Heißt das, Sie werden den Lösegeldscheck dort nicht entgegennehmen?

COURSON DE LOIR: Weder dort noch anderswo. Die Wohltätigkeit wird niemals von kriminellem Geld leben. (Ja, genau der Satz, von dem Verdun mir später sagen wird, dass sie ihn während der Vernehmung von Balestro in ihrem Kopf gehört hat.)

DER MODERATOR: Bedeutet das nicht eine schwere Hypothek für Georges Lapietàs Freilassung, ja eine Gefahr für sein Leben?

COURSON DE LOIR: Es bedeutet vor allem, sich nicht zum Komplizen derer zu machen, die ihn entführt haben. Sehe ich vielleicht wie ein Hehler aus?

DER MODERATOR: Wie stellen Sie sich unter diesen Umständen den Fortgang der Ereignisse vor?

COURSON DE LOIR: Diese Vorstellung überlasse ich der Polizei.

DER MODERATOR: Aber ...

COURSON DE LOIR: Ende des Interviews. Sammeln Sie jetzt Spenden bei Ihrem Team und im übrigen Waggon, in meiner Obhut liegen karitative Einrichtungen.

Gezwungenes Lachen des Moderators. Statt Spenden zu sammeln, wendete er sich an mich, der ich demonstrativ auf die vorbeifliehende Landschaft sah. Er hielt mir den Puschel unter die Nase. Seine Frage erwischte mich unter einer Dusche von Licht.

»Und Sie, Monsieur, was denken Sie über den Fall Lapietà?«

Oh Scheiße!

Sollte ich ihm antworten, dass ich darüber nichts dachte? Und mich weigerte, daran zu denken? Dass ich lieber landschaften wollte? Dass meine Schwester die Lieblingsuntersuchungsrichterin des Opfers war? Ihn bitten, seine Ausrüstung wegzupacken und sein Spotlight auszuschalten, das mich blendete? Ihm sagen, dass ich das Fernsehen hasste? Das hätte ich natürlich machen sollen. Stattdessen höre ich mich antworten:

»Ich denke an die Familien.«

DER MODERATOR: An die Familien? An die Familie Lapietà? An die Familien von Geiseln allgemein?

ICH: Eher an die der Entführer. Im Moment wissen sie bestimmt noch nicht, was diese jungen Menschen da getan haben, aber es wird bitter für die Familien, wenn ihre Kinder erst einmal verhaftet sind, was mir unvermeidlich erscheint.

DER MODERATOR: Was veranlasst Sie zu der Annahme, es handele sich um junge Menschen?

ICH: Der Inhalt des Manifests. Kennen Sie einen einzigen Erwachsenen, insbesondere unter den Politikern, der heute imstande wäre, ein solch ausgeprägtes soziales Gewissen an den Tag zu legen?

Schnauze, du armer Depp! Was reitet dich? Halt die Klappe! Vergiss nicht, dass es dir am Arsch vorbeigeht. Hältst du dich für Alceste oder was? Bei wem willst du Eindruck schinden?

Tatsächlich hatte ich mich dabei ertappt, dass *ich es mir nicht verkneifen konnte zu antworten!* Wie jeder x-beliebige Vollidiot, dem man ein Mikro hinhält. Ich war halt Franzose. Ich hatte halt meine Ansichten. Es war halt das Fernsehen.

Der Moderator ahnte möglichen Konfliktstoff und wandte sich wieder Courson de Loir zu.

DER MODERATOR (*ironisch*): Herr Abt, was denken Sie dazu? Fühlen Sie auch mit den Geiselnehmern mit?

Courson de Loir, der sich wieder in seine Zeitung vertieft hatte, schlug sie brüsk nieder.

»Sammeln hab ich gesagt! Und zur Buße in allen Waggons!«

21

Der Rest der Nacht besteht aus Tränen und Blut. Den Tränen von Maracuja, sobald sie in Manins Kombi sitzt. Den stummen Tränen Maras bis zum frühen Morgen, und dem Blut von Silistri bis unter das von Titus durchgetretene Gaspedal. Auch hier Kinosätze:

»Verdammt, Joseph, geh nicht, bleib bei mir!«

Maracuja weint um ihren Tuc. Die Dreckskerle, die sich als Gendarmen von der Brigade für Organisierte Kriminalität ausgegeben hatten, hatten Vater und Sohn entführt. Tuc und Lapietà. Sie hatten auch die drei Cousins entführen wollen, aber das Schicksal hatte anders entschieden.

Titus wiederum brüllt in sein Handy, dass er gleich mit Silistri eintrifft.

»Bereiten Sie alles vor, Postel, wir kommen!«

Am anderen Ende wird ihm gesagt, das gehe nicht, man sei im Ruhestand.

»Seit zwei Jahren, Titus!«

Titus erwidert, ihm sei das scheißegal, er komme, vielleicht mit einem Toten.

»Ich hab gesehen, wie Sie Tote auferweckt haben, Doktor.«

»Damals hatte ich auch das Werkzeug dafür!«

Mara verflucht sich, dass sie sich zwischen den Händen des Typen schlaff gemacht hat. Sie hätte sich nicht die Treppe zum Atelier runterfallen lassen sollen, sondern diese auf allen vieren hochkraxeln und der Bande hinterherlaufen zum Wagen, sie hätte Tuc nicht alleinlassen dürfen, Tuc, mein Gott, Tuc, was vermag Tuc ohne sie, was vermag Tuc gegen solche Schweine, die hätten uns beinah abgeknallt, und als Lapietà sich weigerte mitzugehen, haben sie Tuc eine Cutter-Klinge unter die Nase gesetzt. Die hätten ihm wirklich die Nase abgeschnitten!

»Wie heiß ich, Joseph?«, brüllt Titus, während er rote Ampeln überfährt. »Wie heiß ich? Ich hab meinen Namen versiebt, kannst du mir sagen, wie ich heiße, kannst du mir helfen, Scheiße! Wie heiß ich, Joseph?«

Es ist ebenjene Nacht, in der Lapietàs Gerede weiter seinen pladdernden Lauf zwischen den Ohren der Richterin Talvern fortsetzt. Er spricht jetzt zu seinem Sohn, er hält eine Lobrede auf Pensionsfonds.

»Genau das sagst du dir doch, Tuc, he? Dass dein Vater unser Rentensystem in die Luft sprengt, indem er sich unter dem Feigenmäntelchen von Pensionsfonds eine goldene Nase verdient! Tja, das stimmt, stell dir vor! Und obendrein im Namen der herrlichsten Gerechtigkeit! Nieder mit der Rente, es lebe das Pensionsfondssystem! Ich will dir die Geschichte von Pandora McMoose erzählen, mein Sohnemann, die in ihrem Cottage in Wyoming auf die hundertvier zugeht. Der alte McMoose hat 1925 Geld in Pensionsfonds gesteckt. Vier Jahre vor der Krise von 29. Damals brachen die Aktien alle ein, wie du weißt, dann ging es wieder aufwärts, auch mit dem Ehepaar McMoose, das auf der Finanzgeschichte der Vereinigten Staaten tanzte wie ein Korken. Heute streicht Pandora (die seit sechsunddreißig Jahren verwitwet ist) jährlich hundertfünfzigtausend Dollar ein! Eine Rente von zwölftausendfünfhundert Dollar monatlich. Diese Rente stammt nicht aus den Steuern ihrer Kinder und Kindeskinder, nein, sondern aus Pensionsfonds, in die Pandora und der alte McMoose eingezahlt haben! Es ist ihre ureigene Kohle, nicht die ihrer Sprösslinge. Ruhm den McMooses, mein Sohnemann, die ihren Nachwuchs nicht schuften geschickt haben, um sich ein rosiges Alter zu gönnen! Was *du* im Begriff bist zu machen im Namen des heiligen Prinzips unseres französischen Rentensystems!«

Natürlich weiß Georges Lapietà nicht, dass Tucs Nachwuchs – sprich: sein eigenes Kindeskind – bereits in Maracujas Bauch unterwegs ist. Im Übrigen weiß das noch niemand. Nicht einmal Maracuja. In Maras Vorstellung ist ihr gemeinsames Kind noch ein Wunsch. Silistri verliert den Saft seines Lebens, während das Leben unter Maras Thaikleid inkognito wächst und gedeiht. Ein Kind? Ein hübsches Baby, um unsere Rente zu sichern?, hatte Tuc gescherzt. Na los! ... Ihr Tuc fehlt Maracuja. Über das künftige Kind hatte er noch gesagt: Es wird unsere Gegenwart sein, später unsere Vergangenheit. Ebenso fehlt Maracuja, deren Tränen heftiger fließen, Tucs Stimme.

»Fahren Sie nicht zu mir«, sagt Postel zu Titus, den er zurückgerufen hat, »fahren Sie zum Leichenschauhaus am Quai, dort wartet Sébastien auf Sie, ein Pfleger, er weiß Bescheid. Vielleicht bin ich auch schon da. Ich bin unterwegs.«

Wendemanöver auf zwei Reifen, Jagd zum Leichenschauhaus am Quai.

»Beschreiben Sie mir die Verletzungen.«

Was Titus mehr schlecht als recht macht. Aber es knackt, gluckert, dann ist die Verbindung weg.

»Das Leichenschauhaus am Quai, Joseph, fällt dir da nicht was ein?«

Seinerzeit zerlegte Doktor Postel-Wagner dort Tote in ihre Einzelteile und flickte Lebende zusammen. Mitunter holte er dort auch Babys in die Welt. Titus und Silistri hatten ihm einige Tage als Pfleger assistiert.

»Joseph, sag, dass du dich erinnerst! Das Schauhaus von Postel-Wagner! Da ist Monsieur Malaussène auf die Welt gekommen, Mosma, der Sohn von Benjamin, erinnerst du dich?«

»Was ist das, dieses Aux Fruits de la passion«, fragt Manin seine Fuhre, »ein Hotel?«

»Ein Kinderheim«, antwortet C'Est Un Ange, der Mara, die über ihrer künftigen Rente zusammengekauert dasitzt, in den Armen wiegt.

Manin ist sprachlos angesichts der Ströme von Tränen, die dieses Mädchen vergießt, das eben erst mit einer 45er auf ihn geschossen hat und, um es freiheraus zu sagen, ihn beinah getötet hätte. Seine Hüfte brennt. Er fragt sich, ob die Kugel das Unterhautfett getroffen oder ihm nur die Haut aufgeschrammt hat. Jedenfalls ist es seine erste Kampfverletzung. Sie tut säuisch weh, und bei ihrem Anblick wird Nadège ihm wieder in die Arme und in Ohnmacht fallen.

»Ein Kinderheim?«, fragt Manin.

»Das meine Mutter leitet«, antwortet Mosma.

»Die eine seiner *zwei* Mütter«, korrigiert Sept.

Vielleicht ist es genau dieser Moment, da sich das Wort »Kinderheim« im Netz der Richterin Talvern verfängt.

»Die Steuern, die Steuern«, erklärt Georges Lapietà seinem Sohn, »dem Staat mein Geld in den Rachen werfen, ich teile lieber aus. Was weißt du, wie ich mein Kapital verteile, Tuc? Soll ich mich damit brüsten? Indem ich etwa meine Stiftungen aufzähle, meine wohltätigen Einrichtungen, die Leute, denen ich unter die Arme greife, oder die Kinderheime, die ich überall auf der Welt ins Leben gerufen habe? In Phnom Penh, Samobor, Peyrefitte, Dublin, Abengourou, Bukarest, Canindé, Neapel ...«

Dieser ganze Wortverband, das Wort »Kinderheim« und die Namen der Städte, die Georges Lapietà ihm angeheftet hat, verfängt sich im Netz der Richterin Talvern ... Mit solcher Wucht, dass sie sich sogar aufsetzt im Bett, mit einem Mal hellwach. Sie muss an Balestro denken, an die Pässe von Balestro, an die Reiseziele von Jacques Balestro, alias Ali Boubakhi, Fernand Perrin, Philippe Durant, Olivier Sestre, Ryan Padovani ...

»Zwei Mütter?«, fragt Manin schließlich.

»Ja, so wie Mara zwei Väter hat«, bestätigt Monsieur Malaussène. »Sie nennt sie Pa und Pa, um Verwechslungen vorzubeugen. Biegen Sie an der nächsten Kreuzung links ab.«

Eigentlich will Mosma die Atmosphäre entspannen und Mara ein Lächeln abringen, indem er auf die Nacht ihrer mythischen Zeugung anspielt (ein Höhepunkt auf Familienfesten), aber es misslingt, alles schweigt. Maracujas Tränen rinnen zwischen den Fingern von C'Est Un Ange herunter.

»Vorsichtig«, bettelt Titus.

Der Pfleger Sébastien und er holen Joseph Silistri aus dem Wagen. Sie gehen millimeterweise vor.

»Er ist nicht tot«, flüstert der Pfleger Sébastien.

Natürlich ist seine Argumentation hinsichtlich der Pensionsfonds oberflächlich, denkt die Richterin Talvern. Ein reines Glaubensbekenntnis. Er weiß genau, dass menschheitsgeschichtlich betrachtet das Überleben der Gattung nicht vorstellbar ist ohne die Solidarität zwischen den Generationen. Wenn die Söhne die

Väter im Alter nicht versorgen, ist Schluss mit dem Homo sapiens, Lapietà weiß das. Ich muss, sagt sie sich noch, die Stelle Benoît Klein vorspielen. Und Titus die Passage über die Kinderheime.

Aber plötzlich spitzt Verdun die Ohren.

Stellt Verdun das Diktiergerät aus.

Nimmt Verdun die Kopfhörer ab.

Geräusche im Erdgeschoss.

Sie sind zurück.

Verdun wirft Kopfhörer und Diktiergerät aufs Bett, zieht ihren Kimono an und schlüpft in einen Morgenmantel, dessen Gürtel sie zuknotet, während sie die Treppe hinuntergeht.

Unterdessen ist Postel am Quai eingetroffen. Der Pfleger Sébastien bereitet Silistri auf dem Seziertisch vor. Titus hört chirurgisches Fachgespräch:

»Ich hab provisorisch die Kopfhaut genäht, er hat stark geblutet.«

»Ansonsten?«

»Trümmerbruch der rechten Schulter, überall Splitter. Zwei quer verlaufende Wunden des rechten Hämothorax, eher äußerlich. Eine Kugel ist um eine Rippe herum geflutscht wie über eine Sicherheitsschiene. Die inneren Organe haben nichts abbekommen, denke ich. Spannungspneumothorax, aber wir haben Glück, seine Jacke hat während der Fahrt als Tampon fungiert. Blutdruck 70, sehr schwacher Puls.«

»Hämopneumothorax?«

»Ich fürchte ja«, bestätigt Sébastien. »Starke Gefahr innerer Blutungen.«

»Na dann, Thoraxdrainage: Xylocain 1 %, Povidon-Jod, aufgezogene Spritze, Skalpell, Trokar mit Dorn, Stanze stumpf, Drain 36 oder 40 F.«

»Ist vorbereitet. 36, einen andern hab ich nicht.«

»Wird schon gehen.«

Titus sieht, wie Postels Latexfinger durch die von den Kugeln gebohrten Löcher in den Körper seines Freundes eindringen; sie holen Stoffreste und einen halben Knopf hervor, beides verstaut der Pfleger Sébastien wie Reliquien.

»Drain, Spritze, Verbindungsröhrchen und Urinbeutel vorbereiten; wir saugen ab und retransfundieren.«

»Okay, Doktor, verstehe: Autotransfusion.«

Ja, in jener Nacht mangelte es nicht an Blut. Blut ist auch das Erste, was Verdun hinter den vier jungen Leuten sieht, die im Aux Fruits de la passion angelangt sind: eine lange Spur hinter dem Jungen, den sie nicht kennt (sicherlich Inspektor Manin), und sein Hosenbein klebt infolge der Gerinnung am Schenkel fest.

»Blutgruppe?«, fragt Postel Titus.

»A+«, antwortet Titus. »Dieselbe wie meine, wir sind kompatibel.«

»Wie die beiden Tauben in der Fabel von La Fontaine«, murmelt Postel-Wagner, während er hinter Silistris Rippen herumfingert.

»Wissen Sie, dass Sie verletzt sind?«, fragt Verdun den Polizeileutnant Manin.

»Ja, ja«, antwortet dieser zerstreut.

Doch als er sich umdreht und eine Blutspur wie die eines waidwunden Wilds hinter sich sieht, fällt er in Ohnmacht.

»Legt ihn auf den Tisch im Speisesaal«, ordnet Gervaise an, die mit Clara aufkreuzt.

Sept und Mosma gehen zu Werk.

»Treibt eine Schere auf.«

»Wo sind Titus und Silistri?«, fragt Verdun.

Da erfährt sie alles: dass Lapietà ein weiteres Mal entführt worden ist, diesmal zusammen mit seinem Sohn und von Profis, dass es eine Schießerei gegeben hat und Silistri schwer verletzt, wenn nicht tot ist und sie folglich mit Silistri und Manin zwei Drittel ihrer Männer eingebüßt hat, dass die Posse der drei Deppen, die da vor ihr stehen, gerade zum Drama wird und sich alles irrsinnig verkompliziert.

Gervaise hat Titus' durchlöcherten Kaschmirmantel in Sicherheit gebracht und Manins Hosenbein aufgeschnitten, Clara hat die Wunde fotografiert.

»Und?«, fragt Verdun.

»Halb so schlimm, der Knochen ist unverletzt. Die Wunde muss nur gesäubert und genäht werden.«

»Fragt Ludovic.«

Gut, dieser Manin wird also ungeschoren davonkommen.

Was nicht für den Divisionnaire Silistri gilt, dessen Herz gerade zu schlagen aufgehört hat.

»Kühlschrank«, ordnet Postel an.

Titus sieht seinen Freund im Kühlraum verschwinden, als hätte der Tod höchstpersönlich ihn verschluckt. Er will den Arm heben.

Postel fängt die Bewegung ab.

»Keine Panik, Alter, unter Kälte stirbt man langsamer. Wir nutzen die Gelegenheit und verätzen rasch die Brustwunden. Danach werfen wir die Maschine wieder an.«

En passant fragt er Titus:

»Was haben die Blutergüsse im Gesicht und an den Händen zu bedeuten?«

»Sind woandersher, eine Schlägerei am frühen Abend.«

»In seinem Alter?«

Während Ludovic den Rettungsring von Manin näht (die

Geschicklichkeit seiner riesigen Finger bei dieser Art von Sticke-
rei!), wendet sich Verdun den drei Geretteten zu. Maracuja, C'Est
Un Ange und Monsieur Malaussène stehen da wie die erbärmlichen Reste einer gefledderten Dolde Trauben. Verdun ist außerstande, etwas zu sagen. Nicht eine Silbe. Sie stellt den dreien keine
einzige Frage. Sie kennt das sehr gut, diese satte Stille, ein Erbe
des alten Thian. Ehe Verdun damals als Baby sich auf dem Arm
von Inspektor Van Thian, ihrer segensreichen Nanny, wiederfand,
brüllte sie, sobald sie aufwachte. Man vermutete, vor Hunger, nein,
Grund war das Wachsein. Sie heulte los wie eine städtische Sirene.
Niemand fand den Ausknopf. Sie heulte ununterbrochen, als ob
sie einen Fliegerangriff ankündige (und mit Sicherheit fielen ja im
selben Moment auch irgendwo auf der Welt Bomben), und wenn
sie so schrie, konnte es passieren, dass Jérémy im Haushaltswarenladen die Schublade, die ihr als Wiege diente, mit einem
Knall zupfefferte. (Damit sie atmen konnte, hatte Benjamin mit
dem Handbohrer Löcher hineingebohrt.) Kurz, Verdun schwieg
mit diesem Schweigen, das sie an der besänftigenden Brust von
Inspektor Van Thian ihrem eigenen Schreien abgewonnen hatte.
Seit jenem Tag schreien ihre Augen. Ein Blick, dass man lieber
nicht geboren wäre. Keiner der drei Geretteten wagt es, mit der
Wimper zu zucken oder ein Wort zu sagen.

Und diese Idiotin in ihrem Thaikleid, auch noch schwanger!

Tatsache: Verdun hat als Erste den Neuankömmling in Maracuja ausgemacht. Jemand hatte sich in Maracuja eingenistet, die
schon nicht mehr sie selber war, Verdun weiß das.

Das hat noch gefehlt, sagt sie sich. Gerade erst siebzehn geworden! Die Ablösung von Maman. Die künftige Mutter Malaussène! Diese vermaledeite Familie, diese vermaledeite Fortpflan-
zungsmanie! Diese Lebensbesoffenheit! Ein Dornengestrüpp, die

Malaussènes! Gegen deren Vermehrung zu kämpfen heißt, aus dem Amazonasbecken einen französischen Garten machen zu wollen.

Verdun ist außerstande, Maracuja aus den Augen zu lassen.

Sodass diese zuletzt wie eine in die Falle gegangene Katze maunzt:

»Was is?«

Zum Glück flüstert Ludovic, der seine Näharbeit beendet hat, seiner Frau ins Ohr:

»Mont da kousket, karedig.«

Verdun schüttelt sich. Ihr Bretone hat recht. Schlafen gehen, ja.

Clara und Gervaise wickeln eben die letzte Bindenlage um Inspektor Manins Taille.

»Bezañ kousket«, insistiert Ludovic, der seine riesige Pranke kurz auf den Rücken seiner Frau legt, ehe er in der Wärme der Backstube verschwindet:

»Hennez eo ar penn.«

Er hat recht, gut schlafen ist jetzt das Wichtigste. Es ist schließlich erst fünf Uhr in der Früh.

22

Tags darauf spielt sich die wichtigste Szene nicht, wie vorgesehen, nach der ersten Sonntagsmesse auf dem Vorplatz von Notre-Dame ab, sondern drei Stunden später und einige Hundert Meter entfernt, im weit weniger gotischen Büro von Xavier Legendre, Chef der aktiven Dienste der Kriminalpolizei.

»Herr Abt, wir hatten uns mit Ihren Vorgesetzten auf anderes geeinigt!«

Legendre ist außer sich, was ihn stets tiefer in seinem anthrazitfarbenen Anzug verschwinden lässt. Legendre ist eine kleine, kahlköpfige, in Seide gewandete Wutkugel auf gut gewichsten Absatzschuhen. Der Abt bleibt in jeder Situation der Abt, Leder, Tätowierungen, Cowboystiefel und Kommandeur der Ehrenlegion.

»Mein Sohn, meine Vorgesetzten und ich sind uns selten einig.«

Legendre steht der Sinn nicht nach Spitzfindigkeiten. Auch nicht danach, sich von dieser Bronzestimme beeindrucken zu lassen.

»Sie sollten der öffentlichen Übergabe des Lösegelds zustimmen! Wir hatten die formelle Einwilligung des Erzbischofs!«

»Der von meinem kategorischen Nein wusste.«

Der Abt hatte sich nicht nur geweigert, die ihm durch das Manifest der Entführer zugedachte Rolle zu übernehmen, er hatte obendrein die Herren Ménestrier, Vercel, Ritzman und Gonzalès gebeten, dem Gottesdienst fernzubleiben.

»Ich hatte keinen Grund, ihnen die Demütigung einer öffentlichen Weigerung aufzuerlegen.«

»Das ist der Gipfel!«, wettert Legendre. »Der Gipfel!«

»Der Gipfel wovon, mein Sohn?«

»Sie sollten der Übergabe des Schecks zustimmen! Ich hatte das sofort nach der Veröffentlichung des Manifests beschlossen! Ich hatte meinen Plan dem Minister vorgetragen, ich hatte von ihm grünes Licht, ich hatte die nötigen Einsatzkräfte vor Ort, ich hatte auf dem Vorplatz von Notre-Dame eine Batterie von Kameras anbringen lassen, um unauffällig die Schaulustigen zu filmen, die zu der Scheckübergabe kommen würden! Der Vorplatz war brechend voll, wir hatten jede Chance, dass einer oder mehrere der Bande in der Menge wären, wir hätten zuschlagen können, und Sie ...«

Er muss Luft holen:

»Sie, Sie erklären gleich beim Introitus, dass es keine Lösegeldübergabe geben wird! Und das Ergebnis: Die Nachricht sickert durch, der Vorplatz leert sich, und die ganze Operation fällt ins Wasser! Das ist schlicht und einfach Behinderung einer kriminalpolizeilichen Ermittlung, Herr Abt!«

»In der Tat. Das habe ich nicht bedacht.«

»Sie haben das *nicht bedacht?*«

Der Abt steht jetzt am Fenster. Drüben erhebt sich, die Aussicht versperrend, Notre-Dame. Der Abt sieht die Szene noch einmal vor sich. Fakt ist, dass am Morgen seine einleitende Bemerkung das

Gotteshaus leergefegt hatte. »Diejenigen, die gekommen sind, um am Ausgang eines aktuellen Medienhypes teilzunehmen, gehen bitte nach Hause; das Messopfer kann und darf nicht Schauplatz von Tagesgeschehen sein!« Fünf Minuten später war die Kathedrale leer gewesen. Abgang der Tempelhändler in einem riesigen Tohuwabohu aus dutzenderlei Aufnahmetechnik, Stativen, Tonangeln, Rucksäcken ... An dem Morgen war nicht einmal das gewöhnliche Häuflein Gläubiger zugegen, sie hatten in der Kathedrale keinen Platz gefunden.

Der Abt gibt einen tiefen Seufzer von sich.

»Was kostet das?«, fragt er.

Legendre bleibt nichts anderes übrig, als zu einem Lederrücken zu sprechen. Das Leder, das dieser Mann trägt, ist eisern.

»Verzeihung?«

»Behinderung einer polizeilichen Ermittlung, was kostet das, mein Sohn? Mehrere Monate Ausübung meines Amts in Ihren Gefängnissen?«

Hier dreht sich der Abt um:

»Letztlich gehöre ich dort ja hin, anscheinend bersten die Gefängnisse vor verirrten Schafen und guten Tätowierern?«

Legendre kocht vor Wut. Der Abt im Gefängnis? Und warum nicht Lapietà auf der Kanzel? Dieser Brocken Heiligkeit weiß genau, dass er nichts riskiert!

»Ihre Gründe, Herr Abt! Nennen Sie mir wenigstens Ihre Gründe!«

»Die werden Sie in den 13-Uhr-Nachrichten erfahren. Das Fernsehen hat mich letzte Nacht auf meiner Heimfahrt bis in den Zug verfolgt.«

»Ich fürchte, ich verstehe nicht ...« (Wie immer, wenn man allzu gut versteht.) »Sie haben *mir* Ihre Weigerung, das Lösegeld entgegenzunehmen, nicht angekündigt, aber die Gründe dafür gestern Abend in einem *Fernsehinterview* genannt?«

Ja, machte der Kopf des Abtes:

»Jeder ist auf seinen Scoop aus, mein Sohn. Mir ging es darum, heute Vormittag als Erster zu meiner Herde zu sprechen, und dem Fernsehen geht es um die Exklusivrechte an meinen Gründen ...«

»Welche da wären ...?«

»Wenn Sie die nicht selbst erraten, erfahren Sie sie, wie alle, aus den 13-Uhr-Nachrichten.«

Und so wie man einfach deshalb kehrtmacht, weil der Spaziergang zu Ende ist:

»Neuigkeiten von Ihrem Schwiegervater? Verläuft sein Rentnerdasein gut? Manchmal fehlt er mir, der teure Coudrier. Ein Flic von massiver Klugheit. Stellen Sie sich vor, eines Tages, da ...«

Als ich am selben Sonntagmorgen nach unten ging, um mir meinen Kaffee zu machen – Julius der Hund streunte schon durch Belleville –, kam mir der Haushaltswarenladen öder vor als das Hochplateau des Vercors'. Es war eine Ödnis vergleichbar jener, die das Leben hinterlässt, wenn es vorübergezogen ist. Nicht, dass ich damit gerechnet hätte, noch Jérémys Fluchen, Thérèses Vorwürfe und Verduns Geschrei zu hören, oder dass ich Claras Lächeln oder Le Petits schon morgens über seine Zeichnungen gebeugten Rücken gesucht hätte, aber trotzdem hatte es all dies gegeben, das jetzt nicht mehr da war. Vorbei auch das Herumgejage von Maracuja und Monsieur Malaussène, ihre Kinderspiele, ihr Jugendgezänk, die versöhnliche Stimme von C'Est Un Ange und die kindlichen Rippenstöße von Mosma:

»Salut, alter Schwede, hat Er wohl geruht?«

Leerer Haushaltswarenladen. Die Stille der Häuser ist von dem erfüllt, was man darin gehört hat.

Natürlich war es nicht das erste Mal, dass ich hier erwachte ohne eine Seele um mich herum, aber nie zuvor hatte ich die Wirkung der Einsamkeit derart gespürt. Dem Haushaltswarenladen fehlte mehr als nur unser vergangenes Leben, es war eine Abwesenheit, mit der ein beachtliches Stück herausgeschnitten wurde.

Maman war nicht da.

Keine Maman.

Weiß Gott, Maman hatte während unseres Lebens nicht gerade durch Anwesenheit geglänzt, aber diesmal ließ der Grund ihrer Abwesenheit deren Tiefe spüren. Ein Grund, von dem unser Stamm nur den Vornamen kannte:

Paul.

Paul ...

Ein gewisser Paul ...

Die jüngste Liebe unserer Mutter.

Gott weiß wo getroffen, lange nach dem Ende nachkommenerzeugender Spiele. Eine garantiert nachwuchslose Liebe. Immerhin. Aber trotzdem Knall auf Fall:

»Weißt du, mein Großer, die Jungen irren sich: Besser, man rennt auf den letzten hundert Metern als auf den ersten!«

Gesagt eines vertraulichen Abends unter uns zweien.

»Wahrscheinlich hast du recht, meine kleine Mutter, den Satz werde ich den Kindern zitieren, vielleicht machen sie dann ein bisschen langsamer.«

»Du warst ein guter Sohn, Benjamin.«

»Du warst keine schlechte Mutter, Maman.«

»Es sind solche Antworten, die aus dir einen guten Sohn machen, Benjamin.«

Und verschwunden war Maman an Pauls Arm. Ab und an ein Telefonanruf, weil ihr einfiel, dass sie Mutter und Großmutter war:

»Paul und ich sind in Barranquilla!«

Was stellten sie in Kolumbien an, dem Land der ungesühnten Morde?

Was stellte sie mit Paul an?

Und allgemeiner, was stellte Maman mit Maman an?

Dann, Ende Juni, kurz vor unserem Aufbruch in den Vercors, ein Anruf aus einer ganz anderen Ecke.

»Monsieur Benjamin Malaussène?«

»Ja, das bin ich.«

»Hier ist das PflAHM von Beaujeron-sur-Meuse.«

»Das Pflamm?«

»Pflegeheim für alte und hilfsbedürftige Menschen ...«

»Ja?«

»Ihre Mutter würde Sie gerne sprechen, Monsieur.«

»Meine Mutter?«

»Ihre Mutter, Monsieur, die, wie Sie wissen, seit fünf Monaten eine unserer Bewohnerinnen ist.«

Wie ich wusste? Die anklägerische Ironie in dieser Stimme! Subtext: Und sagen Sie mir nicht, Sie hätten davon nichts gewusst! Wenn Sie Ihre Mutter schon nicht besuchen, dann setzen Sie Ihrer Sohnesundankbarkeit nicht noch eine Lüge auf. Im Übrigen sind Sie nicht der Einzige von dieser Sorte, aber die anderen versuchen wenigstens nicht, sich mit einer Lüge herauszureden, sie liefern ihre Alten hier ab im Namen des Lebens, das weitergeht, wie, ist ihnen egal, und das zeigen sie offen; in gewisser Weise ziehe ich den Zynismus dieser Bastarde der Heuchelei derer vor, die, wie Sie, mir mit ihren Antworten weismachen wollen, sie würden aus allen Wolken fallen.

Tatsächlich lag all das in dem Ton des »wie Sie wissen«. Unnötig also einzuwenden, dass ich nichts gewusst hatte.

»Geben Sie mir meine Mutter.«

»Wie gehts, mein Großer?«

»Es geht, Maman, es geht. Und du? Wo bist du?«

»Hat es dir die Kleine vom Empfang nicht gesagt? Im PflAHM von Beaujeron.«

»Beaujeron?«

»Ja, Paul stammt aus Beaujeron. Und als es bei ihm wirklich nachließ, haben wir uns hier angemeldet. Zum Glück waren gleich zwei Plätze frei, und ich konnte mit ihm einziehen.«

»Maman, du sagst mir gerade, dass du auch in diesem ... diesem ... Pflegeheim, dass du auch da wohnst?«

»Selbstverständlich! Der Platz einer Ehefrau ist an der Seite ihres Mannes.«

So erfuhr ich von der Heirat unserer Mutter. Verheiratet! Unsere Mutter! Zum ersten und einzigen Mal! In der Schlusskurve ihres Lebens! Mit diesem Paul! Von dem ich nicht einmal den Nachnamen wusste. Warum hatte sie es uns nicht gesagt?

»Ach, ich wollte euch damit nicht belästigen! Ihr habt genug um die Ohren!«

Und als ich sie schließlich nach dem Grund ihres Anrufes fragte, sagte sie in vergnügtem Ton:

»Nur so, ohne bestimmten Grund, um zu hören, wie es euch geht. Geht es?«

23

»Jetzt sagt uns genau, wie alles gelaufen ist. Lasst nichts aus.«

Titus und Verdun nehmen Mara, Sept und Mosma ins Gebet, die im Schlafsaal des Kinderheims nebeneinander auf einem Bett sitzen, Titus und Verdun ihnen vis-à-vis auf dem gegenüberstehenden Bett. Wie in der Ferienkolonie, denkt Titus kurz. Zwei Betreuer, die drei Gören nach irgendeiner Dummheit in die Mangel nehmen ... Mein Gott ...

»Na los.«

»Wir wollten ...«

»Eure Gründe sind uns egal. Sagt uns, was ihr gemacht habt, wie ihr vorgegangen seid, von Anfang bis Ende, und lasst nichts aus. Auch nicht die geringste Kleinigkeit.«

Tatsächlich sehen sie jetzt aus wie drei Kinder. Mara blass und mit geschwollenen Augen, die beiden Jungs wie zusammengeschnurrt, als habe eine brüske Erkenntnis sie in die Pubertät zurückgeworfen. Das Kind, das sich zum ersten Mal der Schwere der Dinge bewusst wird.

»Die Entführung als solche«, schlägt Verdun vor. »Erzählt uns die zuerst.«

Tuc dachte seit Langem daran, für sein großes Kunstprojekt seinen Vater zu kidnappen ...

»Das ist uns egal!«, knurrt Titus erneut. »Die Entführung, haben wir gesagt. Nur die Entführung. Die Fakten. Verschont uns mit blödsinnigen Rechtfertigungen. Wie habt ihr es *gemacht*?«

Sie hatten diesen Tag und diese Stunde gewählt, weil Lapietà seinem Sohn seit Wochen mit seiner Verabredung zwecks Scheckübergabe in den Ohren lag. Er hatte Tuc gebeten, ihm eine Angelrute und ein lächerliches Aftershave zu besorgen, ihm sein Auto zu leihen und dergleichen mehr. Somit standen Stunde und Ort fest. Obendrein war der Ort für eine solche Operation höchst geeignet wegen der Enge und der vergleichsweisen Stille der Straße. Sie wussten nicht, wie Lapietà fahren würde, aber die Entführung konnte nur in der Rue des Archers stattfinden, durch die er zu dem Treffen jedenfalls musste. Tuc hatte im Clio seinen Laptop versteckt, sodass Sept den Wagen orten konnte. Von Anfang an hatten sie Lapietà am Bildschirm verfolgt. Und sobald er die Ecke Rue de Chazieux/Rue des Trois-Fils passiert hatte, blockierten sie die Straße mit dem LKW.

»Mit dem LKW? Welcher LKW?«

»Damit haben wir ihn entführt. Wir haben den Clio in einen LKW verladen.«

»Was für ein Typ von LKW?«

Ein Tournee-Laster. So ein Ding, mit dem die Rockgruppen ihre Materialmassen transportieren. Ein Truck mit Winde und Rampe. Der hatte den Clio schlicht und einfach verschluckt.

»Lapietà hat nicht reagiert?«

Mara hatte ihn zuvor abgelenkt, indem sie seine Windschutzscheibe putzte. Sie zeigte ein bisschen Dekolleté. Während sie Lapietà mit dem Schaum die Sicht nahm und er auf die erste Schaberschneise wartete, hatte Mosma durch einen Schlitz unten an der Karosserie Lachgas ins Innere injiziert, ausreichend, um einen Ochsen einzuschläfern, und Sept hatte die Winde am Chassis befestigt. Außerdem hatten sie die Türen von außen verriegelt. Auch eine Tüftelei von Sept.

»Was hat Tuc derweil gemacht?«

Er war nicht vor Ort.

»Wo war er?«

Tuc war in der Uni. Irgendwas wegen seiner Einschreibung regeln, lässt sich überprüfen.

»Was für eine Marke, der LKW? Woher hattet ihr ihn?«

Ein DAF, ein Elftonner mit einem Laderaum von dreißig Kubikmetern, gemietet bei Peter Bernhard, einer österreichischen Firma mit französischer Niederlassung in Colmar.

»Wie seid ihr auf die gekommen, nach welchen Kriterien?«

Nach emotionalen, wegen dem Namen: Bernhard, Tuc schwört nur auf Thomas Bernhard, er …

»Das ist uns egal. Keine anderen Kriterien?«

Doch, Gewohnheit. Tuc hat immer einen Bernhard-Laster genommen, wenn er tourte. Das war einer seiner Jobs, den Truck für Musiker fahren, ihre Flightcases wuchten. Tuc sieht nicht danach aus, so hager wie er ist, aber er ist stark, er …

»Das ist uns egal. Was hat er mit den Musikern gemacht?«

Nichts Illegales, Tuc hat ein paar Jahre als Roadie gejobbt, er wollte unabhängig sein von seinem Vater. Mit dem Rumkarren von Material für Bands hat er sich vor dem gastronomischen Lieferservice eine Zeit lang sein eigenes Bares verdient. Die Trucks fuhr er immer zusammen mit demselben Kumpel, er …

»Es gab einen zweiten Fahrer? Am Tag der Entführung hattet ihr einen zweiten Fahrer?«

Nicht bei der Entführung als solcher, aber um den Truck nach

Paris zu bringen und dann wieder zurück nach Colmar. Der Fahrer war an der Entführung nicht beteiligt, auch übrigens nicht an der Einrichtung des Studios. Tuc und Mosma haben einen LKW-Führerschein, in Paris sind sie gefahren.

»Der Name des Fahrers.«

»Freddy.«

»Freddy, und weiter, Freddy wie?«

»Nur Freddy.«

»Und den LKW habt ihr unter welchem Namen gemietet?«

Sie hatten ihn unter dem Namen von Alice gemietet, der OMNI-Spielerin. Ah ja, die Musikerin mit der fliegenden Untertasse, in die Titus sich verliebt hatte. Titus wusste, wer sie war, das schon, er hatte ihre Musik gehört, doch, aber warum unter dem Namen dieser Alice? Weil sie ihr Moullet-OMNI transportieren musste, also, neben dem OMNI auch noch Verstärker von einigen Kubikmetern. So war der offizielle – und überprüfbare – Grund für das Mieten des LKWs der Transport des OMNI.

»Ist sie eingeweiht, diese Alice, was Lapietà betrifft?«

Natürlich nicht, niemand war eingeweiht. Nachdem sie ihr Equipment ausgeladen hatte, überließ Alice den Laster Tuc, damit er den Kram von ihnen, welchen genau hat sie auch nicht gewusst, ins Studio schaffen konnte, mehr nicht. Außerdem gab es noch eine Rockgruppe, die den LKW benutzt hat. Die Wekanobu.

»Wekanobu?«

»Weder Kalaschnikow noch Bulle.«

»Und die Rechnung ist letzten Endes auf welchen Namen ausgestellt?«

Die Rechnung war auf Alices Namen ausgestellt, aber Tuc hat ihr die Hälfte bar gegeben, weil er ein korrekter Typ ist. Er ist eine echt ehrliche Haut, Tuc, sein Vater ist, wie er ist, aber Tuc …

»Das ist uns egal. Und das Auto? Der Clio? Was ist mit dem?«

Das ewige Perlenauffädeln, Titus macht die Befragung, und Verdun, zur Festplatte mutiert, hält das kleinste Detail fest bis zum Jüngsten Gericht.

»Haben wir in einer Parkbox versteckt.«

»In einer Box, welche Box, welches Parkhaus?«

Das in der Rue de Charenton, die Box war geliehen von einem Kumpel unter dem Vorwand, dass Tuc nicht weiß, wohin mit seiner Karre den Sommer über.

»Eure Namen tauchen also nirgendwo auf? Auf keinem Papier? Weder eure Namen noch der von Tuc?«

An dieser Stelle ein Zögern ... Die drei Kidnapper schauen sich an. Etwas ist zu sagen, das verschwiegen werden sollte. Sie fragen sich, wer es sagen wird. Sie würden es sich gern ersparen, aber niemand hat je etwas verschweigen können unter dem Blick von Verdun. Schließlich nimmt es Mosma auf sich. Er erklärt, dass sie von ihren Papieren her nicht in Frankreich waren, sondern anderswo. Anderswo? Das heißt? Na, Mara auf Sumatra, Sept in Mali und Mosma im Nordosten Brasiliens.

Titus, übellaunig, will Klartext.

»Welchen Schwachsinn habt ihr noch angestellt?«

Also, na ja, wegen dem Alibi hatten sie ihre Reisepässe drei Freunden gegeben, die an ihrer Stelle bei den von ihnen kontaktierten NGOs gearbeitet haben. Falls es Probleme geben sollte, würden so die Flugtickets und Verträge beweisen, dass sie zum Zeitpunkt der Entführung nicht in Paris waren, sondern am anderen Ende der Welt, wie es im Übrigen ja ihre Familie und Bekannten geglaubt hatten. Ursprünglich eine Idee von Tuc, der Maracuja nicht hatte mit reinziehen wollen, falls etwas schieflief. Sept hatte das mit den Pässen gedeichselt, er hat ...

Aber da geht die Tür zum Schlafsaal auf.

Gervaise, das basse Erstaunen, steht in der Tür.

»Kommt euch das ansehen, schnell!«

Die Kerngruppe des Familienstammes sitzt seit einer halben Stunde in Gervaises Büro. Clara, Thérèse, Louna, Jérémy, Le Petit, Ludovic, Hadouch und Théo. Jemand hat sie zusammengetrommelt. Diejenigen, die nicht auf dem Laufenden waren, sollten informiert werden. Wir haben euch etwas zu sagen: Lapietà, den haben die Kinder entführt.

Die Kinder?

Unsere, Mara, Sept und Mosma.

Nein?

Doch.

Aber sie waren doch bei diesen NGOs.

Sie waren hier.

Könnt ihr euch vorstellen, was das heißt?

Alle stellen es sich vor.

Könnt ihr euch Verduns Situation ausmalen?

Alle malen sich Verduns Situation aus.

Dann wurde der Rest erzählt: die letzte Nacht, die Schießerei im Untergrund von La Défense, die zweite Entführung ...

LE PETIT: Verdammte Scheiße!

JÉRÉMY: Gabs Zeugen bei der Schießerei?

GERVAISE: Anscheinend nicht, Titus und Manin zufolge nicht, es ging alles sehr schnell, in einer Art Abzweig, nicht wirklich ein Durchgangsort, eher so was wie ein Parkplatz, fast eine Sackgasse.

So der Verlauf des Gesprächs, bis Théo fragt:

»Und der Scheck des goldenen Handschlags, das Lösegeld, ist es dem Abt heute Morgen auf dem Vorplatz von Notre-Dame übergeben worden?«

»Weiß nicht.«

»Ich auch nicht.«

»Und du, Hadouch?«

»Ich geh nicht grade jeden Sonntag in die Messe.«

»Was sagen die Nachrichten dazu?«

Die Frage wurde Punkt 13 Uhr gestellt, also Fernseher. Das Thema ist der Aufmacher. Die versammelte Runde hört das kategorische Nein des Abbé Courson de Loir. Jemand sagt: Gar nicht so verkehrt, dieser Pope. Und ein hübscher Bursche, ergänzt Théo. Man will schon ausschalten, da kommt plötzlich Benjamins Kopf ins Bild, Vollporträt über die ganze Mattscheibe! Benjamin, der ruhig erklärt, dass ihm die Familien der Geiselnehmer leidtun.

An dem Punkt holt Gervaise im Dauerlauf Verdun und Titus.

»Was sagt er?«, fragt Titus, als er Benjamin im Fernseher sieht.

Benjamin hält eine Lobrede auf die Entführer. Er sagt, er ziehe das, was in den Köpfen dieser jungen Leute vorgehe, dem vor, was in unseren Politiker- und allgemeiner den Köpfen von Erwachsenen steckt.

Bis die Nachrichten schließlich zu anderem übergehen.

Abgang Benjamin.

Das wärs.

Ausknopf.

Schweigen.

Ein ziemlich langes.

C'Est Un Ange ergreift als Erster das Wort. Er murmelt konsterniert:

»Er darf nicht erfahren, dass wir das waren, der Ärmste.«

Thérèse findet dafür eine Rechtfertigung à la Thérèse:

»Vollkommen einverstanden, er hat in seiner Jugend schon genug abgekriegt.«

Monsieur Malaussène pflichtet ihr bei.

»Und außerdem hat er eh schon genug Trouble mit seinen WeWes!«

Maracuja, die Fäuste geballt, ganz in sich verschlossen, sagt abschließend:

»Wenn er etwas erfährt, bring ich mich um.«

Am Ende eines Kapitels bleiben oftmals Schnipsel übrig. Zum Beispiel dieser Satz des ehemaligen Commissaire divisionnaire Coudrier am anderen Ende Frankreichs, der zur selben Stunde dieselben Nachrichten kommentiert:

»Kein Zweifel, meine liebe Julie, Ihr Malaussène ist ein Fall; sollte er nach diesen Äußerungen nicht auf die eine oder andere Weise in den Fall Lapietà hineingezogen werden, dann haben sich mein Schwiegersohn und die französische Polizei seit meinem Renteneintritt sehr verändert.«

Selbiger Schwiegersohn hat sich gerade mit anderem herumzuschlagen. Sein Minister nimmt ihn am Telefon in die Zange:

»Nur eine Frage, Legendre, und eine Antwort bitte: Warum haben Sie mich, was die Übergabe des Lösegelds an den Abt betrifft, nicht darüber informiert, dass er sich weigern würde?«

»...«

»Ich warte, Legendre.«

Oder Maracujas gegrummelte Bemerkung, als Titus ihr die Löcher – zwei – in seinem Kaschmirmantel zeigt, den Gervaise ihm zurückgegeben hat:

»Ja und? Hättst mir halt nicht beibringen solln zu schießen!«

VII FERIENENDE

»Ich muss das Malaussène
erzählen, falls ich
dran denke, das ist die
Art von Schwachsinn,
die ihn amüsiert.«

ALCESTE

24

Dieselbe Szene wie zwei Tage zuvor, aber morgens und rückwärts-
laufend. Verdun sitzt vor ihrem Toilettentisch und stellt Maurerkelle um Maurerkelle wieder das Gesicht der Richterin Talvern
her, im Spiegel hinter ihr Titus:

»Was wirst du machen?«

»Was soll ich machen? Ich werde mit dem Gerichtspräsiden-
ten einen Termin vereinbaren und meinen Rücktritt einreichen.«

»Unter welchem Vorwand?«

»Burnout, Capitaine. Schau mich an, sehe ich nicht kaputt aus?«

Verdun wendet Titus das erst halb wiederhergestellte Gesicht
der Richterin Talvern zu. Titus, von plötzlicher Einsamkeit über-
mannt, krampft sich das Herz zusammen, als hätte er eine Tote
ausgegraben.

»Siehst du ... Vollkommen erschöpft«, schloss sie und ging wieder an ihr Werk.

Ungefähr zum selben Zeitpunkt erhält das persönliche Sekretariat
des Justizministers einen anonymen Anruf. Eine Männerstimme
erteilt dem abhebenden Beamten den Befehl, ein schwarzleine-

nes Heft aus dem Abfalleimer der Kantine zu fischen, das dort eine anonyme Hand hinterlegt hat – »In der Ministeriumskantine, klaro, weißt doch, wo die ist, oder, du Eumel?« –, und das Heft nicht aufzuschlagen, falls besagter Beamter Wert auf sein Leben legt, es fix dem Minister zu bringen, falls der an seinem Posten klebt. Gesagt, getan, gelesen. Sobald die Justiz ihre Fassungslosigkeit halbwegs im Griff hat, schlägt sie das Heft zu, lässt ihrem Herz Zeit, wieder einen überlebensfähigen Rhythmus zu finden, greift zum Telefon und ruft das Innere an. Pierre, komm schnell, wir haben einen gigantischen Batzen Scheiße an der Backe! Wir? Wir, du, ich, der Premierminister, der Präsident, die Regierung, unser ganzes Milieu, sag ich dir, und darüber hinaus! Wenn wir nicht sofort reagieren, erleben wir mehr als das Unvorstellbare, sag ich dir, komm schnell, bevor die Sache publik wird, komm schnell und allein!«

Die Justiz hat noch nicht aufgelegt, da ist das Innere schon da.

»Was ist los?«

»Lies selber.«

Das Innere vertieft sich seinerseits in das schwarzleinene Heft ...

»Gütiger Gott, das ist nicht wahr ...«

»Eben doch, es ist alles wahr.«

Die Richterin Talvern verlässt die Métro, steigt die Stufen zum Justizpalast hinauf, erduldet die Gutentaghöflichkeit – Guten Tag Frau Richterin –, sie antwortet mit kurzem Kopfnicken, sie weiß, welche Blicke getauscht werden, sobald sie die Grüßenden im Rücken hat, Spottaugen auf ihren Sandalen, ihren Söckchen, ihrem Kilt, Ellbogenstöße, komplizisches Grinsen, ängstliche und leicht zu manipulierende Witzeleien, die sich, drehte sie sich um, in subalterne Katzbuckeleien verwandeln würden, sie weiß all das, sie hat es ja bewusst darauf angelegt, aber auf Dauer laugt das aus. Also, Rücktritt, ja. Bäckerin, warum eigentlich nicht? Bäckerin neben ihrem Bäcker ... Diese Fabrik zur Erzeugung von Plädoyers eintauschen gegen eine Bäckerei, wo im Lauf eines Tages keine drei Worte Bretonisch gewechselt werden ... Was sagst du dazu, karedig? Ludovic würde natürlich sagen, dass er einverstanden ist, dass er längst damit gerechnet hat, dass er das auch erlebt hat, diese Erschöpfung, ihr um fünfzehn Jahre älterer Ludovic Talvern, ihr einstiger Prof in Sportrecht, Ludovic, konvertiert vom Strafvollzugsrichter zum Bäckereihandwerker, denn die Justiz ... auch wenn er ein Koloss ist ... im tiefsten Grunde ... Aber Ludovic ist keiner von der gesprächigen Sorte ... Er hat seine Motive immer für sich behalten. Bäcker, und Schluss. Und diplomierter Spezialist für Waisenkinder. Ihr Entschluss steht, Bäckerin auch sie, bouloñjerien.

Rücktritt.

Die Richterin Talvern macht die Tür ihres Büros hinter sich zu, sie kramt in ihrem Gedächtnis nach der Nummer des obersten Richters, ihrem absoluten Chef, streckt die Hand nach dem Telefon aus ...

Das läutet.

Und siehe da, es ist passenderweise er. Albin de Souzac, Präsident des Obersten Gerichtshofs, am anderen Ende der Leitung und der Hierarchie. Er bittet sie zu kommen, »alles stehen und liegen zu lassen«, was sich gut trifft, denn dies Alles wird jemand anders übernehmen müssen. Nicht zu mir ins Büro, ins Ministerium. (Oh!?)

»Ich bin schon dort, wir warten auf Sie, wir haben Ihnen einen Wagen und zwei Begleitgendarmen geschickt.«

Tatsächlich blaulichtet im Hof des Palasts die übliche Staatskarosse mitsamt den zwei dazugehörigen Motorradgendarmen. Wir warten auf Sie? Wie viele Personen stecken hinter diesem »wir«? Na, ich werds sehen ...

»Was machen wir?«, hatte das Innere gefragt.

»Wir bestellen unsere Leute ein, ziehen die Zügel straffer, verhalten uns so diskret und effektiv wie möglich«, hatte die Justiz geantwortet. »Kennst du die Richterin Talvern?«

»Vom Hörensagen ja, anscheinend eine ziemlich hässliche Person.«

»Weit schlimmer, aber niemand kennt Lapietà besser als sie. Außerdem schweigt sie wie ein Grab.«

Einbestellung also. Von Talvern sowie Souzac, dem Präsidenten des Obersten Gerichtshofs, und von Souzier, dem Generalstaatsanwalt – damit sich Richterschaft und Staatsanwaltschaft nicht zerfleischen über diesem Fall!

»Vielleicht noch Legendre, oder?«

»Müssen wir wohl oder übel, obschon er ein ausgemachter Dummkopf ist, dein Legendre! Er hätte sich wenigstens der Mitarbeit des Abts mal versichern können!«

Die Richterin Talvern sinniert im Fond des Citroën vor sich hin, ohne einen Gedanken daran, was sie bei ihrer Ankunft erwarten mag. Ja es ist das erste Mal in ihrem beruflichen Dasein, dass sie zu Souzac fährt, ohne drei, vier Dossiers zu rekapitulieren.

Also wirklich, diese Kids ... die Neffen, die Nichte ... Wäre ihr ohne die drei je eingefallen, den Dienst zu quittieren? Nein, ganz sicher nicht, eine legendäre alte Richterin wäre sie geworden. Was sie bereits ist, legendär und alt, trotz ihrer Jugend. Was liebt sie eigentlich so an ihrem Beruf? Antwort: Das Recht. Sie liebt das

Recht, diese Sedimentierung der gesellschaftlichen Vernunft. Die Strenge des Rechts. Das Gesetz. Diese auf das Formlose, Schwankende, Impulsive, Schludrige, Gierige, Kriegerische, Hinterlistige, zu Rigide oder zu Verwickelte, kurz, diese auf das Menschliche angewandte Mathematik. Ein bewaffneter Überfall mit Plastikrevolver bleibt ein bewaffneter Überfall, ja, Monsieur! Das liebt sie am Recht. Das Recht ist ihr Tresor, in den sie ihr Ungestüm eingeschlossen hat. Jeden Morgen löst sie beim Betreten dieses Tresors eine kalte Dusche aus, die ihr bis zum Abend einen kühlen Kopf verleiht. Das mag sie. Den klaren Verstand. Genau das verkörpert das Recht. Und noch dies: Niemand ist *von Natur aus* Richter. Das Richtersein ist eine Rolle. Deshalb ihre Rüstung.

Ihre Leidenschaft für das Recht geht auf ihre frühesten Jahre zurück. Die Richterin Talvern hat das Recht an den trockenen Brustnippeln von Inspektor Van Thian, ihrem Ammenvater, gesaugt. Thian war der bewaffnete Arm des Gesetzes. (Es hilft, wenn das Recht von der Ballistik sekundiert wird.) Manchmal erinnert sie sich genau an den alten Thian. Meistens nicht, überhaupt nicht, aber manchmal eben doch, dann sehr genau, als schaukele sie noch an seiner knochigen Brust, als spüre sie an den Schenkeln und Achseln noch die Riemen des Koppels, in dem er sie trug, und, nah am Herzen, die Wölbung des Holsters. Ja, und in der Nase diese Mischung aus Merlot-Traube und Orangenblütenwasser ...

So sinniert die Richterin in dem Citroën mit den getönten Scheiben (dieses moderne Bedürfnis, sich zu zeigen, ohne gesehen zu werden ...), während die Motorradgendarmen ihr mit den Trillerpfeifen rabiat den Weg freiräumen. Plötzlich diese Frage: Welchen Typus von Jurist hätte wohl Benjamin abgegeben? Interessant doch, ja. Antwort: einen verheerenden. Er hätte Recht,

Justiz, Moral und Gefühl vermengt. Er hätte für alle gelitten – was ihn kaum verändert hätte. Also wirklich, seine Äußerung im Fernsehen über das ausgeprägte soziale Gewissen der Entführer! Also nein ... Und Maman in ihrem PflAHM ... Verheiratet ... Mit diesem ... Paul ... Wie hieß das Kaff noch? Beaujeron-sur-Meuse. C'Est Un Ange war sie besuchen gefahren am Tag nach ihrem Anruf Ende Juni. Maman hatte ihn geherzt und geküsst und Pastor genannt. Sie hatte zu Paul gesagt: Ist er nicht süß, mein kleiner Pastor?

Sept war völlig durcheinander zurückgekommen.

»Großmutter driftet genauso ab wie ihr Paul, sie hat mich für jemand anders gehalten.«

Julie hatte ihn eines Besseren belehrt:

»Keineswegs, das war ein Vergleich.«

Worauf sie C'Est Un Ange die Geschichte von Pastor erzählt hatte, von der Freundschaft des alten Thian mit Inspektor Pastor und der überzeugensstarken Sanftheit Pastors, seiner sehr persönlichen Verhörtechnik, und von der kinderlosen Liebe Mamans und des Inspektors, von Venedig und so weiter ... Hast du *Wenn alte Damen schießen* nicht gelesen, Sept?

Tatsächlich kann einen C'Est Un Ange an Pastor erinnern. Die Augen. Der Blick sogar. Auch die Stimme. Sept hat den versonnenen Blick und die tröstliche Stimme von Pastor. Eine gewisse Rätselhaftigkeit. Wie der selige Inspektor Pastor gehört Sept zu dieser Art Engel, bei denen man sich fragt, wozu sie alles fähig sind ...

BENJAMIN: Und Paul? Wie sieht er aus, Mamans alter Paul?

SEPT: Wie ein tätowierter Alzheimer. Ich hätte euch gern Fotos mitgebracht, aber er hasst Fotos.

Meine Mutter ... dieser Paul ... mein Bruder Benjamin und sein verheerendes Mitgefühl ... meine Neffen, die Lapietà *für eine*

Kunstinstallation entführen! Meine Familie ... Ihre Manie, zu überraschen. Das Ergebnis: meine Leidenschaft für das Recht.

Meine Rüstung.

Ihre Rüstung ...

Die sie nun ablegen muss.

Das ist ihre Schlussfolgerung genau in der Sekunde, als der Citroën im Hof des Ministeriums hält. Ein Livrierter öffnet ihr lautlos den Wagenschlag:

»Frau Richterin.«

Schon jetzt stecken hinter dem »wir« drei Personen: Legendre, der Direktor der aktiven Dienste (Titus' und Silistris Faultier), sehr einsam in seinem Seidenanzug, dann ihr eigener Chef Albin de Souzac, eine singuläre Erscheinung unter den urteilsprechenden Richtern, sowie der Generalstaatsanwalt Souzier. Souzac und Souzier, jawohl. Obwohl die beiden sich im Allgemeinen nicht grün sind.

»Frau Richterin.«

»Herr Direktor.«

»Frau Richterin.«

»Herr Generalstaatsanwalt.«

»Frau Richterin.«

»Herr Präsident.«

»Sie erlauben, Souzier?«

Souzac nimmt sich heraus, was Souzier erlaubt, nämlich seine Hand unter den Ellbogen der Richterin Talvern zu schieben und sie sanft hinüber zu einem Fenster zu ziehen:

»Ein kurzes Wort, bevor es ernst wird, Talvern. Das Thema steht hier nicht zur Debatte, aber trotzdem, dieses in Ihrem Büro ausgekratzte Auge ... Der Gendarm war wirklich eine Null! Das muss sanktioniert werden, Talvern, sanktioniert, dieser Mann muss fliegen! Ich zähle auf Sie. Ich brauche einen Bericht. Denn das Blenden von Leuten wie ... Gut, gehen wir, ich glaube, die anderen ...«

Unterdessen tuschelt Souzier Legendre ins Ohr:

»Sagen Sie, Legendre, einem Unternehmenschef den Revolver an die Schläfe setzen, um Lohnverhandlungen zu regeln, ist das eine neue Methode Ihrer Dienste? Haben Sie in der Richtung Weisungen erteilt?«

Und Souzac abschließend, als hätte er beinah vergessen, davon zu sprechen:

»Ach, Talvern, übrigens, der Geblendete, ehm, Ihr Beschuldigter, besagter Balestro, er hat sich heute Nacht in seiner Zelle erhängt.«

(Wie bitte?)

»Natürlich weiß Legendre davon noch nichts ... Gut, jetzt müssen wir aber ...«

»War er in der Zelle allein?«

»Nein, sie waren zu fünft. Die andern vier haben ihn am Morgen so gefunden, mit einem Kompressionsstrumpf am Bettpfosten erhängt. Gehen wir, liebe Freundin, der Vorhang hebt sich.«

Tatsächlich ist die Doppeltür aufgegangen, und ein Amtsdiener bittet sie herein, wenn Sie so freundlich wären, der Herr Minister erwartet Sie.

Nicht allein.

Ein weiterer Minister ist da, der des Inneren. Justiz und Inneres. Kein Kabinettsleiter, auch kein Sekretär oder Berater. Krisensitzung. Strenge Vertraulichkeit.

Die Gerichtsbarkeit und der aktive Dienst treten in das Büro des Ministers und mittenhinein in das Ende eines Gesprächs.

JUSTIZ: Nochmals, Pierre, dein Legendre ist ein ausgemachter Vollidiot. Sich nicht der Mitarbeit des Abts zu versichern! Damit hat er uns mächtig in die Scheiße geritten.

INNERES: Ich habe dir doch gesagt, er wusste nicht, dass der Abt sich weigern würde!

JUSTIZ: Seit wann ist Nichtwissen eine Entschuldigung für einen Polizisten? Insbesondere auf dieser Verantwortungsebene!

INNERES: Hättest du ihn vielleicht an der Kandare gehalten, diesen Popen? Hättest du ihn an der Kandare gehalten?

JUSTIZ: Bei dem Preis ja, das kannst du mir glauben!

Das hören die Neuankömmlinge (inklusive Legendre), ehe die Minister sie bemerken.

»Ah! Guten Tag, Frau Richterin.«

»Herr Minister ...«

»Souzac, Souzier, Legendre ...«

»Herr Minister ...«

»Setzen Sie sich doch.«

Als sie sitzen, wird ihnen angekündigt, dass man ihnen ankündigen werde, weshalb man sie einbestellt hat.

Die beiden Minister haben sich beraten, ehe ...

JUSTIZ: Ehe wir hier solch antagonistische Parteien wie Richterschaft und Staatsanwaltschaft zusammengerufen haben.

INNERES: Sie werden uns zustimmen, dass es nicht eigentlich Usus ist ...

JUSTIZ: Aber der Ernst der Angelegenheit verlangt eine perfekte Synergie unserer Ermittlungsbehörden.

INNERES: Alle unsere Dienste müssen bei diesem Fall Hand in Hand arbeiten.

JUSTIZ (*auf das schwarze Heft zeigend*): Anders gesagt, meine Herren, unterlassen Sie es bei der Bearbeitung des Falls, auf den wir gleich zu sprechen kommen, sich gegenseitig in den Arm zu fallen. Habe ich mich verständlich ausgedrückt, Souzier?

»Vollkommen, Herr Minister.«

»Souzac?«

»Ich habe Sie verstanden, Herr Minister.«

»Legendre?«

»Alles klar, Herr Minister.«

Ein sich hinziehendes Entrée, denkt die Richterin Talvern, die Hausherrin fragt sich, ob ihr Braten schon durch ist. Dauert ein bisschen zu lang, um einen Rücktritt einzureichen. Ohnehin gehöre ich nicht mehr dazu. Folglich ist meine Gegenwart überflüssig, ja unangebracht. Mit einer Bäckerin spricht man nicht über Justizangelegenheiten.

Sie hebt den Finger, um dies zu sagen.

»Herr Minister ...«

Aber an diesem Morgen ist die Justiz wortabschneidend:

»Einen Augenblick bitte noch, Frau Richterin!«

Und plötzlich wagen die beiden Minister den Sprung, sie packen die Angelegenheit mit einem Ruck auf den Tisch, wie man einen Sack Kartoffeln auf die Küchenanrichte wuchtet. Worum es geht:

Die Entführer Georges Lapietàs haben die gestrige Weigerung des Abbé Courson de Loir, auf dem Vorplatz von Notre-Dame den Scheck des goldenen Handschlags entgegenzunehmen, nicht goutiert. Die Bande lässt Lapietà nicht nur nicht frei, sie erhöht auch ihre Forderungen. Was ein Scherz zu sein schien, ist wahrlich keiner mehr.

Die Justiz schlägt das schwarzleinene Heft auf.

Und in der Tat kann man angesichts dessen, was der Minister vorliest, beunruhigt sein.

Es handelt sich um eine endlose Liste von Straftaten, begangen über einen Zeitraum von fünfzehn Jahren. Betrug, Veruntreuung, Bestechung, Steuerhinterziehung, Verletzung von Vertragspflichten und Bankgeheimnissen, Wahlfälschung, Sittlichkeitsvergehen, Macht- und Amtsmissbrauch, Insiderhandel, Drohungen jedweder Art, Erpressung, auch einige Morde ... einige Nachahmersuizide ... Alles mit den Namen der Auftraggeber

und den dazugehörigen Beweisen.

Denn links der Spalte mit den Straftaten stehen die Namen derer, die sie begangen haben: Politiker, Bankdirektoren, Persönlichkeiten aus Mode, Medien, Sport und Beamtenschaft, exponierte Tugendwächter, Geistliche aller Glaubensrichtungen, Vertreter der institutionalisierten Moral, alles unbescholtene Staatsbürger und den Franzosen bestens bekannt, da sie sich an selbige täglich via Presse, Tweets, Blogs oder Fernsehen wenden.

Die Namen enthüllt die Justiz nicht, sie sagt den Versammelten nur, dass sie wirklich und wahrhaftig in dem hier vorliegenden Heft verzeichnet sind,

»keine klanglosen Namen, versichere ich Ihnen«.

Als Nächstes liest sie eine andere Spalte vor, eine, die sich auf die Namen bezieht und die Beträge nennt, welche die Regierung zu zahlen hat, so sie will, dass besagtes Personenregister nicht aus dem Heft in die Presse hinüberwechselt oder, schlimmer noch, sich auf- und davonmacht in den Cyberspace.

»Was eine Katastrophe wäre; die Presse lässt sich notfalls noch zum Schweigen bringen, aber das Netz, das ist wie Wasser, da können wir nichts ...«

Vis-à-vis eines jeden Namens ein Betrag.

Und,

ganz unten,

unter dem Additionsstrich,

eine Summe,

eine astronomische Endsumme.

Pi mal Daumen das Bruttoinlandsprodukt von Belgien.

Genau diesen Betrag fordert die Bande jetzt vom Staat als Gegenleistung für die Freilassung von Georges Lapietà. Nein, definitiv, der Abbé Courson de Loir hätte sich nicht weigern dürfen, den Scheck des goldenen Handschlags einzustecken!

In dem Schweigen, das folgt, versteht als Einzige die Richterin Talvern, was passiert ist: Diejenigen, die Lapietà aus den Händen der Kinder entführt haben, waren gewiss der Ansicht, diese Amateure machten mit ihrer lächerlichen Lösegeldforderung die Preise kaputt:

»Wer sind diese Clowns?«

»So ein Typ wie der ist sehr viel mehr wert!«

»Verdammt, Jungs, wir stöbern diese Deppen auf, beseitigen sie, schnappen uns den Lapietà und werfen ihn zu einem angemessenen Preis wieder auf den Markt.«

Genau das müssen sich die Ganoven gesagt haben. Georges Lapietà ist tausendmal mehr wert als diese Abfindung. Kein Zweiter kann auspacken wie er, er weiß alles über jeden und hat seine Feinde an den Eiern. Eine Geheimnisader aus massivem Gold. Wir quetschen ihn aus, pressen sein Wissen aus ihm heraus – sein *ganzes* Wissen –, dann unterbreiten wir dem Zuständigen die Summe und streichen das Sümmchen ein. Wenn der Staat nicht blechen will, bringen wir die Blütenlese an die Öffentlichkeit. Das wird die Erpressung des Jahrhunderts. Vielleicht des Jahrtausends. Und zwangsläufig erfolgreich! Warum zwangsläufig erfolgreich? Weil die Popularität der Regierung ohnehin schon unter Normalnull ist, und ein Skandal dieser Art sie endgültig absaufen lässt. Den

Kahn kriegen die dann nicht wieder flott. Wir spielen da eine sichere Karte, sag ich euch, Kumpels!

Ebendies erklärt gerade der Innenminister.

INNERES: Das Thema *alle sind korrupt* spielt den extremen Rändern in die Hände, eine derart massive Aushöhlung des Vertrauens unserer Wähler in die Politik können wir nicht riskieren.

Während die Richterin Talvern dem Minister zuhört, hört sie die Ganoven sprechen. Mehr noch, sie sieht sie beinahe auch. In den Adern des Ministers pocht dieselbe Erregtheit wie in denen der Bande. Diesen Wirklichkeitseffekt bei verrücktesten Projekten kennt die Richterin Talvern sehr gut. Es ist die Gewissheit aller Gauner, dass ihr Coup gelingt. Die sind am Arsch, die werden blechen, Jungs, die werden den Schwanz einziehn, die ficken wir, wir haben schon vorab gewonnen!

Die Minister sind hierüber anderer Ansicht, aber in deren Vorgaben sieht die Richterin die gleiche Erregtheit.

INNERES: Natürlich wird nicht gezahlt, kein Cent. Wir werden diese Irren zur Strecke bringen. Wir haben die entsprechenden Mittel und werden sie nutzen. Kein Pardon!

JUSTIZ: Darüber wollten wir Sie unterrichten. Jetzt, drei Dinge: Sie ermitteln auf schnellstem Wege, erstatten sofort Bericht und bewahren absolutes Stillschweigen. Sollte das Geringste durchsickern, hat es für den Verantwortlichen der entsprechenden Dienste dauerhafte persönliche Folgen.

INNERES: Wir haben Sie nicht einbestellt, sondern mobilisiert. Verstanden? Totaler Krieg!

JUSTIZ: Es geht hier um nichts weniger als die Sicherheit des Staates. Sie verlangt ein hundertprozentiges Einvernehmen zwischen Ihren Diensten! Ist das klar?

Die Richterin Talvern spürt, wie die drei anderen Mobilisierten erstarren, als zerrieselten die Louis-XV-Stühle unter ihrem Hintern zu Geschichtsstaub. Sie selbst ist anderswo. Sie ist ganz versunken in eine Frage, die sich ihr stellt: Wie haben die Gauner aus einem so knallharten Typen wie Lapietà die Informationen herausbekommen? Wie haben sie ihn kleingekriegt?

Die Antwort lässt das Blut in den Adern gefrieren: Indem sie vor seinen Augen seinen Sohn gefoltert haben. Sie sind keine Untersuchungsrichter, sie haben die entsprechenden Mittel.

Mit einer solchen Crew wird Maracuja vor ihrer Hochzeit Witwe sein und das Kind, das sie in sich trägt, vor seiner Geburt Waise. Genau wie es seinerzeit Clara und C'Est Un Ange erging! Die Richterin Talvern sieht, dass sich die Geschichte ihrer Familie im Zeichen des Tragischen zu wiederholen droht. Die Monotonie im Entsetzlichen. Das kann ich nicht zulassen. Die Bäckerei muss warten. 180-Grad-Wende. Ihr Rücktrittsentschluss hat sich wie unter einer Bunsenbrennerflamme verflüssigt.

Ebendiesen Moment wählt der Justizminister, der aufsteht, um sich an sie zu wenden.

»Frau Richterin?«

»Herr Minister?«

»Darf ich Ihre Zeit in Anspruch nehmen?«

Sie steht ihrerseits auf und folgt der Justiz in ein angrenzendes Gemach. Aus dem Augenwinkel beobachtet sie, dass das Innere wiederum Legendre in eine Ecke zieht; auch da Weisungen.

Der Generalstaatsanwalt und der Gerichtspräsident warten brav auf ihren Stühlen.

Die Tür des Gemachs geht mit einem Seufzer zu.

»Ich brauche Sie.«

So die ersten Worte des Ministers.

»Könnten Sie einen Blick auf die in diesem Heft enthaltenen Namen werfen?«

Es ist ein altes Rechnungsbuch, wie sie früher in Lebensmittelläden verwendet wurden. Alles darin ist von Hand geschrieben. Von einer alten Hand. Zittrige Schrift, und die Spaltenstriche mit Lineal gezogen. Obendrein violette Tinte. Mit angefeuchtetem Zeigefinger lässt die Richterin einen Buchstaben zerfließen. Alte Tinte, aber frisch. Ein alter Mann hat all diese Namen und Zahlen notiert, von Hand, mit violetter Tinte und ohne seine Schrift zu verstellen. Eine Provokation, sagt sich die Richterin. Fühlt sich ausreichend sicher, um einen deutlichen Anhaltspunkt zu liefern ... Ein alter Gauner, der sich diesen Kampf gegen den Staat zur persönlichen Sache gemacht hat. Diese Hand- ist eine Unterschrift. Erwägungen, die die Richterin für sich behält.

»Bitte lesen Sie die Namen.«

Einen nach dem anderen liest sie alle Namen.

»Damit wir uns richtig verstehen, Frau Richterin«, erklärt der Minister, als sie ihm das Heft zurückgibt, »ich erwarte von Ihnen nicht, dass Sie Ihre Geheimhaltungspflicht verletzen, aber können Sie mir im großen Ganzen das Verhältnis zwischen den Namen hier und denen, die Lapietà Ihnen gegenüber explizit oder implizit genannt hat, sagen?«

»Hundertprozentige Übereinstimmung.«

»Das hatte ich befürchtet.«

Die Justiz senkt ihre Stimme um einen halben Ton; sie betritt Räume der Vertraulichkeit:

»Was die französischen Namen betrifft – halb so wild. Unter uns, ich teile die Meinung meines Kollegen des Innern nicht; die Franzosen verdauen heutzutage alles im Nu, was hochkocht, sie können alles schlucken ... Aber das Ausland ...«

In der Tat hatte die Richterin Talvern auf der Liste den türkischen Botschafter entdeckt, zwei, drei russische Geschäftsleute, einen Monarchen aus der Golfregion, den sehr erlesenen Lord Thackenburry, den Dekan Bostenberger ...

»Sollten diese Namen ans Licht kommen, Frau Richterin, steuern wir auf eine erhebliche diplomatische Krise zu.«

Sie schweigt.

Sie wartet.

Die Justiz ergreift wieder das Wort.

Die Jusitz spricht von »Ihrem funktionstüchtigen Dienst«, die Justiz zählt »Ihre außergewöhnlichen Ergebnisse« auf, die Justiz erwähnt »Ihren scharfen Sinn für die geeigneten Mittel« ... Kurz, die Justiz »gewährt Ihnen freie Hand bei Ihren Ermittlungen« und sichert zu, »Ihnen alle hierfür notwendigen Mittel bereitzustellen«.

Dann,

mit leiser, aber entschiedener Stimme:

»Und lassen Sie sich nicht von Legendre nerven, Talvern, er ist von seltener Inkompetenz.«

25

Auch davon wusste ich nichts. Ich wusste nicht, dass Verdun an ebendem Tag zur obersten Kriegsherrin ernannt worden war, als sie sich für die Bäckerei entschieden hatte, ich wusste nicht, dass Mara verliebt, und noch weniger, dass sie schwanger war, ich kannte diesen Tuc nicht, dessen Namen ich ein- oder zweimal gehört hatte, um ihn sogleich wieder zu vergessen. (Heranwachsendengeheimnisse, der Erwachsene vermeidet hinzuhören und erst recht, Fragen zu stellen … Man geht darüber hinweg, aus Respekt, Respekt muss sein … begleitet, zugegebenermaßen, von einer gewissen Dosis Gleichgültigkeit.)

Kurz, an ebenjenem Morgen nahm ich in aller Arglosigkeit meinen Berufsalltag wieder auf.

»Malaussène, seien Sie so nett und schauen Sie im Hôpital Tenon vorbei, ehe Sie herkommen«, legte die Reine Zabo mir nahe, »Petit Louis hat einen Kratzer abbekommen.«

Petit Louis war unser bester Verlagsvertreter.

»Von wegen Kratzer, Benjamin, ich wär fast abgekratzt, ehrlich!«

Ein Arm in Gips, ein Bein aufgehängt, Eisendraht im Mund, es schnurgelte und schnurpste, wenn er redete.

»Eine Manusch-Bande hat mich in die Koje hier katapultiert, wegen dem Buch von Coriolanus.«

Die Zigeunerorgel, der Roman von Tony Schmider (Coriolanus hatte ihn als große Shakespeare-Leserin die Reine Zabo getauft), handelt vom Bruch des Autors mit seinem verstorbenen Vater. Letzterer, Abkömmling einer alten Manusch-Familie, hatte für den Sohn die Zigeunergeige im Auge, doch dessen Naturell zog ihn zur Orgel, einem erzsesshaften Instrument. Diese strittige Frage genügte, um die beiden Männer zu entzweien. *Die Zigeunerorgel* handelt von diesem Zerwürfnis.

Drei Cousins, die von der Existenz des Buches erfuhren, statteten Coriolanus einen Besuch ab:

»Unsereins kritisiert die Toten nicht. Unsereins spricht nicht mal von ihnen. Von ihnen zu reden ist ein Tabu bei den Manusch, das hast du doch gewusst.«

Weil sie auf den dummen Einfall kamen, zur Unterstützung der Argumente ihre Messer zu zücken, hatte Coriolanus sie an Ort und Stelle zusammengeschlagen. Alle drei. (Coriolanus war der einzige unserer Autoren, den wir ohne Personenschutz ließen. Den brauchte bei ihm sein Gegenüber.)

Prompt hatten sich die Cousins während der Vertreterreise den armen Louis vorgeknöpft.

»Dass ich mich als einer, der in seiner Jugend Bücher geklaut hat, im Krankenhaus wiederfinde, weil ich sie jetzt verkaufe, gib zu, das ist der Gipfel. Soll mir eine Warnung sein, von wegen mir einen ehrlichen Namen machen zu wollen!«

Der Eisendraht hinderte ihn nicht daran zu schimpfen.

»Ich habe ziemlichen Ärger am Hals, Malaussène«, sagt die Reine Zabo zu mir, als ich im Verlag eintreffe. »Coriolanus will unbedingt Petit Louis rächen. Er schnaubt wie ein Stier. Wenn Sie ihn daran hindern könnten, seinen Stamm abzuschlachten, käme mir das entgegen.«

Mit diesen Worten reicht sie mir einen Packen druckfrischer Zeitungsartikel.

»Umso mehr, als das hier ihn nicht gerade besänftigen wird.«

Nach Lektüre des Leseexemplars von *Die Zigeunerorgel* war ein nicht unerheblicher Teil der Kritiker heftig über Coriolanus hergefallen: Verräter des Andenkens an seinen Vater, Verräter seines Stammes, Verräter seiner Sitten und Bräuche, Verräter seiner religiösen Anschauungen, Verräter seiner Identität, Verräter seines Milieus, ein antiromanesischer Rom, der Gipfel des Rassismus, ein grundwiderliches Arschloch, eine Unperson.

Mehr verlangte die Königin nicht:

»Wir werden Unmengen verkaufen, Malaussène! Die Roma sind denen scheißegal, aber in dieser Zeit ohne Glauben und Moral benennt man nur allzu gern einen Schuldigen. Mit Coriolanus haben sie den Dreckskerl der Saison; das Buch wird der Skandal des literarischen Herbstes. Mit zahllosen Debatten. Die Leute werden sich auf das Buch stürzen, um sich ein reines Gewissen zu verschaffen. Starker Umsatz, Benjamin, starker Umsatz!«

Die Königin nannte mich Benjamin nur in gefühlsbetonten Momenten, und Gefühle löste bei ihr nur der Umsatz aus.

Die Auftaktsitzung nach den großen Ferien findet stets in ihrem Büro statt, einer Zelle, wie sie klösterlicher nicht sein kann, gerade Platz genug für sie, unseren Buchhalter Émile Leclercq, meinen Freund Loussa de Casamance, der nicht aufhörte, bei gleichbleibender Form zu altern, und mich. Kaffee und Croissants für uns vier. Meines Wissens ist dies der einzige Tag im Jahr, an dem die Königin ihre Diät durchbricht.

»Gut, wenn Sie den Fall Coriolanus erledigt haben«, fuhr sie fort, »dann wenden Sie sich dem Fall Lorenzaccio zu, da steht uns auch Arbeit bevor, nicht wahr, Émile?«

»Zumindest ein Besuch vom Fiskus«, so dessen Diagnose. »Man greift einen Finanzminister nicht ungestraft an, selbst wenn Sie sein engster Berater sind und er Ihr Onkel ist und Sie im Kindesalter missbraucht hat. Ja, deine Unterstützung könnte mir nützlich sein, Benjamin. Wenn du in der Angelegenheit der Sündenbock sein könntest, käme mir das sehr entgegen.«

Alceste, Coriolanus, Lorenzaccio, Medea ... die Königin gab jedem ihrer Autoren Spitznamen. Sie hatte da ihre Theorie:

»Die Hersteller wahrer Wahrheit sind von Natur aus monolithisch, Malaussène, wie die Götter der Antike oder die großen Gestalten der Literatur. Es sind Charaktere. Lesen Sie den *Menschenfeind* noch einmal, und sagen Sie mir, ob unser Alceste nicht der von Molière ist! Lesen Sie *Coriolanus* noch einmal, und Sie werden sehen, dass Shakespeare der Erfinder von Schmider ist! Schmider ist unser Coriolanus! Und La Masselière, ist sie nicht Medea?«

Nach einer außergewöhnlich brutal verlaufenen Scheidung hatte Amandine de La Masselière, eine unserer Bestsellenden, einen Roman vorgelegt, mit dem sie ihre beiden Söhne auf dem Altar der Literatur opferte. Sie schrieb ihnen alle nur erdenklichen Fehler zu – physische wie moralische –, um auf diese Weise das Porträt des Vaters zu zeichnen, »... *so wie er in seiner angeborenen, ansteckenden Schändlichkeit ist. Er gehört zu jenen Monstern, durch welche die Mutterschaft auf immer besudelt ist*«.

»Medea!«, hatte die Reine Zabo frohlockt, als sie das Manuskript zuschlug. »In den Adern all meiner Autoren fließt Götterblut, sag ich Ihnen!«

Natürlich hatten die beiden Söhne beschlossen, ihre Mutter

und deren Verlegerin vor Gericht zu bringen. Auch das stand auf der Tagesordnung unseres literarischen Herbsts. Zumindest bis zu dem Moment, da Loussa das Wort ergriff:

»Apropos Medea, da habe ich Neuigkeiten. Die Söhne ziehen die Klage zurück.«

»Haben sie sich mit Mutti versöhnt?«

Nein, Loussa hatte die Geschädigten schlicht davon überzeugt, ihrerseits einen Roman zu schreiben.

»Über sie?«

»Dazu habe ich ihnen geraten, ja. Ich dachte, in dieser Angelegenheit wäre es besser, Geld zu verdienen statt es auszugeben.«

»Vernünftig gedacht«, räumte Émile Leclercq ein.

Alle Liebe der Welt lag in dem Blick, mit dem die Königin Zabo ihren alten Freund Loussa de Casamance bedachte:

»Mermeros und Pheres, die über Medea schreiben! Wirklich, du bist ein Genie, Loussa. Du schließt eine große Lücke in den Mythen. Endlich werden wir die kindermordende Mutter verstehen!«

In solchen Situationen spielte die Königin gern vergnügt mit den Worten. Dann wurde sie wieder zum kleinen Mädchen. Auf ihrem Stuhl hopsend, klatschte sie in ihre luftdruckbetriebenen Hände, die auf Stricknadeln montiert schienen und einen lustigen Plätscherton von sich gaben, während ihre riesigen Wangen über einer bleistifthaften Magerkeit wogten und schlackerten.

Loussa versuchte, ihren Enthusiasmus zu dämpfen.

»Der Nachteil ist, die Burschen sind zum Schreiben so gemacht wie ich zum Kfz-Mechatroniker.«

Die Königin fand auf der Stelle eine Lösung:

»Das hat keine Bedeutung, Malaussène wird den beiden helfen! Nicht wahr, Malaussène? Sie nehmen die beiden an die Hand!«

Nachdem die wichtigsten Punkte abgehakt waren, mussten noch ein paar Details durchgegangen werden, die ich aus dem Gedächtnis rekapituliere: Elektra und Antigone nicht in denselben Zug zum Festival in Châlons-en-Champagne setzen (zumindest nicht in denselben Waggon), verhindern, dass Ulysses auf ebendiesem Festival durch alle Hotelbetten zieht, Prometheus nahelegen, auf dem Buchhändlertreff das Wort nicht komplett an sich zu reißen (»Machen Sie ihm ein für alle Mal klar, dass er nicht der einzige Autor auf der Welt ist, Malaussène!«), darauf achten, dass Harpagon seine persönlichen Ausgaben aus eigener Tasche bezahlt und dass Bacchus nicht sämtliche Minibars plündert ...

»Ach, und ein letzter Punkt!«, schloss die Reine Zabo und reichte mir ein Manuskript. »Sie müssen zudem das hier lesen. Bitte schnellstmöglich.«

Es handelte sich um *Ihr sehr großer Fehler*, Alcestes Manuskript.

Nach der Arbeit fuhr Loussa mich in einem Lieferwagen zum Flughafen Charles-de-Gaulle. Ich wollte Monsieur Malaussène abholen.

»Wie geht es dir, kleiner Depp?«

»Es geht, Loussa, es geht, ich freue mich auf meinen Sohn. Und du, nicht gar zu geschlaucht von unseren königlichen Ferien?«

»Du kennst Isabelle, Lektüren, Lektüren, Lektüren. Fünf Manuskript-Wochen. Wie lief es mit Alceste? War er brav?«

»Sehr produktiv. Er hat sich mächtig gelangweilt in meinem Wald, er hatte es eilig, fortzukommen. Niemand durfte ein Wort mit ihm reden, nur ihn bewachen, so die Anweisung. Meine Vercors-Freunde nannten ihn die eiserne Maske.«

»Die Chinesen berichten mir, dass er sich in seiner neuen Wohnung still verhält. Er hat sie die letzten beiden Tage nicht verlassen. Anscheinend macht es ihn glücklich, seinen Blick über Paris schweifen zu lassen. Du musst unbedingt *Ihr sehr großer Fehler* lesen. Wir brauchen deine Meinung wegen der Veröffentlichung.«

»Was bereitet euch Kopfzerbrechen?«

Das wollte er mir nicht sagen.

»Du kennst die Ansage, kleiner Depp, nie den Leser beeinflussen.«

Er fuhr verträumt, ganz der Freude über unser Wiedersehen hingegeben. Eine wechselseitige Freude, die sich alljährlich im September wiederholte, seit fast dreißig Jahren. Loussa wiederzusehen tröstete mich über die Trennung vom Vercors hinweg. Der einzige Schatten auf diesem Bild: Schon in seiner Jugend war er ein schlechter Autofahrer.

»Wenn du Coriolanus siehst, sag ihm, er soll seine Familie in Ruhe lassen.«

»Loussa, mit welchem Argument?«

»Er hat gedacht, seine Cousins würden von der Existenz seines Buches nie erfahren, weil sie nicht lesen können. Schwerwiegender Irrtum: Für Analphabeten ist das Buch heiliger als für Leser. Für denjenigen, der nicht lesen kann, ist alles Geschriebene in den Himmel geschrieben. Unauslöschlich. Ich kenne mich da aus, mein Vater war Analphabet. Sag ihm das, dem Coriolanus, verkauf ihm das als mildernde Umstände. Von wo kommt Mosma zurück, aus Argentinien oder Brasilien? Ich habs vergessen.«

Ein Gespräch à la Loussa. Er redete, wie er Auto fuhr, sprunghaft und unkonzentriert.

»Aus Brasilien, dem Nordosten, eine Region großer Trockenheit. Trotz Regenzeit ist kein Tropfen gefallen. Er hat den ganzen Sommer über im Sertão Brunnen gegraben.«

In Roissy hielt ich meinen Blick auf eine der Doppeltüren in der Ankunftshalle geheftet, als Mosma mich von hinten umarmte.

»Salut, alter Schwede!«

Dann drehte er mich um wie einen Kreisel und schmatzte mir zwei Küsse auf die Backen.

»Du hast vor der falschen Tür gewartet.«

Nur für den Fall, dass der Leser den Entwicklungen der Erzählung nicht ganz aufmerksam gefolgt sein sollte (man weiß ja nie), sei daran erinnert, dass Monsieur Malaussène von nirgendwoher zurückkam. Dass er nie auch nur aufgebrochen war. Ein durch und durch Pariser Sommer. Und doch steht mir bis heute lebhaft das Gefühl im Gedächtnis, einen sonnenerfüllten, wärmeglühenden, tief gebräunten, frisch einer steinigen Wüste entschlüpften Jungen in die Arme geschlossen zu haben. Seine Augen lachten in einem Terrakottagesicht.

Nachdem er mir den Rücken mit brasilianischen Schlägen gedengelt hatte, warf er sich Loussa mit einer Heftigkeit an die Brust, dass ich um die Knochen meines alten Freundes fürchtete.

»Ni hao, alter chinesischer Schwarzer, nett, dass du uns abholst, mich und meine halbe Tonne Gepäck. Aber gib mir die Schlüssel deiner Karre, ich hab zu viel Angst, wenn du fährst.«

Ich sehe Mosma jetzt wieder vor mir, wie er den Lieferwagen mit Rucksäcken belädt und sich ungefragt ans Steuer setzt. Und schon waren wir unterwegs zum Haushaltswarenladen, Julius und ich im Fond zwischen den Büchern des Herbstprogramms und dem Rückkehrergepäck, vorn neben Mosma, dem Julius seine Schnauze auf die Schulter gelegt hatte, Loussa, der zum Spaß über die Respektlosigkeit der Jugend herzog, was Mosma zu einem dieser Monologe anfeuerte, wie er sie von seinem Onkel Jérémy übernommen hat:

»Damit ist jetzt Schluss. Vorbei, der Respekt vor den Alten! Vorbei, die Zeiten, wo man Respekt nach oben bekundet hat, Respekt vor den Altvorderen, Respekt vor der Fahne, Respekt vor den Werten der Republik, Respekt vor dem Recht auf Arbeit, Respekt vor dem Untersuchungsgeheimnis! Olle Kamellen! Die Erinnerung an die Volksfront und den Mai 68 – reif für den Abfalleimer der Geschichte! Wer heute Respekt verdient hat, das sind ›die Jungen‹! Wir und sonst niemand! Hört ihr vielleicht manchmal Radio? Slam-Poetry und Rap-Songs, sagt euch das was? Achtet ihr nicht auf die Texte? Stellt eure Hörgeräte lauter, Mummelgreise, die Jugend spricht zu euch!«

Loussa hat Mosmas Tiraden von jeher unterstützt. Sobald der Redner schlappmachte, stachelte er ihn erneut an:

»Hält sich für jung, das Kerlchen, aber redet wie unsere abgetakeltsten WeWes. Der Respekt, den wir ihnen schulden, seit zwanzig Jahren haben die nichts anderes auf Lager. Sie nennen das die Wirklichkeit, und dieser Irrtum macht uns reich.«

Mosma kniff jedes Mal, wenn Loussa ihn zum Nachdenken zwang.

»Jedenfalls bin ich zu gutmütig, um mich mit einer ausgemusterten Nanny zu streiten.«

Anspielung auf eine ziemlich weit zurückliegende Zeit, als Loussa ihm abendelang aus meiner Jugendzeit erzählte. »Mehr, Loussa, mehr von Papas Trouble, wie er jung war!«

Das war, wie man so sagt, die gute alte Zeit.

Eine der guten alten Zeiten.

Na ja, einer von den guten Momenten dieser alten Zeiten.

Ich freute mich auf den Abend, den ich mit Mosma verbringen würde. Diese Nacht würde ich im Haushaltswarenladen nicht allein schlafen. Halleluja, der Sohn war heimgekehrt! Am nächsten

Morgen würde ich ihm sein Frühstück machen, einen garantiert grundgesunden Körnermix, den Julie und Gervaise ausgetüftelt hatten, als er noch ein Steppke war, und den dieses Mannsbild mit der kupferfarbenen Haut und den stählernen Muskeln nie überbekommen hatte. Frohlockend öffnete ich die Tür des Haushaltswarenladens. Ich räumte mir eine köstliche Regression ein. Ich kehrte zu den Freuden des Vaterdaseins zurück. Mosma lud Loussa ein mitzukommen.

Loussa sträubte sich halbherzig:

»Du bist nicht mehr im Gutenachtgeschichtenalter, Kleindummchenschlingel, lässt du mich endlich in Ruhe?«

Aber dem Enthusiasmus von Mosma widersteht niemand, und so betraten wir zu dritt den Laden.

26

Es war natürlich stockfinster zu dieser späten Stunde. Ich tastete nach dem Schalter. Als das Licht anging, erhob sich ein solches Geschrei, dass ich das Gepäck fallen ließ. Loussa wäre beinah ohnmächtig geworden. Sie waren alle da. Absolut alle Mitglieder des Stamms, von der Kernfamilie bis zum entferntesten Kreis: Clara, Thérèse, Louna, Jérémy, Le Petit, Hadouch, C'Est Un Ange, Maracuja und Théo waren da, aber auch Capitaine Titus (Maracujas Patenonkel), Doktor Postel-Wagner (der Mosma in die Welt geholt hat), Professor Berthold (der die Abtreibung von Julie und die Schwangerschaft von Gervaise bewerkstelligt hat) und sein Intimfeind Professor Marty (der Jérémy aus den Flammen gerettet und C'Est Un Ange in unsere Mitte bugsiert hat). Ebenso waren da Bertholds Frau Mondine, die mit ihrer alten Freundin Gervaise tief in der Sandwichfabrikation steckte, und Hadouchs Rachida, die mit Thérèse petitfouragierte, während ihre Tochter Ophélie zwischen Mosmas Armen verschwand (sieh an, das ist neu) und Clara ihre Rolle als High-Society-Fotografin wahrnahm. Die Reine Zabo war wegen ihres Freundes Loussa gekommen, nur Verdun fehlte, aufgehalten von ihrer Arbeit, wie so oft.

Julius der Hund wusste nicht, wohin mit seiner Freude.

Vorgeblich ging es darum, die Rückkunft der angeblichen Weltreisenden zu feiern. Schließlich hätte dieses kleine Fest, erklärte Jérémy mir sehr viel später, ja auch in echt stattgefunden, wenn die Kids tatsächlich verreist gewesen und tatsächlich aus der Ferne zurückgekommen wären. »Die Gelegenheiten, den Stamm zusammenzutrommeln, sind nicht sehr zahlreich, Ben.«

Aber so war es ein Alibifest, das diejenigen zusammenbrachte, die Bescheid wussten, und diejenigen, die nicht Bescheid wussten. Ich gehörte zu den Letzteren. Diejenigen, die Bescheid wussten, streuten denjenigen, die nicht Bescheid wussten, Sand in die Augen, sodass diese gegebenenfalls ehrlichen Herzens das Eintreffen der Weltreisenden bezeugen konnten, da sie ja daran teilgenommen hatten. Maracuja und C'Est Un Ange waren genauso braun gebrannt wie Mosma, alle drei verteilten Mitbringsel. Ich bekam einen Cangaceiro-Hut aus gekochtem Leder auf den Kopf und in die Hand ein Charango, ein zum Saiteninstrument umfunktioniertes armes Gürteltier. Ich hätte es beinah fallen gelassen, so lebendig schien es.

»Brauchst keine Angst zu haben, alter Schwede, dieses Gürteltier ist jetzt kein Tier mehr, sondern Musik. Die Sertaneijos spielen super darauf!«

Die Überraschung in der Überraschung war die Anwesenheit von Maman und Julie.

»Paul ist ausgebüxt«, erklärte Maman, »man kann noch so auf ihn achtgeben, er ist der Ausbrecherkönig. Also habe ich mir Ausgang bewilligt, um die Kleinen in Empfang zu nehmen. Julie hat mich abgeholt.«

Sehr viel später habe ich erfahren, dass in Wirklichkeit Gervaise Julie über den Ernst der Lage informiert hatte und Julie in ihr Auto sprang, um vor Ort zu sein, wo ihre Hilfe dringlichst gebraucht wurde, und am kollektiven Lügengespinst teilzunehmen. Unterwegs hatte sie Maman aus ihrem Käfig voller Greise geholt, aus dem Paul tatsächlich abgehauen war zu einer kleinen Tour mit seinem Kumpel Alois Alzheimer.

»Er kommt immer zurück«, erklärte Maman. »Meistens bringen ihn die Gendarmen. Ich fahre, sobald ich einen Anruf bekomme.«

Julie fragte ich, ob Coudrier sie nicht mehr brauche.

»Nein, alles in Ordnung, sein Buch geht gut voran. Apropos, wir fanden dich sehr gut gestern im Fernsehen.«

Ich brauchte einen Moment, um zu begreifen, wovon sie sprach. Dann stammelte ich, dass – ach ja, Scheiße – ich dieses blöde Interview schon ganz vergessen hatte. Ihr habt es also gesehen, Coudrier und du? Es ist wirklich ausgestrahlt worden? Gestern? In den 13-Uhr-Nachrichten? Verdammt, ich war absolut bescheuert, Julie, entschuldige, aber was soll ich dir sagen, ich hab mich nicht beherrschen können, dieser Moderator mit seiner Heuchlervisage – wie heißt er noch gleich? –, die Mitreisenden, die mehrheitlich bereit waren, diese schabernäckischen Entführer zu lynchen, dieser unter seinen Rockerallüren ganz und gar mittelalterliche Geistliche, bedrohlich wie ein Scheiterhaufen, die Spotlights und der Puschel vor meiner Nase – ich hasse Puschels, man könnte meinen, tote Tiere, wie dieses Charango! –, der Wunsch, in Frieden gelassen zu werden, da bin ich halt in die Knie gegangen, er hat mich genervt, dieser falsche Fuffziger mit seinen glattzüngigen Fragen, außerdem bin ich ernstlich besorgt um diese idealistischen kleinen Deppen, die Lapietà entführt haben, weil, so einen Blödsinn können nur junge Leute anstellen, Lapietà entführen, dieses republikanische Manifest ausbrüten, den goldenen Handschlag in Lösegeld ummünzen, sich die Szene vor

Notre-Dame ausdenken, das sind Teenies, die das gemacht haben, du stimmst mir doch zu, Julie, und kannst du dir vorstellen, was die für eins reingewürgt kriegen, wenn sie gekascht werden? Kurz, ich hab mich gehenlassen, ich hab gesagt, was mir auf der Seele lag, was soll ich dir sagen, entschuldige, Julie, wirklich, ich bin zu bescheuert, ich ...

»Hör auf, Benjamin, hör auf, ich habe mich ja doch gerade dieser Unvorhersehbarkeiten wegen nie mit dir gelangweilt. Seit wann ist das ein Anlass für Entschuldigungen, Liebster? Und außerdem ist es deinem Interview zu verdanken, dass Coudrier den Titel für sein Buch gefunden hat. Er war sehr zufrieden.«

»Den Titel für sein Buch?«

»Den Titel für seinen Essay über den Justizirrtum. Er wird *Der Fall Malaussène* heißen.«

Voilà. Das Fest zog sich bis spät in die Nacht hin. Mara, Sept und Mosma waren natürlich die Könige. Sie beantworteten jede Frage. Wenn ich heute bedenke, wie sehr Mara sich einen Kopf um Tuc gemacht hat, muss ich sagen, dass es ihr nicht an Heroismus fehlte. Ihre angebliche Veterinärstätigkeit im tiefsten Dschungel von Sumatra faszinierte selbstverständlich alle, und sie gab bereitwillig Auskunft:

»Was ich gemacht habe? Alles Mögliche. Der Verein, für den ich gearbeitet habe, hängt mit dem örtlichen Zoo zusammen. Wir haben die Orang-Utans, die durch die Abholzungen vertrieben werden, aufgenommen und versorgt, ich hab den Kleinen das Fläschchen gegeben. Ich hab auch gelernt, Schlangen zu fangen, sie zu messen, das Gift abzuzapfen, ihnen ein Antiparasitikum unter die Haut zu spritzen ... Was habe ich noch gemacht? Ach ja, die Bindehautentzündung von einem Tapir behandelt und

mit einem Geier, der sich den Flügel gebrochen hatte, mechano-
therapeutische Übungen gemacht ... Aber ich hab auch die Käfige
gereinigt, habe Scheiße gekarrt, ich war schließlich nur Veterinär-
assistentin ...«

»Und dann haben wir noch ziemlich viel Zeit darauf verwendet, mit Onkel Ben zu skypen«, erklärte seinerseits C'Est Un Ange.
»Ihm waren diese täglichen Verabredungen sehr wichtig ...«

»Ja, er hat sich übrigens verdammt gut geschlagen, er war
immer pünktlich zur Stelle. In der Beziehung bin ich stolz auf
dich, alter Schwede, siehst du, ist doch halb so wild ...«

Usw.

Vielleicht hätte sich das Fest bis zum Morgengrauen hingezo-
gen, wäre nicht zu vorgerückter Stunde die Tür des Haushaltswarenladens explodiert. Sie ist nicht wirklich explodiert – das ist
eine Geräuschmetapher –, aber es klang so, als die Tür unter dem
Ansturm einer Armada von Flics aufflog, die, bewaffnet und passenderweise gepanzert wie Gürteltiere, uns mit einem »Klappe
halten« gegen die Wände drückten und unsere Papiere kontrol-
lierten, während ein anderer Trupp in Zivil eine das Unterste
zuoberst kehrende Haussuchung vornahm. Ich überspringe die
allgemeine Verblüffung, den Protest unserer Gäste (Professor
Bertholds Gezeter zum Beispiel in dem Stil »Sie wissen nicht, mit
wem Sie sich hier anlegen«), all diese konventionellen Szenen,
von denen man nicht so genau weiß, ob sie aus dem Kino stammen oder das Kino speisen. Da alles, auch das Beste, ein Ende
hat, legte sich der Aufruhr, nachdem die Überprüfungen abgeschlossen waren. Die Flicaille trat unbeschäftigt auf der Stelle,
darauf wartend, wie es weiterginge. Ehrlich gesagt, waren sie ein
bisschen durcheinander. Die Gegenwart zweier megaberühmter

Professoren der Medizin, einer renommierten Verlegerin, des Capitaine Adrien Titus (ein Mythos in ihren Kreisen) und von Gervaise, Tochter des alten Thian und nicht weniger berühmt, da einst selbst Polizistin und Nonne, jetzt Leiterin eines Kinderheims, ließ sie denken, man hätte sie auf eine falsche Fährte gelockt. Nur empfehlenswertes Personal hier. Ganz abgesehen von den vorbildlichen jungen Leuten, die gerade von Einsätzen bei drei lupenreinen NGOs zurück waren, wie ihre Pässe, ihre Arbeitsverträge und ihre Bräune bewiesen. Nein, wirklich, das war weder eine Gangsterhöhle noch ein Unterschlupf von Revolutionären, hier Lapietà zu finden würde einem so wenig gelingen wie eines Tages auf einen ähnlich schicken Empfang eingeladen zu werden.

Trotzdem ist das Ganze bös ausgegangen.

Zumindest für mich.

Nachdem die übliche Inaugenscheinnahme durch war, kam noch ein verlegen aussehender Koloss in den Laden. Er trat an mich heran und gab mir zu verstehen, dass ich verhaftet sei.

Derart bedripst, der Typ, dass ich ihn sofort wiedererkannte. Es war Carrega. Als er mich das erste Mal aufsuchte (hier, in ebendiesem Haushaltswarenladen, ich wage nicht nachzurechnen, vor wie vielen Jahrzehnten), war er Inspektoranwärter und entschuldigte sich auch damals schon für seine Existenz. Er ermittelte wegen eines Bombenlegers, der seine Kunst in dem Kaufhaus praktizierte, in dem ich als Sündenbock arbeitete. Er trug schon diese legendäre Fliegerjacke mit dem gefütterten Kragen, die ihren Ruhm dem Geschwader Normandie-Njemen verdankt. Seinerzeit arbeitete er unter dem Divisionnaire Coudrier. Von Jahr zu Jahr – von Fall Malaussène zu Fall Malaussène – war er gleichsam ein Vertrauter der Familie geworden, ja er schien mir sogar insgeheim in Clara verliebt zu sein. Wir kannten ihn alle. Wäre er an jenem Abend *vor* der Samurai-Truppe in den Haushaltswarenladen gekommen, wäre er möglicherweise als Gast aufgenommen worden. Er hatte an Gewicht und Tressen zugelegt. Die Fliegerjacke beengte ihn jetzt ein wenig, aber er war inzwischen Commissaire divisionnaire – und immer noch schüchtern. Während er die Anklagepunkte herunterleierte, schaute er auf seine Schuhe:

»Entführung und Freiheitsberaubung, Rechtfertigung des Kidnappings, öffentliche Aufforderung zu zivilem Ungehorsam.«

Er betonte – das war ihm wichtig –, dass die Uniformierten nicht ihm unterstanden. Spezialeinheiten. Ihn hatte die Generaldirektion geschickt, der Direktor höchstpersönlich, Legendre.

Entsetzlich kleinlaut, Carrega. Niedergedrückt vor schlechtem Gewissen.

»Der Direktor Legendre möchte Sie persönlich einvernehmen.«

Den Rest zu sagen fiel ihm noch schwerer:

»Verzeihen Sie, Benjamin, aber ich muss … Ich muss Ihnen Handschellen anlegen. Er besteht darauf.«

Aus dem Augenwinkel sah ich, dass Mosma sich in Bewegung setzte, aber Julies Hand bremste ihn aus.

27

Was vergangen ist, fehlt, was andauert, ermüdet uns, so ist der Mensch. Ein anderer werden und derselbe bleiben, so sein Traum. Der Einzige, den ich kenne, der dieses Ideal erfüllt, ist Xavier Legendre, Direktor der aktiven Dienste der Kriminalpolizei.

Das Projekt seiner Jugend war es, seinen Schwiegervater, den Commissaire divisionnaire Coudrier, abzulösen. Nachdem er dieses Ziel erreicht hatte, trieb ihn kein leidenschaftlicher Wunsch mehr an. Höchstens noch, mich für alle Ewigkeit hinter Gitter zu bringen. Während ich in Coudriers Augen der Ausbund der verhöhnten Tugend war, hielt Legendre mich von jeher für schuldig an allem und für nicht besserungsfähig. Einmal war es ihm schon gelungen, mich einige Wochen lang einzubuchten, aber das hatte ihm nicht genügt. Er wollte für mich auf lebenslänglichen Freiheitsentzug hinaus. Er dümpelte selbst in einer Art Ewigkeit. Sein Büro hatte sich seit unserem letzten Treffen, das wahrlich nicht gestern stattfand, keinen Deut verändert; ein kristallhelles Büro. Alles darin war transparent. Fenstertüren, die auf den Korridor und die Stadt hinausgingen, ein Teppichboden so weiß wie die Unschuld, Halogenbeleuchtung. Ein Gegenentwurf natürlich zum Büro seines Schwiegervaters: intimes Licht, spinatgrüne, mit Bienen gesprenkelte Tapete, Kamin aus reich geädertem Marmor, Récamier-Sofa, ledergepolsterte Tür und die Welt ausschließende Vorhänge. Derselbe Raum zwar, aber nacheinander von zwei unterschiedlichen Männern belegt, einem Hüter der Tradition und einem Zukunftspfeil. Bei mir, sagte Legendres gesamtes Design, lässt sich nichts verbergen, hier wird durch die Wände geschaut.

Er selbst hatte sich ein wenig verändert. Er war gealtert, vom Kopf her, wie eine Erbse, vollkommen runzelig, aber der Anzug war unverändert seiden und seine Rede ziseliert.

Zu meinem Empfang gab er den erzürnt Bedauernden:

»Nehmen Sie ihm die Handschellen ab, Carrega, mein Gott, was ist in Sie gefahren?«

Entgeistertes Kopfschütteln.

»Entschuldigen Sie den Kommandanten Carrega, Monsieur Malaussène, Übereifer ist die Plage unseres Metiers.«

Dann, zu Carrega, der dastand, als suche er die Schlüssel Petri:

»Na, wirds vielleicht bald?«

Und wieder zu mir, vertraulich wie unter Kollegen:

»Tja, man will halt aufsteigen ... Ambition ist die Achillesferse der Kompetenz.«

Ich schwöre beim Profansten, was ich habe, das waren exakt die Worte, die Legendre zu meinem Empfang sagte. Womit die Arbeitsatmosphäre umrissen wäre, die er in seinem unbefleckten Sumpf herrschen ließ. Fast hätte ich Carrega getröstet.

Als der Ärmste mir endlich die Handschellen abnahm, gönnte ich Legendre nicht den Genuss zu sehen, wie ich mir die Handgelenke rieb. Man hat tatsächlich diesen Reflex, aber ich gab ihm nicht nach.

»Nehmen Sie doch bitte Platz, Monsieur Malaussène.«

Auch die Sessel waren durchsichtig, ich musste meinen suchen, um mich setzen zu können. Als ich saß, waren wir einander gegenüber postiert wie zwei im freien Raum aufgehängte Gemälde, getrennt durch einen ebenfalls unsichtbaren Schreibtisch, auf dem einer dieser Rechner schwebte, die zum Durchschneiden des Universums designt sind.

»Fangen wir mit dem Anfang an, wenn Sie einverstanden sind, Monsieur Malaussène. Halten Sie Ihre Ingewahrsamnahme für begründet?«

Er wollte meine Zustimmung. Er wollte, dass Dieb und Polizist wissen, weshalb sie beieinanderhocken. Titus zufolge war dies Legendres Lieblingsrolle: pädagogischer Polizist. Na ja, korrigierte sich Silistri (Apropos, wo war er? Ich hatte ihn auf dem Fest nicht gesehen ...), sein pädagogischer Impetus geht dann doch nicht so weit, uns die Finanzierung seiner Kollektion von Anzügen zu erklären.

Tatsächlich wurde Legendre durch den Lichtkranz, mit dem die Seide ihn umgab, hoch über seine Verhältnisse platziert.

Er lächelte mich jetzt freimütig an:

»Rechtfertigung des Kidnappings, stimmt doch?«

Was darauf antworten? Offensichtlich hatte er das verdammte Interview auch gesehen. Ich kann sogar seine Freude schildern, als er mich in diesem verdammten TGV meinen Wust von Dummheiten herunterhaspeln hörte: Seine Augen sind aus den Höhlen getreten und seine Ohren auf das Dreifache angewachsen, er ist jubilierend von seinem Sessel aufgesprungen und, »ich hab ihn, ich hab ihn, ich hab ihn« brüllend, zehnmal im Kreis an den Glaswänden seines Büros entlanggerannt, dann ist er völlig außer Atem in seinen Direktorensessel gesunken und hat sich für Tex Avery gehalten. Er bebte noch jetzt:

»Das ist doch, was Sie während des Interviews an der Seite des Abbé Courson de Loir unternommen haben, oder? Eine Rechtfertigung von Entführung und Freiheitsberaubung!«

Ohne mir Zeit für eine Antwort zu lassen, fügte er hinzu:

»Und eine Aufforderung zu zivilem Ungehorsam.«

»...«

»Oder nicht?«

Da ich nachdachte, wollte er mir auf die Sprünge helfen:

»Nun, Monsieur Malaussène, öffentlich zu erklären, dass die Verfasser dieses Manifests ... ich zitiere Sie aus dem Gedächtnis ... ein solch ausgeprägtes soziales Gewissen an den Tag legen, wie es unseren politischen Eliten inzwischen fremd ist, heißt das nicht, sie als Beispiel hinzustellen? Und die Jugend aufzufordern, diesem Beispiel zu folgen? Anders gesagt, dem Kapitalismus mit Entführungen von Unternehmenschefs Lösegeld abzupressen.«

»...«

»Mir jedenfalls schien die Botschaft mehr als klar. Und meinen Untergebenen auch. Und absolut verheerend angesichts des vorherrschenden Klimas, da werden Sie mir doch recht geben.«

Hier machte er eine Pause, damit ich Zeit hätte, darüber nachzudenken.

Dann fragte er mich:

»Kennen Sie ihn schon lange?«

Ehm, wen?

Er muss die Frage in meinen Augen gelesen haben, denn er präzisierte:

»Den Abt.«

Nie gesehen bis dahin, nein.

»Nie gesehen bis dahin, nein.«

Legendres Seufzen legte nahe, dass wir keine Zeit zu vergeuden hatten.

»Erlauben Sie mir, das zu bezweifeln, Monsieur Malaussène. Nach diesem Foto hier zu urteilen ...«

Der Rechner, den er mir gelangweilt zudrehte, zeigte den Abt, wie er mir seine Hand auf den Unterarm legte, und, Ehrenwort, ja – Zufall der Pressefotografie –, man hätte aufgrund von Abbé Courson de Loirs freundschaftlichem Ausdruck und meiner Miene (als ob ich mir hinter meiner vor die Augen gehaltenen Hand ins Fäustchen lachte) geschworen, dass wir Vettern zweiten Grades oder alte Weggefährten aus dem Seminar sind. Ja, wollte man nach diesem Foto urteilen, kannten wir uns nicht erst seit gestern.

»Eine ernste Frage jetzt, Monsieur Malaussène.«

(Ach so, weil wir bisher Scherzi gesungen hatten?)

»Weshalb haben Sie dem Abt ausgeredet, den Scheck des goldenen Handschlags auf dem Vorplatz von Notre-Dame entgegenzunehmen?«

Wie?

Verzeihung?

Was hab ich schon wieder gemacht?

»Das ist sehr ernst, Monsieur Malaussène.«

Er erklärte mir, was daran ernst war. Bis zu diesem Interview war man sich einig gewesen, dass der Abt der Übergabe des Lösegelds nach der ersten Messe zustimmen würde. Nach unserer gemeinsamen Zugfahrt jedoch, nach meinen katastrophalen Äußerungen über die Vorzüge der Geiselnehmer, hatte der Abt plötzlich einen Frontwechsel vorgenommen und auf Lapietàs goldenen Handschlag verzichtet. Welche Erklärung hatte ich für diesen Sinneswandel – dessen Folgen wortwörtlich unkalkulierbar sind, Monsieur Malaussène?

»...«

»Ich höre.«

Ich wusste kaum, wovon er sprach. Ich hatte am Sonntag die Nachrichten nicht verfolgt. Ich hatte mich auf meinen Wiedereinstieg in den Berufsalltag am nächsten Morgen vorbereitet und mich zugleich darauf gefreut, abends Mosma wiederzusehen. Kurz, die Nachrichten ... Wieder einmal wusste ich nicht das Mindeste, außer dass ich im Begriff war, teuer für mein Nichtwissen zu bezahlen. Genauer, ich sah, dass Alcestes Prophezeiung sich bewahrheitete: »Sie fliehen nicht vor mir, Malaussène, sondern vor der Wirklichkeit! Aber die wird Sie einholen, vertrauen Sie ihr! Die hat noch was vor mit Ihnen!«

Jetzt war es geschehen.

Die Wirklichkeit hatte mich in einer Kristallkugel festgesetzt, in welcher der Direktor der aktiven Dienste der Kriminalpolizei meine Vergangenheit las und meine Zukunft vorhersagte.

»Ich brauche diesbezüglich präzise Erklärungen, Monsieur Malaussène.«

Er nahm einen beruhigenden Ton an.

»Nicht unbedingt heute Abend, wir haben Zeit. Morgen vielleicht oder übermorgen, wenn Sie wirklich nachdenken müssen. Wir können, falls nötig, Ihre Ingewahrsamnahme verlängern.«

Aha.

»Umso mehr ...«

Umso mehr was?

»Umso mehr, als wir noch den dritten Anklagepunkt anschneiden müssen.«

Der da wäre?

»Entführung und Freiheitsberaubung.«

Na gut. Das beunruhigte mich nicht sonderlich. Es folgte der

Logik der Geschehnisse. Dieser Blödmann würde mir gleich sagen, dass ich Lapietà gefangen hielte und er ihn befreien werde. Danach: Malaussène lebenslänglich hinter Gitter, Lapietà sein Leben lang dankbar, und hoch die wohlverdiente Rente!

»Von wo kamen Sie am Samstagabend?«

Aus Valence, das wusste er bestens.

»Sie haben in Valence den TGV bestiegen, gewiss, aber von wo kamen Sie?«

Wie, von wo ich gekommen bin? Aus meinem üblichen Feriendomizil, wie eine gewisse Anzahl anderer Franzosen an diesem Tag auch.

»Aus dem Vercors, nicht wahr? Die Gendarmerie von La Chapelle hat es mir bestätigt.«

Legendre war diese Sorte Flic, die sich mit den eigenen Fragen nur selbst auf die Sprünge hilft. Der alte Coudrier hatte in dieser Hinsicht recht, Legendre war eine Maschine zur Erzeugung von Kohärenz. Legendre überließ nichts dem Zufall. Er war der König der hieb- und stichfesten Akten. Ich sah seiner diskret zufriedenen Fresse an, dass er mir das gleich demonstrieren würde.

»Wissen Sie, dass dort oben im Moment nur von Ihnen die Rede ist?«

Was das betrifft, da verlasse ich mich auf meine Freunde. Die Winter auf dem Plateau sind lang und die Gesprächsthemen rar. Man muss sie, wie Bonbons, lange auf der Zunge zergehen lassen.

»Ihr Aufbruch hat ein riesiges Fragezeichen hinterlassen.«

Na so was.

Um unseren erleuchteten Käfig herum war es Nacht. Paris schlief in seinem Lichtgeflimmer. Flüchtig sah ich Julie, Julius und mich wieder, wie wir auf unserer Bank neben der Tür von Les Rochas saßen.

Und einzig die Sterne.

Warum bin ich abgereist?

Was habe ich mit diesen herrlich nachtdunklen Nächten getan?

Solche Treulosigkeiten sind es, die wir am teuersten bezahlen.

»Die eiserne Maske, Monsieur Malaussène, sagt Ihnen das was?«

»...«

»Und der Graf von Monte Christo?«

»...«

»Monsieur Malaussène, könnten Sie mir sagen, wen Sie in dieser Hütte mitten im Wald von Vassieux gefangen hielten?«

Lapietà natürlich! Hast ins Schwarze getroffen, Legendre! Georges Lapietà! Weißt du, dass du der Allergrößte bist?

»Diese Frage stellt sich zumindest die örtliche Gendarmerie.«

Erschöpfung plötzlich. Große Erschöpfung.

»Und die Bevölkerung weigert sich, sie zu beantworten. Sie haben treue Freunde, Monsieur Malaussène, aber das kann Sie teuer zu stehen kommen ...«

Sie beantworten die Frage nicht, weil sie die Antwort nicht kennen, guter Mann. Sie kennen sie nicht, weil die Anweisungen der Königin Zabo absolute Verschwiegenheit gefordert hatten. Oh Gott! Hoffentlich nerven die nicht Robert, Dédé, Mick, Roger, Yves und die anderen .... Dieser Knalldepp stellt sich doch nicht ernsthaft vor, Lapietà wäre in Dédés Hütte versteckt worden!

»Eines ist sicher, Monsieur Malaussène, Georges Lapietà war es nicht. Die Pilzsammler hätten ihn wiedererkannt. Aber wer war es? Und warum ist er Knall auf Fall verschwunden?«

Ich wollte ihm gerade antworten, als sein Handy klingelte.

»Entschuldigen Sie.«

Er schaute kurz aufs Display.

»Nichts Wichtiges. Die Familie. Also ... Ich höre.«

Arme Familie. Ich wollte gerade Alcestes Geschichte erzählen, da fiepte eine SMS. Er warf sein Teil wieder an, las, wurde, wie mir schien, bleich, dann erneutes Klingeln. Jetzt ging er ran.

Ich habe erst später, nach meiner Freilassung erfahren, wer sein Gegenüber war und worin der Inhalt des Gesprächs bestand.

Julie hatte Coudrier angerufen.

Coudrier hatte sich einige Minuten des Nachdenkens zugestanden, dann hatte er seinerseits einige Leute und schließlich seinen Schwiegersohn angerufen.

Als dieser auf dem Display den Namen seines Schwiegervaters sah, hob er nicht ab. Doch Coudrier hatte eine SMS in petto.

Mein lieber Xavier, wenn Sie bei meinem zweiten Anruf nicht abheben, tauchen Sie in meinem Buch als der König der Flachdenker auf, und zwar namentlich und mit unwiderleglichen Beweisen.

Legendre hatte beim zweiten Anruf abgehoben.

COUDRIER: Sie sind im Begriff, sich lächerlich zu machen, lieber Schwiegersohn.

LEGENDRE: Bitte, ich bin mitten in einer Einvernahme.

COUDRIER: Mit Malaussène, ich weiß.

LEGENDRE: ...

COUDRIER: Lassen Sie mich mal ein bisschen raten: Sie haben, wie ich, das Fernsehinterview mit Malaussène gesehen. Statt wie ich zu finden, dass seine Verherrlichung der Jugend ärgerlich ist, statt, wie ich, dieses nicht stillzukriegende Großmaul in der Rubrik Don Quixote im Taschenbuchformat zu führen (was er, nebenbei, von jeher war, und mit dem Alter wird es nicht besser), haben Sie sofort gedacht, dass er in den Fall Lapietà verwickelt ist, richtig?

LEGENDRE: ...

COUDRIER: Ja oder nein, mein Schwiegersohn? Irre ich mich? Sie haben sich vielleicht sogar gesagt, dass er mit dem Abt unter einer Decke steckt, dass er dem Abt ausgeredet hat, am Sonntagmorgen das Lösegeld entgegenzunehmen, und derlei Gewissheiten mehr, nicht wahr?

LEGENDRE: Hören Sie ...

COUDRIER: Nein, Sie hören mir zu. Und unterbrechen Sie mich nur, wenn ich mich irre!

LEGENDRE: ...

COUDRIER: Gut. Und weil Sie sich hundertprozentig sicher waren, haben Sie im Vercors ermittelt und sind auf die Geschichte mit der Hütte und ihrem rätselhaften, streng bewachten Bewohner gestoßen (die Gendarmen von La Chapelle haben mir das gerade bestätigt).

LEGENDRE: ...

COUDRIER: Soll ich Ihnen sagen, wer sich in diesem vertacomicorischen Wald versteckt hat, Xavier, und warum?

LEGENDRE: ...

COUDRIER: Malaussène kennt nicht nur nicht den Abt (diesen alten Freund von mir, den ich Ihretwegen mitten in der Nacht aus dem Schlaf gerissen habe), sondern er hat auch niemanden entführt, stellen Sie sich vor. Vielmehr hat er in dieser Hütte jemanden beschützt. Einen Schriftsteller, auf den bereits ein Mordanschlag unternommen wurde. Alles in allem hat er Ihre Arbeit gemacht. Möchten Sie den Namen des Schriftstellers wissen? Sie sollten diesen Schriftsteller mögen, er gehört zu denen, die sich über ihre Schwiegerväter beklagen ...

LEGENDRE: ...

COUDRIER: Kommen Sie, Xavier, ich verrate Ihnen den Namen. Sie brauchen das nur noch zu überprüfen.

28

In meinem dreiundzwanzigsten Stockwerk erwache ich wirklich über dem Stadtplan von Turgot. Danke Malaussène. Meine Rollos schnellen über einem Paris in die Höhe, dessen Fenster ich zählen kann. Eine mit einem einzigen Blick zu erfassende Stadt, vom nächsten bis zum entferntesten Punkt. Ich war immer sowohl kurz- wie auch weitsichtig. Ich sehe das Zentimeternahe ebenso scharf wie das Horizontferne. Der Käfer hier auf meiner Fensterbank und der Arc de Triomphe dort drüben haben in meinen Augen denselben literarischen Status. Mich lockt, über beide gleichermaßen ernst zu schreiben. Die ganze Tiefe des Feldes mit derselben Klarsicht abzudecken, das ist mein Ziel. Vorausgesetzt, dass dies hier dies hier ist, dieser Marienkäfer und kein anderer (was macht er in dieser Höhe?), und dass dies dort drüben dies dort drüben ist, dieser Triumphbogen und kein anderer. Wäre ich Zeichner, hätte ich nur eine Strichstärke für das Nahe wie das Ferne. Ich würde mit der Hierarchie in der Perspektive Schluss machen. Dort wo andere den Strich für den Vordergrund dicker machen und ihn für die Grenzen des Fernstliegenden bis zum Engelshaar verfeinern, preise ich ein und denselben Strich für alles. Anders gesagt, für alles dieselbe *Präsenz*. Wir sind, wo wir sind und so weit unser Auge, unser Gedächtnis, unser Wissen reicht. Mein Land und meine Zeit bieten mir nur eine Kurzsichtigen- und eine Weitsichtigenliteratur. Ich dagegen will das ganze Feld meines Lebens und meiner Epoche abdecken. Denn das ist mir beschieden, das muss ich schreiben, egal wie weit es mich in den Raum und die Zeit hineinführt und leider auch – wenn die unkontrollierbare Verkettung der Ereignisse so entscheidet – in das, was man das Romanhafte nennt.[*]

Sie haben mich belogen ist der exakte Bericht meiner Kindheit, *Ihr sehr großer Fehler* untersucht mit derselben Genauigkeit die erschreckenden Gründe dafür. Würde ich es vorziehen, anderes erlebt zu haben, um von anderem schreiben zu können? Wenn es ums Schreiben geht, stellt sich die Frage der persönlichen Vorlieben nicht. Die einzige Frage lautet: Wird meine Verlegerin den Mut haben, *Ihr sehr großer Fehler* zu veröffentlichen?

---

[*] Apropos Romanhaftes, ein Polizist in einer Lederjacke mit gefüttertem Kragen ist letzte Nacht – um 2:17! – gekommen, um sich zu vergewissern, dass ich in der Vercors-Hütte nicht gegen meinen Willen festgehalten wurde. Ich muss das Malaussène erzählen, falls ich dran denke, das ist diese Art von Schwachsinn, die ihn amüsiert.

REGISTER

Alceste: Romanschriftsteller, unter Vertrag bei den Éditions du Talion. Zuletzt erschienenes Werk: *Sie haben mich belogen.* Demnächst erscheint: *Ihr sehr großer Fehler.* Seinen Spitznamen bezieht er aus Molières Stück *Der Menschenfeind,* dessen Hauptfigur ein Fundamentalist der Wahrheit und deshalb lächerlich ist (siehe auch Fontana und Philinte).

Arènes, Pierre: Nicht mehr lebender Freund des Autors. Es gibt keine Schule, die den Namen dieses begnadeten Lehrers trägt.

Ariana Matassa: Ehefrau von Georges Lapietà.

Aux Fruits de la passion: »Zu den Früchten der Leidenschaft« ist ein Zuhause für elternlos aufwachsende Kinder, in *Adel vernichtet* vor allem für den Nachwuchs von Frauen des liegenden Gewerbes.

Balestro, Jacques: Spielervermittler.

Belleville: Viertel im Nordosten von Paris. Wohnort des Malaussène-Stammes. Ein Miniplanet. Die von der Geschichte auf Taschentuchgröße gebrachte Geografie.

Benjamin oder Ben: siehe Malaussène.

Bernhard, Thomas: Österreichischer Schriftsteller. Ein infolge großer Klarsicht äußerst übellauniger Autor.

Berthold: Begnadeter Chirurg und zeternder Dummkopf. Nicht vergessen, ihn »Professor« zu nennen.

Bo: Chinesischer Bodyguard von Alceste.

BRB (Brigade de répression du banditisme): Brigade für Organisierte Kriminalität.

Canard Enchaîné: Französische Satirezeitschrift, bekannt für ihren Enthüllungsjournalismus.

Carrega: Polizeiinspektor. Lakonisch und schüchtern. Trägt zu jeder Jahreszeit eine Lederjacke mit gefüttertem Kragen, die seinerzeit beim Fliegergeschwader Normandie-Njemen en vogue war. Hier tritt er als Commissaire divisionnaire auf.

César: Unterm Gewicht seiner Dreadlocks ausgepowerter französischer Binnenflüchtling.

C'Est Un Ange (genannt Sept): Neffe von Benjamin. Sohn von Clara Malaussène und Clarence de Saint-Hiver. Geboren in *Sündenbock im Bücherdschungel*. Jérémy taufte ihn sogleich auf »Das Ist Ein Engel«, was der so Benannte absegnete, indem er einschlief wie ein Engel, der seine Flügel anlegt. Als Rufname bot sich, dank Gleichklang (»sɛt«), die magische Zahl sieben an: Sept.

Clara: Tochter ihrer Mutter, Vater unbekannt. Fotografiert die Welt, so wie sie ist. Benjamins Lieblingsschwester – sicherlich deshalb, weil er sie eigenhändig in die Welt geholt hat, denn die Hebamme war ätherbenebelt und die Ärzte aus dem Krankenhaus getürmt. (Hadouch war dabei, er kann es bezeugen.)

Comédie Française: Das traditionsreichste der fünf französischen Nationaltheater, gegründet 1680 unter Ludwig XIV.

Coriolanus: Eine für ihren schlägerischen Charakter bekannte Shakespeare-Figur. Spitzname, den die Reine Zabo Tony Schmider, einem ihrer Hausautoren, gegeben hat.

Corneille: Mit Molière und Racine eine der drei Großen des französischen klassischen Theaters. Undenkbar, dass ein Franzose ihn nicht kennt.

Corrençon: Dörfchen im Vercors. Hat seinen Namen Jacques-Émile Corrençon – und auch seiner Tochter Julie – vermacht, einst Kolonialgouverneur und unermüdlicher Kämpfer für die Entkolonisierung.

Coudrier: Kriminalkommissar. Bis zu seinem Renteneintritt und der Ablösung durch seinen Schwiegersohn Legendre (in *Monsieur Malaussène*) mit allen Fällen betraut, in die Benjamin hineingezogen wurde.

CRS (Compagnies Républicaines de Sécurité): Kasernierte Kräfte der Polizei, u. a. damit betraut, die öffentliche Ordnung aufrechtzuerhalten. Die CRS sind dafür bekannt, wenig zimperlich vorzugehen.

Dédé: Vertacomicorischer Freund des Autors. Ist das Haus des Letzteren voller Gäste, leiht Dédé ihm zum Schreiben oftmals seine Waldhütte, ebenjene Hütte, in der Malaussène im vorliegenden Roman Alceste versteckt. Dédé, Lulu, René, Yves, Mick, Roger, Robert und die anderen Freunde des Autors aus dem Vercors sind mit Julie Corrençon aufgewachsen.

Fontana: Nachname von Alceste. Es gibt zehn Fontanas. Die Eltern: Tobias und Mélimé. Die Mädchen: Marguerite, Geneviève und Faustine. Die Jungen: Mathieu, Pascal und Adrien, Liebhaber des ovalen Balls, Baptiste, der einzige Fußballer, sowie eben Alceste, dessen Vornamen der Autor anscheinend nicht kennt.

Gervaise: Freundin von Benjamin Malaussène sowie den Polizisten Titus und Silistri. Tochter von Inspektor Van Thian und der großen Janine. Zusammen mit Julie Corrençon Mutter von Mosma (eine an dieser Stelle nicht ganz leicht zu erklärende Doppelmutterschaft). Ehemalige Nonne, nimmt sich reuiger oder auch nicht reuiger Prostituierter an. Zudem ehemalige Polizeiinspektorin. Im vorliegenden Band leitet sie das Kinderheim Aux Fruits de la passion (siehe dort).

Hadouch: Kindheitsfreund von Benjamin. Hadouch, Mo der Mossi und Simon der Kabyle kümmern sich um den Malaussène-Stamm.

Hallier, Jean-Edern: Schriftsteller. Bekannt für seine medientauglichen Inszenierungen zwischen Gesellschaftskritik und Spiel um Aufmerksamkeit.

Harpagon: Hauptfigur aus Molières Komödie *Der Geizige,* also ein Geiziger. Der Harpagon des vorliegenden Romans verdankt seinen Spitznamen der Reine Zabo.

Haushaltswarenladen (der): Der Malaussène-Stamm lebt von jeher in einem ehemaligen Haushaltswarenladen, Rue de la Folie-Regnault, in Belleville, dem 19. Arrondissement von Paris.

Hôpital des Quinze-Vingts: Berühmte Augenklinik im 12. Arrondissement, der Legende nach von Ludwig dem Heiligen 1260 für 300 von den Sarazenen geblendete Kreuzritter gestiftet.

Isabelle: Vorname der Reine Zabo, siehe dort.

Jérémy: Bruder von Benjamin und Sohn seiner Mutter. Vater unbekannt. Tauft alle Neugeborenen des Stammes und gibt Dritten Spitznamen. Ihm verdanken wir die Vor- und Rufnamen von Verdun, C'Est Un Ange (Sept), Monsieur Malaussène (Mosma), Maracuja (Mara) und Julius dem Hund.

Ju: Chinesischer Bodyguard von Alceste.

Julie Corrençon: Journalistin mit Löwinnenmähne und fauchender Savannenstimme. Einzige Liebe von Benjamin Malaussène. Tochter des Kolonialgouverneurs Corrençon und von Mélina Mélini. Wurde auf dem elterlichen Gehöft Les Rochas im Vercors geboren.

Julius der Hund: Malaussènes Hund. Wildeste Rassenmischung, ausgeprägter Geruch, unabhängiger Charakter, aber treu in jeder Situation. Wie kann ein und derselbe Hund durch eine sich über 50 Jahre erstreckende Saga geistern? Die Antwort hier im Roman.

Kaufhaus (das): Erster Arbeitsplatz von Benjamin Malaussène in *Paradies der Ungeheuer.* Bereits dort war er der Sündenbock vom Dienst.

Klein, Benoît: Commissaire divisionnaire der Finanzbrigade.

La Fontaine: Fabeldichter. Ein weiterer Grande im Panthéon der französischen Klassik.

Lapietà, Georges: Geschäftsmann, ehemaliger Minister, Berater der LAVA-Gruppe.

Legendre, Xavier: Chef der aktiven Dienste der Kriminalpolizei, von seinen Untergebenen »das Faultier« genannt. Beendet im Laufe von *Der Fall Malaussène* seine Laufbahn. Was seinen Namen betrifft, hat er ein doppeltes Päckchen zu schleppen: Nicht nur trägt er einen sprechenden Namen (»Schwiegersohn«), nein, er ist obendrein Schwiegersohn, demütigender noch: Schwiegersohn des Commissaire divisionnaire Coudrier, seines legendären Vorgängers.

Le Petit (auch der Kleine): Bruder von Benjamin und Sohn seiner Mutter. Sein Vater ist nicht ganz so unbekannt, glaubt man der Erzählung mit dem Titel *Vorübergehend unsterblich.* Jérémy taufte ihn auf den Namen Le Petit, weil er wirklich ganz, ganz klein zur Welt gekommen ist.

Lorenzaccio: Einer der Schriftsteller der wahren Wahrheit aus dem Hause Talion. Seinen Spitznamen verdankt er der sich vom Idealisten zum Zyniker mausernden Titelfigur aus Alfred de Mussets gleichnamigem Drama und natürlich der Reine Zabo.

Louna: Tochter ihrer Mutter, Vater unbekannt. Die große Schwester von Benjamin. Krankenschwester.

Loussa de Casamance: Angestellter der Éditions du Talion. Gebürtiger Senegalese aus der Casamance, Spezialist für chinesische Literatur. Alter Freund von Benjamin Malaussène. Steht der Königin Zabo sehr nahe.

Malaussène: Dörfchen in der Nähe von Nizza. Rentnersitz des Commissaire divisionnaire Coudrier. Nicht mit dem Dörfchen Malaucène am Fuß des Mont Ventoux' zu verwechseln.

Malaussène, Benjamin: Sohn seiner Mutter, Vater unbekannt. Der Älteste des Malaussène-Stamms. Nennt sich selbst »Familienbruder«. Zunächst technischer Kontrolleur im Kaufhaus, dann

Lektor in den Éditions du Talion. In Wahrheit professioneller Sündenbock.

Maman: Mutter des Malaussène-Stamms, das heißt von sieben Kindern, deren Väter sämtlich als unbekannt gelten: Benjamin, Louna, Thérèse, Clara, Jérémy, Le Petit und Verdun. Wird nie anders als Maman von ihnen genannt, weshalb der Autor ihren Vornamen nicht kennt.

Manin: Neuling bei der Polizei, rechte Hand von Titus.

Maracuja (genannt Mara): Benjamin Malaussènes Nichte, Tochter von Thérèse, geboren in *Adel vernichtet,* wo Jérémy sie »Frucht der Leidenschaft Malaussène« nennen wollte. Am Ende einigten er und Thérèse sich auf den brasilianischen Namen für Passionsfrucht. (Thérèse weigerte sich lange, die Identität des Vaters preiszugeben.)

Marty: Freund des Autors und Arzt der Familie Malaussène. Die Ankunft von C'Est Un Ange in dieser Welt, in *Sündenbock im Bücherdschungel,* verdankt sich seiner Unterstützung.

Ménestrier (Paul), Ritzman (Valentin), Vercel (André), Gonzalès (William J.): Verwaltungsratsmitglieder bei der LAVA-Gruppe.

Mermeros und Pheres: Glücklose Söhne von Jason und Medea.

Mick: Vertacomicorischer Freund des Autors und von Benjamin Malaussène. Verfasser einer Bande dessinée über den Nazieinsatz gegen Widerstandskämpfer im Vercors und das Massaker an der dortigen Zivilbevölkerung Ende 1944.

Mitterrand, François: Sozialistischer Politiker, von 1981 bis 1995 Staatspräsident.

Mnouchkine, Ariane: Theater- und Filmregisseurin, Mitbegründerin des legendären Théâtre du Soleil.

Mo der Mossi: Leutnant von Hadouch Ben Tayeb. Er und Simon der Kabyle sind unzertrennlich, alle drei sind die Beschützer des Malaussène-Stamms.

Monsieur Malaussène (genannt Mosma): Sohn zweier Mütter, von Julie Corrençon und Gervaise Van Thian, und eines Vaters, nämlich Benjamin Malaussène. Seinen Vor- wie seinen Rufnamen verdankt er Jérémy und dem Stabreim.

Moullet, Patrice: Komponist. Entwickler und Erbauer von Musikinstrumenten, so des hier beschriebenen unbekannten Musikobjekts, kurz: OMNI (Objet Musical Non Identifié).

Paracolès: Fußballer. Eine der undurchsichtigen Figuren im Fußballgeschäft.

Philinte: In Molières Komödie *Der Menschenfeind* Freund und Gegenpol Alcestes, ein »Allesentschuldiger«.

Postel-Wagner: Gerichtsmediziner, der auch am Lebendleib praktiziert. Freund des Autors sowie von Benjamin Malaussène und Gervaise Van Thian. Postel-Wagner hat Monsieur Malaussène (Mosma) in dem nach diesem benannten Roman entbunden.

Quai des Orfèvres: Landläufige Bezeichnung für die Direktion der Pariser Kriminalpolizei, die von 1913 bis 2017 ihren Sitz am Quai des Orfèvres im 1. Arrondissement hatte, in der Nr. 36.

Rachida: Freundin von Benjamin Malaussène, verliebt in Hadouch Ben Tayeb. Gemeinsam haben sie Ophélie hervorgebracht.

Robert: Vertacomicorischer Freund des Autors und von Benjamin Malaussène. Spielgefährte von Julie Corrençon aus Kindertagen.

Rochas (Les): Familiensitz des Gouverneurs Corrençon und seiner Tochter Julie. Ein von Stockrosen zugewucherter Bauernhof irgendwo im Bergmassiv des Vercors'.

Sébastien: Pfleger bei Doktor Postel-Wagner, Pfleger auch im echten Leben.

Silistri, Joseph: Von den Antillen stammender Commissaire divisionnaire. Bildet von jeher mit Titus ein Team. Beide unterstützen in *Monsieur Malaussène* Gervaise Van Thian in ihrem Kampf um die Strichmädchen von Paris.

Simon der Kabyle: Leutnant von Hadouch Ben Tayeb. Er und Mo der Mossi sind unzertrennlich. Durch seine Schneidezähne pfeift der Wind des Propheten.

Sündenbock: Wir brauchen alle einen Schuldigen, um uns unschuldig zu fühlen – auf die Gefahr hin, ihn nach seiner Hinrichtung anzubeten. Die Rolle des Sündenbocks ist aus dem Dunkel der Zeiten überkommen und hat noch eine gute Ewigkeit vor sich (siehe René Girard, *Der Sündenbock*). In seiner Jugend war Benjamin Malaussène professioneller Sündenbock: bezahlt, um sich anstelle anderer anschnauzen zu lassen. Mitunter fällt ihm diese Aufgabe noch immer zu.

Talion (Éditions du): Von Talleyrand gegründeter und der Königin Zabo geleiteter Verlag, dessen Name das Gesetz von Auge um Auge, Zahn um Zahn suggeriert. Seit 2000 hat sich Talion auf die Publikation von Autoren der wahren Wahrheit oder, wie die Reine Zabo sie nennt, auf WeWes spezialisiert.

Talvern (Richterin): Die mit dem Fall Lapietà betraute Untersuchungsrichterin. Näheres siehe Verdun.

Talvern, Ludovic: Bäcker. Ehemann der Richterin Talvern, deren Professor in Sportrecht er ursprünglich war.

Tanita: Hutmacherin von den Antillen. Frau von Inspektor Adrien Titus, seine Creme, sein Herz, sein Licht, seine Koje, sein Zimtapfel, sein Madrasstoff, seine Klampfe, seine Eier, sein Schokoladenstückchen, sein Dit Tee Pays, sein Leben, sein Leben, sein Leben … Es sind dies Worte von Capitaine Adrien Titus selbst.

Théo: Freund der Malaussènes. Die Kinder des Stammes betrachten ihn als eine Art Onkel, Maracuja sieht in ihm so etwas wie einen Vater. Zieht den Frauen Männer vor, doch nur in libidinöser Hinsicht.

Thérèse: Schwester von Benjamin und Tochter ihrer Mutter. Vater unbekannt. Als Jugendliche sagte sie auf jedwede Weise die

Zukunft wahr. Hier begnügt sie sich mit der Rolle als Maracujas Mutter.

Titus, Adrien: Polizist tatarischer Abstammung im Rang eines Capitaine. Bildet mit dem Commissaire divisionnaire Silistri und der Richterin Talvern ein Team.

Tonton: Zärtlicher Ausdruck von Kindern für ihren Onkel, mitunter jedoch auch spöttisch von Erwachsenem zu Erwachsenem. Das berühmteste »Onkelchen« des vergangenen Jahrhunderts war François Mitterrand (siehe dort).

Tuc: Akronym von Travaux d'Utilité Collective – gemeinnützige Arbeit – und Spitzname von Georges Lapietàs und Ariana Matassas einzigem Sohn, dessen Vorname im vorliegenden Roman im Dunkeln bleibt.

Turgot (Stadtplan von): Der von Michel-Étienne Turgot, Vorsteher der Kaufmannsgilde, in Auftrag gegebene und nach Zeichnungen von Louis Bretez angefertigte Stadtplan von Mitte der 1730er Jahre besteht aus isometrischen Darstellungen der französischen Hauptstadt, mit anderen Worten, alle Gebäude sind in originalgetreuem Maßstab wiedergegeben.

Van Thian: Der franko-vietnamesische Polizeiinspektor und Adoptivvater von Gervaise, war in *Wenn alte Damen schießen* und in *Sündenbock im Bücherdschungel* bis unmittelbar vor seinem Tod tröstende Nanny von Verdun Malaussène.

Vertacomicorisch: Adjektiv zu Vercors. Der Vercors ist ein Gebirgsmassiv in den französischen nördlichen Voralpen. Hochburg der Résistance. Der Autor hat dort zahlreiche Freunde, die er am Ende des Sommers jedes Mal mit Bedauern verlässt.

Verdun: Jüngste Schwester von Benjamin und Tochter ihrer Mutter. Vater unbekannt. Schreiend zur Welt gekommen in *Wenn alte Damen schießen*. Jérémy hat sie nach der gleichnamigen Schlacht getauft. Inzwischen ist sie Richterin und Ehefrau von Ludovic Talvern.

Zabo, Isabelle: Chefin der Éditions du Talion, also des Verlags, in dem Benjamin Malaussène arbeitet, der sie als Einziger des Öfteren Majestät oder Reine Zabo beziehungsweise Königin Zabo nennt.

Zufall (der):   Der Zufall spielt in der Malaussène-Saga so oft eine Rolle, dass er als vollwertige literarische Figur behandelt werden muss.

»Stellen Sie sich einen Mann vor, der sich im Pazifik mit verschränkten Armen auf die Brüstung eines Transatlantikdampfers stützt. Durch eine plötzliche Abkühlung muss er niesen und seine Manschettenknöpfe fallen ins Wasser, Diamanten von unschätzbarem Wert, die ihm von einem Vorfahr überkommen sind und die jetzt auf den zwölftausend Meter tiefen Grund sinken. Ein halbes Jahr später betritt dieser Mann ein Fischrestaurant und bestellt einen Tiefseefisch, dem er den Bauch aufschlitzt ... Überraschung: Die Manschettenknöpfe befinden sich darin nicht.«

Nabokovs Kommentar, wenn er diese Geschichte erzählt hat, die ich hier aus sehr vager Erinnerung wiedergebe: »Das liebe ich am Zufall.«

DANKSAGUNG

Mein Dank gilt France Boëry, Florence Cestac, Fanchon Delfosse, Fabio Gambaro, Pierre Gestède, Jean-Marie Laclavtine, Véronique Le Normand, Patricia Moyersœn, Laurent Natrella, Alice Pennacchioni, Alexandre und Jean-Philippe Postel, Laure Pourageaud, Rolf Püls, Vincent Schneegans und allen, die ich vergessen habe, für ihre unermüdlichen Ohren und klugen Ratschläge.

I. Die neuste Nachricht 9

II. Ich mag diesen Fall Lapietà nicht 41

III. Die wahre Wahrheit 87

IV. Die Kleine 139

V. Was Lapietà zu sagen hatte 179

VI. Der Fall Malaussène 207

VII. Ferienende 243

Register 291

Weitere Titel von Daniel Pennac bei Kiepenheuer & Witsch

Leseproben und mehr unter www.kiwi-verlag.de